HOMELESS

written by
Anzy Heidrun Holderbach

FREESTYLE ENTERTAINMENT
www.freestyleentertainment.de
Germany

© 2016 1. Auflage

Herstellung und Verlag:
BoD - Books on Demand, Norderstedt
www.bod.de

Bibliografische Information der Deutschen Nationalbibliothek
Die Deutsche Nationalbibliothek verzeichnet diese Publikation in der Deutschen Nationalbibliografie;
detaillierte bibliografische Daten sind im Internet über http://dnb.d-nb.de abrufbar

ISBN: 9783741283635

HOMELESS

For Travis

DANKE * THANKS * KIA ORA

Christina, Melanie, Rick, Travis
and to all the homeless people in Venice Beach, CA

*

Ein ganz besonderer Dank geht an Manfred,
der dieses Buchcover meinen
Vorstellungen entsprechend gestaltet hat.

*

Sämtliche Fotos gehören Anzy Heidrun Holderbach
und unterliegen dem Copyright.

*

Die Handlungen und Personen in diesem Buch sind frei
erfunden. Ähnlichkeiten mit lebenden oder bereits
gestorbenen Personen sind rein zufällig.
All events and people are fictional.
Any resemblance to person living or dead
is purely coincidental.

*

*

Rangy Turner fühlte sich immer unwohl, wenn er einen Anzug, und vor allem eine Krawatte oder Fliege tragen musste. Aber sein Job verlangte das eben manchmal von ihm, was er allerdings jedes Mal wie einen Verrat an seiner persönlichen Freiheit empfand. Und dennoch wusste er auch, dass er außer Klatsch und Tratsch sowie unverständlichen, bis hin zu abfälligen Blicken wahrscheinlich nichts weiter zu befürchten hätte, wenn er sich bei solchen offiziellen Anlässen etwas legerer kleiden würde. Trotzdem biss er jedes Mal wieder in den sauren Apfel und zog sich entsprechend an, denn seine Frau Bianca war diesbezüglich vollkommen anderer Meinung, und das, was ihn zu Hause erwarten würde, sollte er es wagen sich nicht in Schale zu werfen, hatte er bereits zu Beginn ihrer Beziehung zu genüge erfahren dürfen. Rangy war von Natur aus ein friedliebender Mensch, und Disharmonie verursachte ihm immer Magenschmerzen, weshalb er es seither vorzog sich den Wünschen seiner Frau in Sachen Kleidung zu fügen, zumindest bei solchen Veranstaltungen wie dieser, auf der sie gerade zugegen waren.

Rangy wurde aus seinen Gedanken gerissen, als ihn seine Frau kurz in die Seite knuffte, weil er dem Fotografen, der sich schon in Position gestellt hatte, freundlich in die Kamera lächeln sollte.
Kurz war er selbst darüber erschrocken, wie automatisch und fast emotionslos er ein solches Grinsen inzwischen aufsetzen konnte, und alle Welt ihm abnahm, dass er dieses Bad in der Menge genießen würde.
Es war nicht so, dass er schlecht gelaunt war, im Gegenteil, er war sogar ziemlich gut gelaunt, und er hatte auch Spaß mit seinen Kollegen, aber vor allem war er glücklich darüber, dass

dieser Film ein echter Erfolg werden sollte. Alle Kritiken sprachen dafür, und die Leute waren wohl schon ganz heiß auf diesen Streifen, in dem er eine der Hauptrollen spielte.
Rangy konnte zwar immer noch nicht wirklich verstehen, was die Menschen an Phantasyfilmen so derart begeisterte, dass sie schon Wochen im Voraus Tickets für die Vorstellungen bestellten. Aber eigentlich war ihm das auch egal, er hatte einen Job, den er anscheinend auch ganz ordentlich machte, und das gab ihm ein ausreichend gutes Gefühl.
Das Drehen machte ihm meistens viel Spaß, und er kam im Großen und Ganzen immer sehr gut, sowohl mit seinen Schauspielerkollegen, als auch mit den anderen Leuten vom Filmteam aus. Doch diese offizielle Präsentationsphase der Filmproduktionen mochte er allerdings wirklich nicht besonders. Und nach wie vor war es Rangy völlig unbegreiflich, dass Menschen so abartig ausrasten konnten, wenn sie ihre Filmstars live zu Gesicht bekamen. Das Schlimmste am Roten Teppich war für ihn der ganze Lärm, den die Fans und auch einige Reporter dort verbreiteten. Sein Körper mochte das irgendwie überhaupt nicht, und er musste innerlich immer ein wenig dagegen ankämpfen, nicht einfach zu flüchten. Auch die ganze Fragerei in den Interviews nervte ihn ziemlich, weil es kaum Fragen gab, die er interessant fand. Es langweilte ihn, aber es gehörte eben dazu, und deshalb riss er sich zusammen und tat sein Bestes. Und da unterschied sich das Event auf dem Roten Teppich hier in Los Angeles nicht wesentlich von dem irgendwo anders auf der Welt.
Das, was Rangy bei diesen Events noch am meisten Spaß machte, war das gesellige Beisammensein im Anschluss an den Lauf über den Roten Teppich. Da konnte er wieder durchatmen, das Jackett ausziehen, und auch seine Krawatte fand dann schnell den Weg in die Anzugjackentasche.

Für Bianca dagegen, war der Rote Teppich DAS Ereignis überhaupt, und Rangy fragte sich so manches Mal, ob seine Frau möglicherweise nur deshalb im Filmbusiness war, um sich nach getaner Arbeit in diesem Rampenlicht zeigen zu können. Sie genoss das Bad in der Menge voll und ganz, und je mehr Blitzlichtgewitter auf sie gerichtet waren, desto mehr blühte sie auf. Bianca lechzte förmlich danach Interviews zu geben, und man konnte ihr regelrecht ansehen, dass sie diese Aufmerksamkeit brauchte. Ja, es berauschte sie fast, und Rangy fühlte sich in solchen Momenten neben ihr, als käme er von einem anderen Stern.
Nicht, dass sie ihn dabei vergaß und so tat, als wäre er nicht da. Nein, ganz im Gegenteil, sie bezog ihn so sehr in alles ein, dass er sich schon ab und zu gefragt hatte, ob sie ihn wirklich so gut kannte, wie er eigentlich dachte.

Bianca sah umwerfend aus in ihrem gewagt hochgeschlitzten, hautengen, roten Kleid und den wirklich hohen High Heels, und ihre schwarze Kurzhaarfrisur sah trotz der Strenge keck und verführerisch aus.
Rangy liebte seine Frau, und er musste manches Mal schmunzeln, wenn er sie so im Rampenlicht aufblühen sah, und er fragte sich plötzlich, wieso sie eigentlich ausgerechnet ihn ausgewählt hatte, obwohl sie schon von Anfang an wusste, dass er ihre Art des Ehrgeizes nicht teilte.
Sicher, er wollte auch gutes Geld verdienen und ein Dach über dem Kopf haben, und es beruhigte ihn ungemein zu wissen, dass es auch ihren drei Kindern an nichts fehlte, aber es blieb für ihn weiterhin ein Rätsel, was seine Frau und ebenso die meisten seiner Kollegen an diesem Rummel um ihre Person so erstrebenswert fanden.
Rangy atmete tief durch und beantwortete die vielen belanglosen Fragen der Journalisten freundlich und

professionell, und er war froh darüber, dass er über die Jahre hinweg gelernt hatte diese Fragerei relativ entspannt über sich ergehen zu lassen, dabei stets höflich zu bleiben und ein paar coole und witzige Sprüche parat zu haben, welche die Reporter amüsierten und das Ganze etwas auflockerten.

Später stand Rangy dann mit einigen seiner Filmkollegen zusammen und trank, wie die anderen auch ziemlich viel Bier. Sie waren bald alle gut angetrunken und hatten eine Menge Spaß. Sie erzählten sich eine lustige Begebenheit nach der anderen, hauptsächlich von den Dreharbeiten und lachten dabei lauthals.

Bianca amüsierte sich währenddessen in einer Runde von drei Produzentinnen und reichlich Champagner, den sie dabei alle vier sichtlich genossen.

Bianca hatte zwar in New York Schauspiel studiert, war aber mittlerweile vor allem eine sehr engagierte Produzentin geworden. Oftmals war sie in einer Produktion sogar beides, und deshalb zeitlich auch sehr eingespannt. Doch Bianca schien diesen Stress zu lieben, ja regelrecht zu brauchen.

Rangy sah zu ihr hinüber, und sie lächelten sich an. Er fühlte, dass er sie immer noch sehr begehrte, und das erwärmte wohltuend sein Herz. Gegensätze ziehen sich wohl doch an, dachte er dabei und prostete ihr zu. Sie erhob ihr Glas ebenfalls und schickte ihm noch eine Kusshand hinterher.

Bianca musste unwillkürlich leise kichern, und sie erwischte sich dabei, wie sie an letzte Nacht dachte, als sie zusammen gekommen waren. Seine Leidenschaft brachte sie auch nach so vielen Jahren immer noch derart in Wallung, dass sie sich scherzhaft fragte, ob er ihr vielleicht heimlich abends einen Liebestrank verabreichte.

Obwohl Bianca fand, dass ihr Mann sich oftmals besser kleiden sollte, liebte sie seine Natürlichkeit sehr. Ja, sie tat ihr sogar unwahrscheinlich gut. Sie beruhigte sie irgendwie und legte sich wie ein kühlendes Tuch um ihr inneres Gehetzt sein und die dadurch permanent entstehende Hitze, welche auf Dauer bestimmt nicht gut für ihr Herz war.
Rangy sah irgendwie immer umwerfend gut aus, ganz egal was er anhatte, oder auch, beziehungsweise gerade dann, wenn er gar nichts anhatte. Bianca kannte sonst niemanden in ihren Kreisen, der auch nur annähernd so ein natürliches Charisma besaß und dabei auch noch vollkommen bescheiden war. Sie wusste, dass ihr Mann weder eingebildet noch eitel war, obwohl er das wirklich hätte sein können, und das nicht nur wegen seines Aussehens. Er war ein begnadeter Schauspieler, dessen Talent mittlerweile schon großes Aufsehen erregt hatte. Er war auf dem besten Weg einer der ganz Großen zu werden, und sie würde ihm dabei helfen das zu erreichen. Sie würde ihn an die Spitze bringen, und sie würde an seiner Seite ebenfalls weltberühmt werden.
Bianca war durchaus bewusst, dass Rangy sich ihr zuliebe zu offiziellen Anlässen in Schale schmiss, und sie liebte ihn dafür noch umso mehr. Seine schulterlangen, immer irgendwie leicht ungekämmt aussehenden, dunkelblonden Haare hatte er wie meist zu einem Zopf nach hinten zusammengebunden, was seine wunderschönen, strahlend blauen Augen nur noch mehr zum Vorschein brachte.

Bianca verabschiedete sich von ihrer Gesellschaft, ging zu ihrem Mann hinüber und zog ihn lächelnd mit zum Buffet, das üppig beladen und sehr lecker aussah. Rangy stellte sein leeres Glas auf einem der dafür vorgesehenen Tabletts ab und holte für sich und seine Frau jewuils einen Teller.

*

Später in der Nacht schlief Bianca schon eine ganze Weile, während Rangy immer noch keinen Schlaf finden konnte. Ihr Arm lag auf seinem nackten Bauch, und er spürte ihren gleichmäßigen Atem an seinem Oberarm.
Schließlich gab er auf und schälte sich vorsichtig aus dem Bett, und es gelang ihm tatsächlich sie dabei nicht zu wecken. Barfuß stieg er leise die Treppe hinunter und ging durchs Wohnzimmer auf die großzügige Terrasse hinaus.
Zunächst lehnte sich Rangy mit dem Rücken ans Geländer. Er ließ seinen Blick an ihrem Haus vorbeischweifen und dachte dabei, dass er in seinem Leben bis jetzt wirklich Glück gehabt hatte. Er war mit einer gutaussehenden und klugen Frau verheiratet, die er liebte und mit der er drei wunderbare Kinder hatte, die er ebenfalls über alles liebte. Er hatte eine abwechslungsreiche, interessante Arbeit, bei der er mittlerweile richtig viel Geld verdiente. Zusammen hatten sie sich dann vor ein paar Jahren dieses wunderschöne Haus gekauft, was zwar inzwischen auch aufgrund von äußeren Umständen unumgänglich geworden war, denn ihr wachsender Bekanntheitsgrad hatte es dringend notwendig gemacht sich ein Haus mit einer sicheren Umzäunung zuzulegen.
Sie hatten nun auch viel mehr Platz, sowohl im, als auch ums Haus herum. Die Terrasse war riesig, und der Swimmingpool eine echte Pracht, was nicht nur den Kindern viel Spaß bereitete. Die Aussicht hier oben in den Hollywood Hills über die Stadt Los Angeles war gigantisch, und man konnte sogar noch in der Ferne das Meer erblicken.
Das weiße Ledersofa und die dazugehörigen vier Sessel, der Couchtisch mit dem eingelassenen Schachbrett, die hochwertige Kücheneinrichtung, sowie der übergroße

Flachbildfernseher hatten sie von den Vorbesitzern übernommen, was vor allem Bianca besonders gut gefiel. Rangy machte sich nicht sehr viel aus schicken Möbeln, ihm reichte es, wenn es vor allem gemütlich war. Aber es störte ihn auch nicht, dass ihr Haus so schick möbliert und wertvoll ausgestattet war. Es war eben so, und er konnte es auch durchaus genießen. Am besten gefiel ihm die weite Terrasse und der große, offene Kamin im Wohnzimmer.

Rangy drehte sich um und ließ seinen Blick über das schier endlose Lichtermeer der Stadt streifen und atmete dabei ein paar Mal tief durch.
Irgendwie fühlte er sich genervt, ja fast traurig, und das passte ihm überhaupt nicht, zumal es ganz besonders an solch einem Tag wie heute doch nun wirklich keine Veranlassung dazu gab. Er hatte allen Grund über den gelungenen Film glücklich zu sein. Und er sollte stolz auf sich und seine erbrachte Leistung sein, denn offenbar hatte er seinen Job wirklich gut gemacht. Er fand seinen Zustand seltsam, denn vorhin auf der Feier war er noch ziemlich gut gelaunt gewesen.
Doch irgendwie wollten sich diese Gefühle von Glück und Zufriedenheit einfach nicht wieder einstellen, und er schämte sich deshalb fast ein wenig, weil er sich so undankbar vorkam. Und noch schlimmer, es war ihm fast gleichgültig, und er fühlte sich ein wenig verloren.
Nach einer Weile rappelte sich Rangy dennoch zusammen und ging wieder hinein.
Er trank noch ein Glas Wasser und legte sich danach zurück ins Bett, wo er schließlich nach kurzer Zeit dann doch noch den ersehnten Schlaf fand.

*

Am nächsten Morgen herrschte wie immer um diese Zeit bereits ein geschäftiges Treiben in der Küche, als Rangy dazukam.
Er hatte dann doch noch relativ gut geschlafen und fühlte sich ausgeruht. Er setzte sich an den reichlich gedeckten Tisch, während Elena, ihre älteste Tochter, wobei sie streng genommen eigentlich nur Biancas leibliches Kind war, Rangy hatte sie kurz nach der Heirat adoptiert, mit vollem Mund aufstand und ihr Handy suchte. Elena war Bianca wie aus dem Gesicht geschnitten und mit ihren siebzehn Jahren schon ziemlich erwachsen. Rangy kam gut mir ihr klar, und für ihn gab es keinen Unterschied zwischen ihr und seinen beiden jüngeren leiblichen Kindern Joey und Kimberly. Elena gehörte genauso zur Familie wie alle anderen auch. Er fand es für sie nur sehr schade, dass sie keinen Kontakt zu ihrem biologischen Vater hatte, denn dieser hatte anscheinend keinerlei Interesse daran seine Tochter kennenzulernen. Rangy wusste, dass Elena deshalb manchmal sehr traurig war und sich auf eine schmerzhafte Art einsam fühlte. Obwohl er sich das aufgrund mangelnder Selbsterfahrung nur vorstellen konnte, wie es in ihr aussehen mochte, spürte er dennoch, dass ihm dieses Gefühl der Einsamkeit seltsamerweise nicht fremd war.
Elena hatte ihr Handy inzwischen gefunden und setzte sich wieder zu ihnen an den Tisch zurück und nippte an ihrem Orangensaft.
„Kommt, los, beeilt euch! Ihr seid alle spät dran!", stellte Bianca wie meistens um diese Uhrzeit fest und sah dabei einmal sowohl auf die Küchenuhr über der Tür, als auch streng in die Runde.

Da läutete die Hausglocke, und Bianca wurde noch energischer: „Kinder! Beeilung, jetzt! Der Chauffeur ist da!"
Wie auf Kommando standen Elena, Joey und Kimberly auf und riefen der Reihe nach: „Bye, Mum! Bye Dad!", während sie sich in Richtung Haustür bewegten, wo ihre Schultaschen schon bereitstanden.
Bianca rief ihnen: „Bye meine Lieben! Passt auf euch auf!" und Rangy: „Habt einen schönen Tag!" hinterher.
Dann schnappten sich die Kinder ihre Taschen und verließen schnell das Haus.

Bianca sah Rangy kurz darauf eindringlich an und sagte, allerdings etwas ruhiger: „Und du, du musst dich auch beeilen! Du weißt, dass Blake nicht gerade entzückt darüber ist, wenn jemand zu spät kommt! Vor allem nicht am ersten Drehtag..."
Rangy schob sich eine Gabel voll mit Rührei und Speck in den Mund und murmelte dabei: „Hm, ich weiß... Ich bin schon unterwegs!"
Rangy hasste es schon morgens einen Termin zu haben. Er war der geborene Nachtmensch, und er verstand nicht, warum man um alles in der Welt an einem Studiodrehtag so früh anfangen musste. Es war nicht unbedingt das frühe Aufstehen, was ihn nervte, er war morgens einfach nicht so leistungsfähig wie nachmittags oder abends, und daher strengte es ihn, egal was zu tun war, einfach viel mehr an.
Aber es war nun mal so, und Blake hatte ihn für diesen neuen Film in einer Hauptrolle engagiert, und er hatte zugesagt, also musste er eben hin. Und er wollte diesen Film ja auch wirklich gerne machen, obwohl ihm seine neue Rolle noch etwas fremd war, trotz der Tatsache, dass das Drehbuch gut geschrieben war und sein Charakter auch sehr ausführlich darin beschrieben wurde. Aber einen Priester hatte er noch nie zuvor gespielt, und er hatte auch im echten Leben noch

keinen Geistlichen näher kennengelernt, weshalb er etwas unsicher darüber war, ob er es dieses Mal auch wieder so leicht haben würde, wie bei den beiden letzten Produktionen, wo ihn die Rolle quasi wie von selbst getragen hatte. Dieses Getragensein passierte ihm immer dann, wenn er den Typen mochte, den er verkörpern sollte, und er hoffte sehr, dass er sich in die kommende Rolle ebenso gut, und vor allem schnell und zuverlässig hineinversetzen konnte, sodass er sie authentisch genug rüberbringen würde.

Rangy nahm noch einen Schluck Kaffee, während er aufstand um sogleich in den Eingangsbereich zu gehen. Bianca folgte ihm und sah ihm dabei zu, wie er seinen Schlüssel schnappte, während sich seine nackten Füße in die Flip Flops hangelten. Rangy gab seiner Frau noch schnell einen Kuss zum Abschied und verließ danach zügig das Haus.
Bianca stand noch einen Moment lang da und sah ihm durch die geschlossene Haustür hinterher, und fragte sich dabei schon gewohnheitsmäßig, wieso ihr Mann um alles in der Welt diese Dinger richtigen Schuhen vorzog. Flip Flops hatten in Biancas Augen, wenn überhaupt, nur am Strand etwas verloren. Sie wusste, dass Rangy am liebsten immer und überall nur barfuß sein wollte, und sie fand seine Füße auch durchaus schön genug, um sich zeigen lassen zu können, doch irgendwie konnte sie seinen Faible nicht wirklich nachvollziehen. Streit hatten sie deshalb noch keinen gehabt, denn Rangy wusste meistens schon was sich gehörte, und deshalb duldete sie seine Vorliebe, allerdings immer mit einem unverständlichen inneren Kopfschütteln.
Das, was Bianca viel mehr störte, war seine offene Art. Denn Rangy war schnell jedermanns, und vor allem jederfraus Liebling, obwohl er das selbst gar nicht so sah und auch überhaupt nicht anstrebte. Trotzdem war Bianca immer sehr

unruhig, wenn er allein unterwegs war, und vor allem, wenn er ohne sie bei einem Filmprojekt engagiert wurde. Er spielte zudem seine Rollen so authentisch, dass sie immer rasend vor Eifersucht wurde, wenn sie eine Sexszene mit ihm und einer anderen Frau auf der Leinwand sah. Schon ein banaler Kuss reichte manchmal aus, dass sie fast ausflippte. Bianca vertraute ihrem Mann eigentlich schon, und er hatte bisher auch immer beteuert, dass er niemals fremdgegangen sei, und dennoch blieb dieses nagende Gefühl nach wie vor in ihr haften. Das war wohl das bittere Los, wenn man mit einem gutaussehenden und zudem humorvollen Mann verheiratet war, der obendrein noch ein unglaublich großes Herz hatte. Bianca hatte sich ja auch deshalb in ihn verliebt, warum sollte es anderen Frauen also anders gehen? Rangy sagte zwar dann stets, dass da ja auch immer zwei dazu gehörten, und dass er nur sie lieben würde. Und dennoch wusste Bianca nur zu gut, dass irgendwann auch einmal das erste Mal sein könnte. Deswegen war sie heilfroh, dass Rangy bei diesem neuen Projekt einen Priester spielte, was natürlich nicht wirklich eine hundertprozentige Garantie fürs Nicht-Fremdgehen war. Aber die gab es ja sowieso nicht.

Als Bianca schließlich wieder in ihrer Küche stand, nahm sie die Zeitung in die Hand und strahlte augenblicklich voller Stolz, als sie auf der Titelseite sich selbst neben ihrem Mann groß abgelichtet erblickte. Sie fand, dass sie wirklich wie ein unschlagbares, erfolgreiches, glückliches und sexy Ehepaar aussahen, weswegen sie die Eifersuchtsgedanken und ebenso die Flip Flops schnell wieder loswurde.
Dann atmete Bianca tief durch und griff nach ihrem Handy.

*

Rangy hatte noch nie viel für Kosmetik übrig gehabt, und das übliche Make-up Prozedere vor jedem Dreh nervte ihn. Aber es gehörte nun mal dazu, und er versuchte, während an ihm getupft und gezupft wurde, an etwas anderes zu denken, was allerdings nicht immer klappte, je nachdem wer gerade an ihm zugange war. Manchmal hatten die Make-up Leute morgens wohl anstatt Kaffee Babbelwasser zu sich genommen und quasselten in einem fort über Gott und die Welt, dass sich Rangy schon manches Mal gefragt hatte, wie man überhaupt nur so viele Wörter in so kurzer Zeit in seinem Kopf produzieren konnte. Meistens waren die Make-up Leute aber auch wirklich lustige Zeitgenossen, und er wurde durch ihren morgendlichen Redeschwall einfach mitgezogen und dadurch auch irgendwie wacher.
Gerade als eine der Assistentinnen ihm sein Priesterkostüm reichte, und er es sich über den Kopf stülpte, erschien Blake, der Produzent. Er strahlte, wie immer, eine ziemliche Hektik aus und seine grauen Haare schimmerten am Haaransatz schon verschwitzt. Blake war etwas korpulent, was allerdings durch seine recht ansehnliche Körpergröße etwas unterging. Er rieb sich kurz über seinen Vollbart und rückte die Brille zurecht.
Blake musterte Rangy von Kopf bis Fuß, dann sagte er schließlich, und das auch ziemlich eindringlich: „Da bist du ja endlich! Ich muss dir aber nicht sagen, wie wichtig dieser Film für uns ist, oder? Wir brauchen... Ich brauche absolute Zuverlässigkeit! Vor allem von dir! Hast du das kapiert?"
Rangy sah ihn an, und fragte sich, weshalb nur so viele Produzenten immer gleich so unangenehm sein mussten. Aber

er antwortete ihm ruhig, denn er wollte, wie üblich, jeglichen Stress vermeiden, vor allem aber ganz besonders am Morgen.
„Klar, kapiert! Du kannst auf mich zählen!"
Blake nickte nur schnell und setzte, während er sich schon zum Gehen umdrehte, ein: „Darauf wette ich!", hinten an.
Blake ließ die Türe offen stehen als er ging und rauschte schnell, und auch schon wieder mit dem Handy am Ohr davon.
Rangy sah ihm kurz kopfschüttelnd hinterher, nahm dann einen tiefen Atemzug und ließ den Rest seines Ankleidens brav über sich ergehen.

So vergingen die Tage, und Rangy kam mit seiner neuen Rolle ganz gut zurecht.
Mit was Rangy allerdings überhaupt nicht klarkam, war seine Nachtruhe. Die Schlafprobleme wurden immer heftiger, und er konnte sich nicht erklären warum das so war, denn er hatte bisher noch nie irgendwelche Schlafstörungen gehabt. Aber jetzt konnte er manchmal erst gar nicht einschlafen, und wenn er dann schlief, wachte er des Öfteren mitten in der Nacht auf und fand danach keine Ruhe mehr. Diese Unruhe war für ihn unerklärlich, denn er war immer noch davon überzeugt definitiv keinerlei Probleme zu haben, die das rechtfertigen würden. Auch kam in dem neuen Film nichts vor, was ihn über die Maßen belastete. Zudem gelang es ihm recht gut die Rolle zum Feierabend hin ausreichend hinter sich zu lassen, um wieder ganz Rangy zu sein.

Aber irgendetwas ließ ihn auch in dieser Nacht nicht zur Ruhe kommen.

Bianca schlief wieder einmal seelenruhig in seinem Arm, doch Rangy lag erneut wach da, dachte an dies und das, und versuchte dabei herauszufinden, was ihn um alles in der Welt nicht schlafen ließ.
Irgendwann nervte ihn das Ganze wieder so sehr, dass er, wie neulich schon, hinaus auf die Terrasse ging und seinen Blick über die Stadt schweifen ließ. Erneut fühlte er diesen merkwürdigen Zustand in sich, dass sich anfühlte, als wäre er traurig, aber er wusste partout nicht worüber er denn hätte traurig sein sollte. Er hatte nun wirklich alles, was man brauchte um glücklich zu sein. Und er war es wirklich, dessen war er sich absolut sicher.

Der nächste Morgen begann wie immer, und nachdem die Kinder das Haus verlassen hatten, stand Bianca auf und gab Rangy einen Kuss auf die Wange. „Und du musst dich auch beeilen! Blake macht mir die Hölle heiß, wenn du wieder zu spät kommst. Dieser Film wird dich definitiv in die A-Liste bringen. Also, Darling, bitte vermassel es nicht! Das ist deine Möglichkeit, deine Chance!"
Rangy sah sie kurz an und murmelte: „Ja, Honey, ich weiß…"
Für einen Moment lang war er von Biancas Worten richtig genervt, weshalb er heute schneller als sonst seine Schlüssel und Flip Flops schnappte, ihr den Abschiedskuss gab und das Haus verließ.

Der Drehtag heute war anstrengend, denn sie drehten im Freien in der prallen Sonne, und es war ziemlich heiß. Rangy musste sich als Priester durch eine Menschenmenge kämpfen, die sich vor seiner Kirche versammelt hatte. Die Leute sollten in dieser Szene laut herumschreien und Rangy versuchen daran zu hindern aus der Kirche zu gelangen.

Der Lärm und die Hitze setzten Rangy ziemlich zu, und er fühlte sich den ganzen Tag über recht unwohl. Dennoch riss er sich zusammen und absolvierte das Drehpensum professionell, und auch Blake schien nicht gemerkt zu haben, dass er heute nicht auf der Höhe war.
Aber solche Tage gab es eben manchmal, und Rangy hakte es auch gleich wieder ab, als er nach dem Dreh im Auto saß und nach Hause fuhr. Er verbuchte diesen Tag unter 'Schlecht geschlafen ergibt einen schlechten Tag' und hatte es schon fast vergessen, als er daheim in den Hof hineinfuhr.

Es geschah am Ende eines der kommenden Wochenenden, als Rangy schweißgebadet aus einem Albtraum hochschreckte. Er hatte von einer Filmpremiere geträumt, von Blitzlichtgewittern und kreischenden Fans. Er war mit Bianca zusammen den Roten Teppich entlanggelaufen und schließlich so derart von den Blitzen der Kameras geblendet gewesen, dass er gar nichts mehr erkennen konnte. Schließlich war der Lärm der Fans ohrenbetäubend und unerträglich laut geworden. Dann waren er und Bianca auf einmal bei einer Aftershow Party, die der letzten sehr ähnelte. Er hatte einen Drink in der Hand und stand bei einigen Kollegen, während Bianca Champagner schlürfend mit ein paar Frauen zusammenstand. Dann, ganz plötzlich, verwandelten sich alle Gesichter der Gäste in schreckliche, furchteinflößende, hässliche, fratzenhafte Masken, die ihn irrwitzig und verhöhnend auslachten.

Rangy rappelte sich vorsichtig auf und achtete sorgsam darauf, dass er dabei seine Frau nicht aufweckte.

Und wieder ging er barfuß hinunter, diesmal ins Wohnzimmer, wo er die Terrassentür leise öffnete. Ein milder, warmer Windhauch strömte ins Zimmer, und Rangy atmete ihn bewusst ein. Er liebte den Wind.
Zunächst lief er dann im Wohnzimmer auf und ab und versuchte sich irgendwie zu beruhigen, was ihm aber nicht besonders gut gelang. Dabei fuhr er sich mehrmals über sein unrasiertes Gesicht, denn zum Rasieren hatte er gestern und heute absolut keine Lust gehabt.
Ganz abgesehen davon gefiel es ihm manchmal einen Bart zu haben, aber es dauerte leider viel zu lange, bis der mal ordentlich lang war und nach was aussah. An einem Tag so und am anderen so, das wäre ganz nach seinem Geschmack. Die sogenannten Dreitagesbärte fielen für Rangy nicht in die Kategorie Bart.

Schließlich trat er hinaus auf die Terrasse, stellte sich wieder ans Geländer und starrte zum Pazifik hinüber, den man nachts allerdings nicht wirklich sehen konnte, aber Rangy wusste ja, dass er dort war, und er bildete sich ein ihn sogar über diese Distanz hinweg riechen zu können.
Rangy fühlte sich wie kurz vorm Platzen und bekam es einfach nicht hin sich zu beruhigen. Er zitterte förmlich vor Unruhe, und die Bilder, vor allem aber der unerträgliche Lärm aus seinem Traum waren noch so deutlich zu sehen, beziehungsweise zu hören, als wäre er noch mittendrin.

Wie von selbst ging Rangy schließlich ins Schlafzimmer zurück, zog sich leise seine schon etwas zerschlissene, schwarze Jogginghose und einen ebenso alten, schwarzen Kapuzenpulli an und verließ barfuß das Haus.
Er wusste nicht warum er das tat und wohin er überhaupt fahren sollte, aber er musste einfach raus.

Ziellos fuhr Rangy schließlich stundenlang durch die Straßen von L.A., bis er irgendwann in Venice Beach landete und sein Auto in der Windward Avenue abstellte.
Er stieg aus, zog die Kapuze über den Kopf und lief zum Strand hinunter. Am Meer angekommen, watete er erst einmal ins Wasser und ließ seine Füße vom kühlen Nass umspülen. Danach hockte er sich und hin benetzte mit den Händen sein Gesicht.
Das salzige Nass gab ihm endlich etwas Erleichterung.
Kurz darauf lief noch ein wenig am Ufer entlang, sog einige Male die frische Meeresluft tief ein, bevor er sich irgendwann in den Sand setzte.
Endlich fühlte er sich wieder etwas besser und innerlich ruhiger. Erleichtert legte er sich auf den Rücken, blickte in die funkelnden Sterne hinauf und schlief sogar nach einer Weile ein.

Am nächsten Morgen erwachte Rangy durch das raue Krächzen eines Raben, der in unmittelbarer Nähe seinen Morgenspaziergang machte. Rangy war kurz irritiert und wusste erst gar nicht wo er war, doch dann fiel ihm alles wieder ein, und er musste etwas schmunzeln. Kurz darauf sah er sich prüfend um, denn er wusste, dass man am Strand eigentlich nicht übernachten durfte, aber anscheinend hatte ihn niemand bemerkt.
Beruhigt legte sich Rangy wieder hin und breitete seine Arme im Sand aus. Plötzlich bemerkte er, dass er sich richtig gut fühlte, so gut wie seit Langem nicht mehr, und er wunderte sich darüber, wieso das so war. Als dann aber keine sofortige Antwort zu ihm kam, stand er auf, klopfte sich den Sand aus den Klamotten, wusch sein Gesicht im Meer, zog seine Kapuze tief ins Gesicht und ging in Richtung öffentliche Toiletten.

Sorgsam achtete Rangy darauf, dass die Leute sein Gesicht nicht zu sehen bekamen, aber zu seiner Erleichterung nahm keiner groß Notiz von ihm.
Und als er dann barfuß in dem stinkenden Klo stand und pinkelte, fand er den dort vorherrschenden, beißenden Geruch sogar irgendwie seltsam befreiend. Sein Blick fiel auf eine gebrauchte Spritze neben der Kloschüssel und auf ein benutztes Kondom in der Ecke, und trotzdem blieb er merkwürdig ruhig dabei, fast so, als ob er das jeden Tag sehen würde.
Rangy war froh, als er ein paar Dollar in seiner Hosentasche fand. Davon kaufte er sich einen Coffee to go und setzte sich damit auf eine Bank direkt am Boardwalk und sah den Geschäftsbesitzern dabei zu wie sie ihre Läden öffneten und beobachtete die vorbeilaufenden Menschen.
Wohl dachte Rangy auch an Bianca und seine Kinder, die sich mit Sicherheit schon längst fragten wo er geblieben war, und er hätte eigentlich anrufen müssen, und vor allem hätte er vor einer halben Stunde bereits am Set sein sollen, aber er hatte sein Handy zu Hause vergessen. Oder hatte er es etwa unbewusst mit Absicht nicht mitgenommen? Und seltsamerweise hielt ihn hier irgendetwas magisch fest, weswegen er jetzt einfach nicht aufstehen, sich ins Auto setzen und zum Set fahren konnte.

Nach einer Weile kam ein recht verstaubter, schwarzer Obdachloser, der die Sechzig wohl schon überschritten hatte, in einem ziemlich verblassten Indianer Outfit mit seinem vollgepackten Einkaufswagen angekarrt und setzte sich ungefragt neben Rangy auf die Bank. Völlig selbstverständlich und in aller Ruhe begann er dann einen Joint zu drehen. Rangy beobachtete ihn dabei, aber keiner der beiden sagte ein Wort.

Nachdem der Joint fertig gedreht war, zündete ihn der fremde Obdachlose an, zog zweimal daran und reichte ihn dann Rangy weiterhin wortlos hinüber. Rangy sah ihn fragend an. Und da machte der Mann endlich seinen Mund auf und bemerkte dazu: „Es sieht ganz so aus, als hättest du noch weniger als ich..."
Rangy sah ihn immer noch an, aber anstatt ihm zu antworten und die Dinge richtig zu stellen, nahm er den Joint entgegen und zog ein paar Mal daran, bevor er ihn wieder zurückgab und dem fremden Mann dabei dankbar zunickte.
So saßen sie dann eine weitere Weile wortlos da und rauchten in aller Ruhe den Joint zusammen. Und je mehr Rangy von dem Gras intus hatte, desto mehr entspannte sich etwas in ihm, und auch die letzten Gedanken an Zuhause und ans Set verschwanden. Er genoss das Hier und Jetzt vollkommen und genau da wo er in diesem Moment war. Trotzdem verursachte das tief in ihm drin irgendwie ein schlechtes Gewissen, doch das spürte Rangy dank des Joints gerade überhaupt nicht.

Ein wenig später tauchte eine Frau aus der Menschenmenge auf, die sehr verärgert und schlecht gelaunt aussah. Rangy entdeckte sie und rief ihr spontan zu: „Hey, Honey, ich wünsche dir einen wunderschönen Tag!", und grinste sie dabei aufrichtig an. Er meinte es wirklich so, denn er wollte sie einfach aufmuntern, weil sie so unglücklich wirkte.
Verblüfft hielt die Frau plötzlich an und öffnete geschäftig ihre Handtasche. Dann nahm sie ihren Geldbeutel, fischte eine Ein-Dollarnote heraus und drückte sie Rangy wortlos in die Hand. Danach ging sie zügig ihrer Wege.
Rangy sah ihr zunächst völlig verwundert hinterher, musste dabei aber trotzdem grinsen, und sein Banknachbar klopfte ihm anerkennend auf den Rücken. „Scheint so, als ob das auch für dich ein wundervoller Tag ist!"

Rangy lächelte ihn kurz etwas irritiert an, stand dann aber auf und hielt dem Obdachlosen den Dollarschein hin. „Nimm du ihn! Ich muss los..." Doch der antwortete nur verschmitzt: „Nein, mein Sohn, der gehört dir! Sie hat ihn dir gegeben! Also nimm ihn und mach weiter so mit deinem netten Schlachtplan, dann kannst du dir auch bald eine Rasur leisten..."
Und Rangy feixte zurück: „Wenn du meinst... Pass auf dich auf!" „Übrigens, ich bin Bob." Und Rangy sagte daraufhin nur: „Rangi."
Rangy wusste selbst nicht, warum er Bob seinen alten Spitznamen aus seiner Kindheit und Jugendzeit genannt hatte, er war ihm eben seltsamerweise als erstes eingefallen. Gleichzeitig war Rangy auch sehr froh darüber, dass er seinen richtigen Namen nicht preisgegeben hatte. Man wusste ja nie, ob man plötzlich doch erkannt werden würde, und das wäre hier an diesem Ort und in seinem momentanen Outfit wohl eher ungünstig gewesen. Obwohl sein Spitzname fast genauso geschrieben wurde wie sein richtiger Name, war Rangi ein Name der Maori und wurde mit rollendem 'r', 'a' wie in 'car', 'ng' wie in 'engaged', und das 'i' wie in 'Victoria' ausgesprochen.
„Man sieht sich, Rangi!", rief Bob, und Rangy nickte ihm noch zu, bevor er den Dollarschein in seine Hosentasche steckte und zu seinem Auto ging.
Kurz musste Rangy über Bobs Aussprache schmunzeln, denn es fiel den meisten englischsprachigen Leuten sehr schwer ein rollendes 'r' hinzubekommen.

Rangy wusste nicht warum, aber er achtete dann sorgsam darauf, dass ihn niemand dabei sah als er in sein Auto einstieg.
Später wusste er dann warum.
Er wollte diese Welt ganz für sich alleine haben.

*

Kaum hatte Rangy die Haustür aufgesperrt, stand Bianca schon vor ihm. Sie starrte ihn fragend an und war wie zu erwarten sehr aufgebracht, aber es lag auch Sorge in ihrer Stimme, als sie ihn sogleich fragte, wo zur Hölle er gewesen sei. „Die rufen mich ununterbrochen an!!! Warum hast du dein Handy nicht mitgenommen? Was ist denn passiert?"
Rangy gab ihr schnell einen Kuss. „Es tut mir leid... Ich habe vergessen zu tanken...", log er, dann rannte er rasch die Treppe hoch und verschwand im Bad.
Bianca sah ihm zwar etwas verdutzt hinterher, ging dann aber wieder in die Küche und rief Blake an. Sie erzählte ihm, was passiert sei, und dass Rangy sich gleich auf den Weg machen würde. Blake war natürlich einerseits erleichtert das zu hören, andererseits kochte in ihm trotzdem die Wut hoch über Rangys wiederholtes Zuspätkommen.
Indessen zog sich Rangy im Bad aus und ging erst einmal duschen. Anschließend rasierte er sich ordnungsgemäß.
Er fühlte sich ein wenig ratlos, als er über die Ereignisse der letzten Stunden nachdachte. Doch dann riss er sich zusammen, ging ins Schlafzimmer rüber, wo er das nasse Handtuch aufs Bett warf und sich anzog. Die Jogginghose und den Kapuzenpulli legte er auf einen Stuhl, der neben dem Bett stand. Dann holte er tief Luft und fuhr, nachdem er Bianca noch einmal versichert hatte, dass es ihm leid täte erneut zu spät zu sein, zum Set.

Blake stürmte sofort auf Rangy zu, als der aus der Maske kam, was Rangy allerdings schon erwartet hatte, und irgendwie konnte er ihn ja auch verstehen. Sein Zuspätkommen hatte den gesamten Ablauf des Drehtages komplett

durcheinandergebracht. Und trotzdem nervte es Rangy ziemlich, dass sich Blake so aufregte. Für ihn war Blakes Verhalten ein paar Nummern zu übertrieben, schließlich war er nicht der Einzige dem das mal passierte.
Letztendlich verließ Blake mit hochrotem Kopf das Set und lief zu seinem Trailer, in dem er sein Büro eingerichtet hatte.
Danach verlief der Dreh dennoch recht erfolgreich und reibungslos, und am Ende des Tages, allerdings mit drei Stunden Verspätung, waren dann doch noch alle Szenen, die für heute geplant waren im Kasten.

Die kommende Woche gestaltete sich dann eigentlich wie immer.
Bianca und Rangy waren beide sehr beschäftigt und daher kaum zu Hause. Sie sahen sich morgens nur kurz beim Frühstück, und nachts schlief der eine meistens schon wenn der andere ins Bett kam.
Bislang hatten sie nicht mehr über neulich gesprochen, und Rangy war sehr froh darüber, denn er wusste immer noch nicht wo er diese ganze Venice Beach Geschichte und die vorangegangene Unruhe einordnen sollte. Die Zeit danach war mit Terminen so vollgespickt gewesen, dass er erstens keinen Raum dafür gehabt hatte länger darüber nachzudenken, und zweitens war er abends so kaputt gewesen, dass er auch wieder recht gut geschlafen hatte. Deswegen war er sich mittlerweile auch sicher, dass er diese merkwürdige Phase überwunden hatte.

Am Ende jener Woche stand Rangy wie immer barfuß und mit offenem Hemd neben der weißen Ledercouch im Wohnzimmer und blickte durch die weit geöffnete Terrassentür hinaus zum Pool, dessen Wasser in der untergehenden Sonne golden funkelte.

Bianca goss derweil Rotwein in zwei Gläser und ging zu ihrem Mann hinüber. Rangy nahm eines der Gläser entgegen und legte danach einen Arm um seine Frau. Sie prosteten sich zu und nahmen jeder einen Schluck.

Rangy genoss den erdigen Geschmack des Weins, der nun langsam seine Kehle hinunterrann, aber noch mehr genoss er die anschließend wohltuende, beruhigende Wirkung des Alkohols. Dadurch spürte er erst, dass er doch noch ziemlich angespannt war. Die letzte Zeit war aber auch wirklich anstrengend gewesen, dachte er gerade, als Bianca ihn fragte: „Wie läuft's am Set? Geht es vorwärts?" Rangy nahm noch einen Schluck, bevor er antwortete: „Ja... Es läuft ziemlich gut... Es gibt viele Arrangements zu üben für die Kampfszenen..." Bianca sah ihn an: „Blake hat es mir heute Nachmittag erzählt. Er ist sehr nervös wegen dem Zeitplan..." Rangy war plötzlich genervt. „Warum fragst du dann, wenn du es schon weißt?"

Bianca sah ihren Mann etwas amüsiert an. Sie wusste, dass er noch nie besonders gut auf Blake zu sprechen gewesen war. Rangy akzeptierte zwar Blakes Kompetenz, aber beste Freunde würden sie wohl nie werden, was, soviel sie wusste, durchaus auch auf Gegenseitigkeit beruhte. „Hey, Darling, beruhige dich, alles ist ok... Nur, sei ein einfach ein wenig pünktlicher, bitte!", flüsterte sie ihm ins Ohr, und ihr Tonfall ließ unmissverständlich durchsickern, was sie eigentlich vorhatte.

Ihren Blick konnte sie schon seit einer ganzen Weile nicht mehr von seiner nackten Brust lösen. Sie mochte es sehr, wenn Rangy zu Hause seine Hemden nicht zuknöpfte. Schließlich nahm sie Rangy den Wein aus der Hand und stellte beide Gläser auf dem Couchtisch ab. Anschließend schlang sie ihre Arme um ihn und fing an ihn zu küssen.

Rangy war zunächst gar nicht in Stimmung, aber ihre fast unverschämt verführerische Art hatte ihn, wie so oft, bald in ihren Bann gezogen, und er ließ sich dann sogar sehr gerne darauf ein.
Bianca schubste Rangy schließlich leicht in Richtung Treppe, während sie ihn immer wieder küsste. Rangy schnappte sich bald ihre Hand, und dann verschwanden sie recht zügig im Schlafzimmer. Kaum hatte Rangy die Tür hinter ihnen geschlossen, riss sie ihm schon das Hemd herunter, bevor sie sich ziemlich leidenschaftlich liebten.

Am nächsten Morgen wachte Rangy auf und fühlte sich seltsamerweise nicht wirklich erholt. Kurz dachte er schon, er würde vielleicht krank werden. Doch als Bianca ihn dort berührte wo unmissverständlich klar war, was sie erneut von ihm wollte, war das matte Gefühl schnell wieder wie weggeblasen, und nachdem er gekommen war, fühlte er sich tatsächlich besser.
Als seine Frau danach aufstand und ins Bad ging, sah er ihr eine Weile hinterher und stellte wieder einmal fest, wie schön sie war, und dass er nach all den Jahren immer noch total auf sie abfuhr. Sie hatten zwar ihre Differenzen was die Karriere anging, aber im Bett lief es nach wie vor echt gut. Und trotzdem erwischte sich Rangy dabei, dass er sich fragte, ob das tatsächlich so war, oder ob er sich über die lange Zeit hinweg einfach nur daran gewöhnt hatte. Schnell schüttelte er allerdings diesen Gedanken wieder ab, denn er kam sich etwas schäbig vor, solche Grübeleien überhaupt in seinem Bewusstsein vorzufinden. Es gab nun wirklich nichts in seinem Leben, was er in Frage stellen sollte. Und er liebte seine Frau, dessen war er sich nach wie vor sehr sicher, und das war ja auch schließlich die Hauptsache.

Rangy setzte sich auf die Bettkante, und da fiel sein Blick auf den Stuhl, wo immer noch die Klamotten von seinem Venice Beach Ausflug lagen. Wie von selbst griff er nach der Jogginghose und kramte den Dollarschein heraus. Kurz sah er ihn an, dann stopfte er ihn schmunzelnd in die Tasche zurück. Schließlich stand er auf und folgte Bianca ins Bad.

*

Die folgenden Tage am Set verliefen etwas turbulenter, denn es waren viele Szenen mit Unmengen von Menschen zu drehen, was immer ein hohes Potenzial von Chaos in sich barg. Das Filmteam tat zwar sein Bestes alles gut zu koordinieren, und trotzdem waren solche Tage für alle immer äußerst stressig.
Außerdem war es heute draußen besonders heiß, und Rangy schwitzte ziemlich in seinem Priesterkostüm, was ihm eigentlich nicht viel ausmachte, aber irgendwie war er zudem unkonzentriert und vergaß öfter seinen Text, was dazu führte, dass wegen ihm einige Szenen mehr als üblich wiederholt gedreht werden mussten. Außerdem hatte Rangy oftmals eine andere Vorstellung davon, wie er die heutigen Szenen spielen wollte, was zwischen ihm, dem Regisseur, Blake und den Kameraleuten für einigen Diskussionsstoff sorgte.
Im Prinzip waren sich alle meist schnell einig, nur Blake musste wieder einmal seinen Sturkopf durchsetzen und ritt auf Kleinigkeiten herum, die nicht nur in Rangys Augen totaler Schwachsinn waren. Letztendlich sagten alle Ja zu Blakes Vorschlag und warteten dann ab, bis der wieder in seinem Trailer saß und drehten die Szenen dann doch so, wie sie es für richtig hielten. Aus Erfahrung wussten alle, dass sich Blake hinterher fast bis gar nicht mehr daran erinnerte, was er genau

gesagt hatte. Umso mehr stresste sein Verhalten das ganze Team, weil seine rechthaberischen Allüren eben vollkommen unnötig und restlos übertrieben waren.
Rangy nervte das total, aber wie auch sonst immer riss er sich zusammen. Er dachte nur kurz daran, wie viel mehr Spaß es machen würde, wenn Blake nicht ständig so überreagieren würde. Denn Spaß hatte Rangy trotz allem nach wie vor, und den ließen sich auch die anderen nicht von diesem Miesepeter verderben, obwohl sie sich auch oft wünschten, Blake würde etwas runterfahren und seinen anstrengenden, narzisstischen Dickschädel zu Hause lassen.

Am darauffolgenden Wochenende kamen die Unruhe, und die damit verbundene Schlaflosigkeit allerdings wieder zurück. Ruhelos und ratlos lief Rangy mit einer Flasche Wasser in der Hand, aus der er ab und zu einen Schluck nahm, mitten in der Nacht im Wohnzimmer auf und ab.
Zwischendurch landete sein Blick auf dem Couchtisch, wo sich ein paar Modemagazine stapelten, dazwischen lugte die Fernbedienung für den Fernseher heraus, und das eine Ende eines Ladekabels hing herunter. Irgendwie sah alles aus wie immer, und eigentlich war ja auch alles wie immer.
Immer?
Rangy begann plötzlich über die Bedeutung dieses Wortes nachzudenken, und musste feststellen, dass 'immer' ein sehr oft missbrauchter Begriff war, denn was währte schon immer? Schließlich musste er sich eingestehen, dass es ganz und gar nicht immer so gewesen war.
Früher, als Rangy noch ein Kind war, hatte er immer, oder treffender formuliert, die meiste Zeit im Freien verbracht,

draußen bei den Tieren, genauer gesagt bei den Pferden und Kühen. Seine Eltern bewirtschafteten eine große Farm in Australien, und in den ersten Jahren nach seinem Umzug nach L.A., waren er und später auch Bianca und die Kinder jedes Jahr mindestens zweimal dort gewesen. Doch nachdem dann schlussendlich auch Kimberly in die Schule gekommen war, hatten sich ihre Besuche stark reduziert, und ihm fiel erschreckend auf, dass er seine Eltern schon seit fast zwei Jahren nicht mehr gesehen hatte. Rangy verstand überhaupt nicht wieso das so gekommen war, denn es gab keinen Streit oder andere Probleme zwischen seinen Eltern und ihm. Das Verhältnis zu seinen Eltern war bis heute durchweg gut, so auch das zu seinen Geschwistern, die alle in Australien geblieben sind. Ab und zu waren alle auch schon zu Besuch in L.A. gewesen, aber solche Reisen waren aufgrund der heimischen Farm stets schwierig zu organisieren, denn die Kühe ließen sich nicht von jedem melken, und seine Geschwister hatten mittlerweile auch Familie und lebten ihr eigenes Leben.

Kurz musste Rangy überlegen warum er eigentlich damals die Farm überhaupt verlassen hatte. Dann fiel es ihm wieder ein, er hatte schon immer ein unerklärliches Fernweh in sich verspürt, was ihn schließlich Anfang Zwanzig in die Welt hinaus getrieben hatte.

Je mehr Rangy ins Grübeln geriet, desto unruhiger wurde er, und er dachte schon daran sich einfach zu besaufen, nur damit er endlich Ruhe finden, und schlafen könnte.

Doch dann fielen ihm auf einmal Bob und die Frau mit dem Dollarschein wieder ein, sowie die Nacht im Sand am Venice Beach. Plötzlich überkam ihn ein nicht zu begreifender, starker Drang jetzt sofort wieder dorthin zu fahren. Und er überlegte nicht lange.

So schlich er sich leise ins Schlafzimmer, schnappte entschlossen seine Venice Klamotten, wie er sie im Geiste schon nannte, zog sie unten im Flur an, schrieb seiner Familie allerdings dieses Mal eine kurze Notiz, dass er bei Freunden wäre, stopfte sich ein paar weitere Dollarscheine in die Tasche, schnappte die Flip Flops sowie seine Autoschlüssel und verließ sein Haus unbemerkt, fast wie ein Dieb.

*

Rangy schämte sich etwas, als er bemerkte, dass er es irgendwie als Urlaub empfand neben Bob auf einem alten, zerschlissenen Campingstuhl am Boardwalk zu sitzen und einen Joint zu rauchen. Und als ob er dies ebenfalls schon jahrelang tun würde, hatte er bereits nach Minuten den stets aufmerksamen, aber trotz allem dabei völlig entspannten Blick drauf, die Menschenmenge nach Polizisten zu durchforsten, denn sich mit dem Gras in der Hand erwischen lassen, wollte Rangy dann doch nicht. Außerdem hatte er ein wenig Angst davor von irgendwelchen Passanten, und schlimmer noch von Paparazzi entdeckt und entlarvt zu werden, denn das würde ebenfalls kein Spaß werden.

Bob verdiente sich jeden Tag ein paar Dollar, indem er sich gegen Geld in seinem Indianer Outfit von Touristen fotografieren ließ, und das funktionierte zu Rangys Erstaunen recht gut.
Rangy spürte wie er zusehends entspannter wurde und sich diese innere Unruhe langsam legte, weshalb er am Ende des Tages beschloss nun öfter zu Bob nach Venice Beach zu gehen. Zwar sagte ihm sein Verstand, dass er genau diesen nun verloren hätte, aber er tat es dennoch wie beschlossen.

Rangy begann sich nun gute Ausreden einfallen zu lassen, die sein vermehrtes Wegbleiben rechtfertigen sollten, was ihm zunächst ziemlich schwer fiel, zumal er seine Familie noch niemals zuvor angelogen hatte. Aber er wusste, dass keiner von ihnen auch nur das geringste Verständnis für ihn aufbringen könnte, wenn er die Wahrheit sagen würde. Er verstand sich ja selbst nicht.
Rangy vermutete allerdings bald, dass es möglicherweise diese Anonymität dort am Boardwalk unter den vielen Obdachlosen und den unzähligen Touristen war, die ihm irgendwie gut tat. Keiner fragte ihn blöde, unnütze Fragen, und keiner fragte ihn nach einem Autogramm, oder aus welcher sicherlich tiefgründigen Motivation heraus er diesen oder jenen Film gemacht hätte. Niemand hier interessierte sich für seine Herkunft. Er war einfach hier, und das reichte als Daseinsberechtigung.
Die Kommunikation mit Bob beschränkte sich, bis jetzt jedenfalls, nur auf das Hier und Jetzt, und das auch nur auf das Allernötigste. Rangy mochte Bob, und das schien auch auf Gegenseitigkeit zu beruhen, denn Bob sagte immer, wenn Rangy gehen musste: „Man sieht sich!"

Rangy war trotz anfänglicher Unsicherheit nach einer Weile davon überzeugt, dass ihn hier niemand als Rangy Turner, den Schauspieler, identifiziert hatte, und das erfüllte ihn nach und nach mit einem eigenartigen Glücksgefühl, das er zwar sehr seltsam fand, aber auch genoss, und nach dem er bald fast süchtig wurde.
Immer öfter und länger wurden seine Ausflüge in die andere Welt, so dass er froh war, die Ausrede mit dem Fitnesstraining im Freien gefunden zu haben, denn das, was er schon nach kurzer Zeit nicht mehr verbergen konnte, war seine immer dunkler werdende Haut.

*

Eines Tages machte Rangy einen Spaziergang, und er schlenderte gelassen den Boardwalk entlang. Er war unrasiert und trug wie immer seine Venice Klamotten. In einer typischen, undurchsichtigen Papiertüte steckte eine Whiskyflasche aus der er ab und zu einen Schluck nahm, und das leichte Rauschgefühl, das der Whisky in ihm hinterließ, genoss er sehr.
An der Reaktion der vorbeilaufenden Passanten konnte er ablesen, dass diese ihn tatsächlich für einen der hiesigen Homelessleute hielten, denn keiner sah ihn wirklich an. Er war Luft für sie, und es gefiel ihm. Trotzdem achtete er stets darauf, dass die Kapuze seines Pullis immer tief ins Gesicht gezogen blieb. Eigentlich hätte er sich sicherheitshalber noch eine Sonnenbrille aufsetzen sollen, doch die meisten Straßenleute trugen keine, und er fühlte sich ohne eh viel wohler.
Er sah die Welt lieber direkt.

Plötzlich entdeckte Rangy eine Frau, die farbenfroh wie ein Hippie gekleidet war und ebenso bunt kolorierte, lange, etwas verzottelte Harre hatte. Sie sah ein wenig fertig aus, wirkte aber ansonsten eigentlich recht gepflegt. Rangy schätzte sie auf Ende Zwanzig. Die bunte Frau kniete am Boden und baute aus Sand einen wunderschönen, großen Fisch. Das reinste Kunstwerk, fand Rangy, und ging fasziniert auf sie zu.
„Wow, das ist wunderschön!", sagte Rangy aufrichtig, und sie sah auf. „Dankeschön!", antwortete die bunte Frau und war sogleich von Rangys strahlend blauen Augen fasziniert. „Darf ich mich setzen und dir ein wenig zusehen?", fragte Rangy und konnte sich an dem Fisch gar nicht sattsehen. Die Sandfrau

winkte Rangy mit ihren sandigen Händen heran. „Klar, kein Problem! Ich bin Grainy. So nennt mich meine große Familie hier... Wegen meiner Arbeit schätze ich... Wie ist dein Name?" Rangy setzte sich neben sie auf den Boden und reichte ihr den Whisky rüber. Erfreut nahm Grainy die Papiertüte entgegen und tat einen kräftigen Schluck. Rangy grinste. „Schöner Name! Passt perfekt! Ich bin Rangi." „Das klingt schön, aber auch etwas fremd... Woher kommt der Name?" Rangy sah sie an. „Das ist Maori und bedeutet 'Himmel'." Grainy lächelte und bemerkte: „Sicherlich wegen deinen blauen Augen..."
Grainy nahm aus Verlegenheit schnell noch einen Schluck, denn sie wollte diesen hübschen Fremden nicht weiterhin so anstarren. Aber dies nicht zu tun, war schon eine ziemliche Herausforderung, weil er auf sie eine unerklärlich stark anziehende Wirkung ausübte, die sie so noch nicht erlebt hatte. Grainy hatte zwar aufgrund der Kapuze noch nicht viel von ihm gesehen, aber das, was sie schon gesehen hatte, reichte vollkommen aus um ihr Herz schneller schlagen zu lassen. Neben seinen unglaublich faszinierenden Augen hatte sie auch schnell bemerkt, dass er passend zu ihnen auch richtig schöne Füße hatte, von seinen ebenso wohlgeformten und kraftvollen Händen ganz zu schweigen. Sie konnte ihrem Gehirn einfach nicht verbieten sich vorzustellen, wie sich diese Hände auf ihrem nackten Rücken anfühlen mussten.
Zu ihrem Glück, wie sie fand, holte Rangy in diesem Moment einen fertig gerollten Joint aus der Jackentasche und zündete ihn an. Grainy unterbrach ihre Arbeit und setzte sich direkt neben ihn. Lachend nahm sie den Joint entgegen und zog ein paar Mal.
Und so verging der Nachmittag rasend schnell, und Rangy hätte fast vergessen abends nach Hause zu fahren, obwohl er eigentlich in diesem Zustand gar nicht mehr hätte fahren dürfen. Die Konsequenzen waren ihm durchaus bewusst, die

sowohl durch eine Polizeikontrolle, als auch durch ein Aufeinandertreffen mit Bianca entstehen würden, aber irgendwie war es ihm zu seinem eigenen Erstaunen egal.

Zum Glück war niemand zu Hause, als er dort ankam, und Polizisten hatte er unterwegs auch keine gesehen.
Bianca war mit Joey und Kimberly bei Freunden eingeladen, und Elena übers Wochenende bei einer Freundin gewesen. Offenbar hatten sich alle verspätet, wie Rangy dann erleichtert feststellte. Schnell duschte und rasierte er sich und registrierte dabei, dass seine Haut in den letzten Tagen noch dunkler geworden war.
Schlagartig fiel ihm Blake ein, der ihn letztens schon einmal ziemlich deutlich auf seinen Vertrag hingewiesen hatte, in dem extra vermerkt war, dass er für die Rolle des Priesters auf eine helle Hautfarbe zu achten habe. Aber in den letzten Tagen hatte sich niemand über seinen doch immer dunkler gewordenen Teint beschwert, folglich schien es dann wohl doch nicht so wichtig zu sein. Allerdings war Blake die letzte Woche nicht am Set gewesen, weil er noch ein anderes Filmprojekt betreute.
Aber Rangy verdrängte jetzt diese Gedanken an seine sonnengebräunte Haut, und vor allem den an Blake schnell wieder und zog sich an.

Doch am übernächsten Tag war Blake wieder am Set, und hatte sofort bemerkt, dass Rangy irgendwie anders aussah als noch vor kurzem, aber er hatte in diesem Moment keine Zeit sich darum zu kümmern, weshalb er sich dieser Sache später annehmen wollte.

Gegen Mittag setzte sich Rangy in einer der Drehpausen in seiner Filmkirche, die allerdings eine echte war, vorne in die erste Bank und rieb sich ein wenig übers Gesicht.
Er hatte sich nicht mehr rasieren können, weil er wieder einmal zu spät von Venice losgefahren war. Eigentlich wollte er gestern Abend schon wieder zu Hause sein, aber dieser Wille war nicht gegen sein Bedürfnis im Sand zu schlafen angekommen. Dann hatte Rangy seiner Frau gesmst, dass er mit einem Filmkollegen versackt wäre und deshalb morgen mit ihm direkt zum Set fahren würde. Zum Glück war das Set momentan fast eine Stunde Fahrt von ihrem Haus entfernt, so dass Bianca auch diese Lüge ohne Weiteres geschluckt hatte.
Es war außerdem nicht das erste Mal, dass Rangy während eines Drehs woanders übernachtete, ja manchmal waren sie sogar Wochen oder Monate wegen eines Projektes getrennt gewesen. War es allerdings zu lange geworden, hatten sie sich auch öfter schon vor Ort ein Haus gemietet, damit die Familie nicht zu lange getrennt blieb.
Rangy ließ sein Gesicht schon seit geraumer Zeit von einer Make-up Assistentin mit einer speziellen Creme bedecken, die seinen Teint wieder heller aussehen ließ, damit seine Hautfarbe weiterhin zu der vorgeschriebenen Rollenbeschreibung passte. Die Assistentin wusste allerdings nichts von jener besagten extra Hautfarben-Klausel in Rangys Vertrag, und als Rangy sie eines Tages dann darum gebeten hatte, hatte sie logischerweise auch nichts einzuwenden gehabt und einfach ihren Job gemacht.
Das Problem mit der Creme war nur, dass sie, vor allem wenn Rangy sich nicht rasiert hatte, anfing zu jucken, und der angeklebte Bart tat sein übriges dazu, weswegen er sich eben übers Gesicht gerieben hatte.

Rangy hatte gerade entdeckte, dass etwas von dieser Creme in seinen Handflächen war, als Blake in die Kirche stürmte und sich neben Rangy auf die Bank setzte.
Blake wollte eigentlich nur kurz mit ihm über ein mögliches Wochenendshooting sprechen, als er das etwas verwischte Make-up in Rangys Gesicht entdeckte, und dadurch auch die darunter deutlich dunklere Haut hervorschimmern sah. Jetzt dämmerte es Blake auch, was ihm vorhin schon aufgefallen war. Seinen entsetzten Blick ließ er noch kurz über Rangys ebenfalls dunkelbraunen Hände gleiten, dann legte er los: „Rangy, was ist denn nun schon wieder mit deiner Haut los? Hast du dir heute morgen das Gesicht nicht gewaschen? Ich hatte dir doch letzte Woche schon gesagt, dass du nicht braun werden sollst! Das ist ein Teil deines Vertrags. Erinnerst du dich?"
Rangy war diese Nörgelei so satt, und er verstand überhaupt nicht, warum sich Blake darüber so aufregte. Mit dem hellen Make-up war das doch alles kein Problem, außer wenn man daran herumwischte, aber auch das war ja in null Komma nichts wieder repariert. Ihn ermüdete schon allein der Tonfall in dem Blake zu ihm sprach, aber er antwortete dennoch so ruhig und klar wie möglich: „Ja... Sorry... Ich werde mehr Make-up drauftun lassen, ok?"
Blake war allerdings alles andere als damit einverstanden. Er war jetzt richtig verärgert und sagte ziemlich aufgebracht: „Das ist nicht dasselbe, und du weißt, dass das nicht der verdammte Punkt ist! Wir wollen es natürlich! Deswegen steht das ja auch als extra Punkt in dem Vertrag! Also wenn du mir diesen verfluchten Gefallen tun würdest und nicht so aussehen wirst, wie einer von diesen verdammten Obdachlosen, würde ich das wirklich sehr wertschätzen! Was zum Teufel ist nur mit dir los? So kenne ich dich gar nicht! Zu spät kommen, müde, braungebrannt... Was kommt als nächstes? Und diesen

Dreitagebart brauchen wir übrigens erst in zwei Monaten! Ich muss dir doch wohl nicht erzählen, wie wichtig dieser Film nicht nur für deine Karriere ist, oder? Aber wenn das mit dir jetzt nicht funktioniert, da warten eine Menge anderer da draußen, die lecken sich die Finger danach..."

Rangy nickte einfach wortlos und wünschte sich augenblicklich neben Bob oder Grainy zu sitzen und mit ihnen einen Joint zu teilen. Warum musste Blake nur immer gleich so aus der Haut fahren?

Blake stand indessen auf, klopfte Rangy ein wenig zu fest auf die Schulter und verließ daraufhin schnell die Kirche.

Rangy atmete tief durch, stand dann aber auch auf und ging zu dem Kameramann hinüber, der ihn schon seit kurzem heranwinkte. Seine Make-up Assistentin war auch bereits wieder zurück und begann damit Rangys Priestergesichtsfarbe wiederherzustellen.

Der Kameramann sowie alle anderen drumherum machten sofort ihre gewohnten Scherze über Blake, und Rangy musste sogleich mitlachen. Es tat ihm gut, dass seine Kollegen das alles ebenso locker sahen wie er, denn offenbar war die Sache mit seiner Hautfarbe in ihren Augen überhaupt nicht tragisch, zumal es ja nur sein Gesicht und Hals waren, was momentan geschminkt werden musste. Die braune Farbe seiner Hände glich der Lichtmann wenn es notwendig wurde einfach mit einem helleren Spot aus.

Die Zeit, die Rangy zusammen mit seiner Familie verbrachte, wurde nach und nach immer weniger. Er log was das Zeug hielt und wunderte sich nur, dass Bianca nicht langsam misstrauisch wurde.

Selbst seine Kinder hatten ihn schon darauf angesprochen, warum er kaum mehr Zeit mit ihnen verbringen würde, und sie anzulügen war für Rangy das Schlimmste.

Mittlerweile traf sich Rangy mehr mit Grainy als mit Bob, wobei der sich auch öfter augenzwinkernd zurückzog, wenn sie mal zu dritt waren. Bob hatte wohl Grainys Faible für Rangi sofort gespürt.
Rangy hatte da etwas länger gebraucht, zumal er ja überhaupt nicht auf der Suche nach einer neuen Liebe war. Und außerdem liebte er ja seine Frau trotz allem immer noch sehr, daran hatte sich seines Eindrucks nach auch nichts verändert. Später musste er im Nachhinein allerdings zugeben, dass er zu diesem Zeitpunkt damals nicht wirklich darüber nachgedacht hatte. Es war eher eine Erinnerung an ihre Liebe gewesen, die er gespürt hatte, und die ihn wissen ließ, dass er das Leben mit seiner Frau einmal sehr geliebt hatte, denn irgendwann hatte Rangy aufgehört das Hier und Jetzt regelmäßig zu befragen, wie es um seine Liebe zu Bianca stand.
Doch so kontinuierlich sich das Dasein als vermeintlicher Obdachloser in sein Leben geschlichen hatte, genauso hatte sich Grainy in sein Herz geschlichen, und als er es schließlich bemerkte, war es schon zu spät gewesen. Gleichzeitig wusste Rangy auch, dass man Zuneigung und Liebe weder steuern noch kontrollieren konnte. Sie flossen einfach ungehindert dorthin, wohin sie wollten. Und offenbar wollten seine zu Grainy. Als er registrierte, dass er schon eine gute Weile ständig an sie dachte, und sich mehr als nur sehr wohl in ihrer Nähe fühlte, so wohl nämlich, dass es ihm jedes Mal wehtat sie zu verlassen wenn er nach Hause fuhr, wobei er immer unsicherer wurde, ob das eigentlich überhaupt noch sein Zuhause war, erschrak er ziemlich. Auf einmal bekam das ganze Venice Beach Ding eine ganz andere Dimension. Es

war nicht mehr nur seine eigene Welt. Da war plötzlich noch jemand, und Bob gehörte ebenfalls schon so sehr dazu, dass er ihn ebenso nicht mehr missen wollte.

Rangy überlegte bald fieberhaft, wie er das alles weiterhin managen sollte, und vor allem bedrückte ihn diese ständige Lügerei. Er belog ja nicht nur seine Familie, sondern auch Grainy und Bob. Die beiden gingen ja davon aus, dass er wirklich obdachlos wäre. Keiner von ihnen hatte zwar bisher nach dem Grund gefragt, warum er auf der Straße lebte, aber früher oder später würden sie es bestimmt wissen wollen, dessen war sich Rangy sicher. Und irgendwann würden sie auch fragen, wohin er denn immer ging, wenn er sie verließ.

Aber heute wollte und konnte er nicht mehr darüber nachdenken, zumal die viele Grübelei bisher auch nichts gebracht hatte.

Rangy fuhr schon morgens nach Venice Beach und traf sich mit Grainy, die ihn schon sehnsüchtig erwartete.

Sie umarmten sich zur Begrüßung, und Rangy spürte plötzlich sehr deutlich, dass dies schon lange keine nur rein freundschaftlichen Umarmungen mehr waren. Und als ob Grainy seine Gedanken gelesen hätte und ihnen zustimmen wollte, schmiegte sie sich so eng an ihn, dass es ihm heiß in die Lenden fuhr.

Bald darauf schlenderten sie den Strand entlang und hatten einfach Spaß zusammen und lachten viel. Rangy tat das in diesem Moment so gut, dass ihm fast die Tränen in die Augen stiegen, weil er sich gerade nach den vergangenen anstrengenden Drehtagen plötzlich so leicht und unbeschwert

fühlte. Grainy schien es genauso zu gehen, und sie sagte ihm das auch.
Schließlich planschten sie im Wasser herum, bis die Sonne unterging. Es war das erste Mal seit Rangy hier als Rangi, der Obdachlose unterwegs war, dass er am Strand trotz Anwesenheit einiger Leute seine Klamotten ausgezogen hatte, aber er hielt die Gefahr hier im Wasser erkannt zu werden momentan jedenfalls für sehr gering. Er setzte darauf, dass ihn hier keiner nur mit Shorts bekleidet und nassen Haaren an der Seite einer obdachlosen Frau mit einer total bunten Frisur vermutete. Zumal der Strand jetzt gegen Abend eh nicht mehr so frequentiert war.
Mehrmals war Rangy in letzter Zeit kurz davor gewesen Grainy zu küssen, hatte es aber dann doch immer wieder sein lassen, denn er wollte nicht noch mehr Verwirrung in seinem Leben haben. Dass es Grainy genauso ging, ahnte er zwar, aber er versuchte das gar nicht erst an sich heranzulassen, was ihm allerdings immer schwerer fiel. Denn eigentlich wäre es nur stimmig, und sein Körper machte ihm das auch mittlerweile ziemlich unmissverständlich klar, trotzdem versuchte Rangy es mit seinem Verstand solange wie nur irgend möglich zu kontrollieren.
Er war noch nie fremdgegangen, seit er mit Bianca zusammen war, obwohl er gefühlt hunderte Male die Gelegenheit dazu gehabt hatte. Nur einmal hatte er eine Nacht neben einer anderen Frau verbracht, nachdem er sich bei einer Abschlussfeier nach Drehschluss zusammen mit ihr die Lichter ausgeschossen hatte. Sie hatten sich dann zwar wild geküsst, und sie waren auch beide gekommen, aber er hatte nicht mit ihr geschlafen.
Jetzt, als er kurz daran denken musste, fand er es ziemlich bescheuert mit dieser Frau damals nicht richtig geschlafen zu haben, und er ärgerte sich fast darüber. Laut Definition war er

zwar nicht fremdgegangen, aber wenn er ehrlich war, war er es trotzdem. Es machte für ihn unterm Strich eigentlich keinen großen Unterschied, wie er soeben feststellen musste. Er hatte mit dieser Frau was gehabt, und das war ja nicht nur an diesem einen Abend so gewesen. Schon die ganze Zeit über hatte es beim Dreh zwischen ihnen gefunkt.
Das war die Wahrheit gewesen.

Nachdem die Sonne untergegangen war, gingen Rangy und Grainy zum Venice Fishing Pier und stellten sich darunter. Die Wellen rollten rauschend heran und verschluckten dadurch jegliche anderen Geräusche, die von der Brücke noch herunterschallten.
Und dann war es ihm plötzlich egal. Er nahm Grainys Gesicht in beide Hände und küsste sie einfach. Und im Handumdrehen waren sie ausgezogen und liebten sich dort wo sie waren in einer großen Sandkuhle.
Zum Glück blieben sie dabei unbemerkt, denn das wäre in jedem Fall ein Skandal geworden.

Anschließend lag Grainy in Rangys Arm und streichelte über seinen Bauch. Dann hob sie plötzlich Rangys Shorts an und fragte neugierig und grinsend: „Warum bist du da unten rasiert?"
Rangy überlegte schnell, was er darauf antworten sollte, denn er konnte ihr ja schlecht sagen, dass Bianca ihn noch gestern dort rasiert hatte. Sie stand eben darauf. Ihm war es relativ egal, wobei er das Rasieren selbst schon ziemlich erotisch fand.
„Es war eine Wette... Es brachte mir zwanzig Mäuse ein...", log Rangy, und war gleichzeitig froh und traurig über diese schnelle, und wie er fand auch recht gute Ausrede. Ich werde langsam aber sicher zum Profilügner, dachte er dann etwas

angewidert. Und er fragte sich außerdem, ob er denn selbst überhaupt noch wusste was wahr, und was gelogen war.
War das hier mit Grainy etwa auch gelogen?
„Cool!", sagte sie, und holte ihn damit wieder aus seinen Gedanken zurück. „Gefällt mir übrigens!", fügte sie noch grinsend hinzu. „Ich könnte dich auch rasieren, wenn du magst...", antwortete Rangy und grinste zurück.

Dann zog er sie an sich und küsste sie lange.
Nein, das war definitiv nicht gelogen, er begehrte sie wirklich.
Er hatte sich wahrhaftig in sie verliebt.
Und ihr ging es nicht anders.

*

Der Mond schien ins Wohnzimmer, aber das bemerkte Bianca überhaupt nicht. Sie saß auf der Couch und war damit beschäftigt permanent Rangys Nummer zu wählen. Und obwohl sie jedes Mal als Antwort nur das unmissverständliche Klingeln seines Handys, das irgendwo im Haus lag, hörte, fuhr sie dennoch mit ihren sinnlosen Bemühungen fort, so, als wollte sie dadurch die Realität aus dem Haus scheuchen. Doch das funktionierte nur bedingt, und zwar nur genau so lange wie sie zum x-ten Mal seine Nummer anwählte, und für diese kurze Zeit das Klingeln im Haus aufhörte, was ihr trotz ihres klaren Verstandes jeweils die Illusion gab, sie würde gleich seine Stimme vernehmen.

Stunde um Stunde verging, bis Bianca plötzlich leise das Haustürschloss hörte. Sie stand sofort auf und ging hinaus in den Flur, wo Rangy gerade dabei war seinen Schlüssel fast geräuschlos auf die Ablage zu legen.

Rangy erschrak ziemlich, als er plötzlich Bianca neben sich stehen sah, denn er dachte sie würde, so wie immer, schon schlafen.

„Wo warst du?", schleuderte seine Frau ihm sofort ziemlich verärgert entgegen, was ihn trotz seines Verständnisses für ihre Reaktion nervte. Er wollte nur noch schnell ins Bett.

„Wolltest du nicht nach dem Training heute Mittag wieder nach Hause kommen? Jetzt ist es vier Uhr morgens... Puh, und du stinkst! Bist du betrunken? Und wieso trägst du diese heruntergekommenen Klamotten?", fuhr Bianca jetzt noch etwas wütender fort. Sie verstand überhaupt nicht was mit ihrem Mann in letzter Zeit los war, denn es war nicht das erste Mal, dass sie bemerkte, wie spät er abends nach Hause kam. Sie hatte auch schon einmal darüber nachgedacht, ob er womöglich eine andere haben könnte. Doch jedes Mal wenn sie dann seine verschlissenen Kleider ansah, verwarf sie diesen Gedanken sofort wieder. Solche zerlumpten Sachen zog man ja eigentlich noch nicht einmal zum Training an!

Rangy war schon auf dem Weg zur Treppe, während er schnell als Antwort murmelte: „Beim Training habe ich einen alten Kumpel getroffen, und dann sind wir in einem Pub versackt..."

Bianca stand fassungslos da. „Verdammt, Rangy! Warum hast du nicht angerufen?" „Hatte mein Handy vergessen...", sagte Rangy schnell, der bereits ein paar Stufen hinaufgegangen war. „Du hättest ein Taxi nehmen sollen!", rief Bianca aufgebend, und ging ihm hinterher. „Ja, ich weiß... Sorry! Lass uns jetzt ins Bett gehen...", erwiderte Rangy und betrat das Schlafzimmer. Bianca war plötzlich hinter ihm und sagte eindringlich: „Aber zuerst gehst du duschen!" Rangy drehte sich zu ihr um, gab ihr einen flüchtigen Kuss auf die Wange und verschwand daraufhin im Badezimmer.

Bianca sah ihm immer noch etwas besorgt hinterher, zog sich dann aber aus, kuschelte sich anschließend in ihre Bettdecke und wartete auf ihren Ehemann, der auch nach kurzer Zeit frisch geduscht zu ihr ins Bett kam. Rangy gab ihr noch schnell einen Gute-Nacht-Kuss, bevor er sich zu ihrem Erstaunen umdrehte und wohl gleich einschlief. Bianca zollte das dem Alkohol zu, denn normalerweise legte Rangy wenigstens einen Arm um sie, war er auch noch so müde.
Irgendwann war sie dann über ihrem Mix aus Verunsicherung, Wut und Sorge eingeschlafen, und als sie am nächsten Morgen aufwachte, duftete es schon herrlich nach frisch gebrühtem Kaffee.

Rangy hatte Frühstück gemacht, und Biancas Kummer von letzter Nacht war im Nu verflogen. Offenbar hatte er tatsächlich einfach nur mit seinem Kumpel zu viel getrunken. Er sollte nur endlich so vernünftig sein und in so einem Fall ein Taxi nehmen, war der einzige Gedanke, der in ihrem Kopf noch herumschwirrte.
Dass es Bianca außerdem beschäftigte, weil Rangy ihr überhaupt nichts von dem gestrigen Abend mit seinem Kumpel erzählte, bemerkte sie erst, als sie ihn fragte mit wem er sich denn eigentlich getroffen hätte. Rangy erwähnte daraufhin einen Namen, den sie noch nie zuvor gehört hatte. Er meinte dazu dann knapp erklärend, dass es jemand von einer ehemaligen Filmcrew gewesen sei, bei dessen Produktion sie nicht dabei gewesen wäre.
Dann war Rangy aufgestanden und zusammen mit Joey in den Pool gesprungen, um Wasserball zu spielen.

Die kommenden Wochen verliefen dann ohne weitere Zwischenfälle dieser Art, und Biancas Sorgen und Grübeleien verflüchtigten sich wieder. Der Alltag hatte sie wie immer fest im Griff, und Rangy verhielt sich seitdem auch wieder normal, mit der einen Ausnahme, dass er noch etwas häufiger trainieren ging als sonst, und sich auch öfter mit diesem alten Kumpel traf, was Bianca allerdings nicht weiter hinterfragte, denn er rief sie ja nun auch jedes Mal an, wenn er später oder manchmal auch gar nicht nach Hause kam. Sie wusste nun Bescheid, und sie vertraute ihm. Und zudem war sie sehr erleichtert darüber, dass ihr Mann es wohl endlich eingesehen hatte, betrunken kein Auto mehr zu fahren.

*

Rangy hatte es inzwischen aufgegeben darüber nachzudenken, warum es ihn um alles in der Welt immer wieder nach Venice Beach trieb. Klar, da waren Bob und vor allem Grainy, aber er hatte das untrügliche Gefühl, dass da noch mehr dahintersteckte, denn je öfter er dort war, desto weniger wollte er woanders sein. Schon längst fühlte er sich dort mehr zu Hause als sonst irgendwo. Sicherlich fühlte er sich in seinem Haus in den Hollywood Hills auch wohl, und doch lag dort auch immer ein Hauch von Stress in der Luft. Karrierestress.
Das fiel Rangy allerdings erst nach ein paar Wochen auf, als er wieder einmal betrunken barfuß am Strand lag.
Bianca war für einige Tage mit den Kindern zu ihrer Mutter nach Chicago geflogen, und Rangy hatte ein paar erfundene Nachdrehtermine als Ausrede benutzt, um nicht mitkommen zu müssen. Dass Bianca dem eventuell auf die Schliche kommen könnte, sollte sie mit Blake sprechen, nahm er in Kauf. Er könnte ja gegebenenfalls auch etwas missverstanden haben.

Seine Lügerei hatte inzwischen fast kriminelle Züge angenommen, was ihn zwar absolut nicht stolz machte, ihm allerdings auch kaum mehr etwas ausmachte. Es funktionierte erstaunlich gut, und niemand bohrte genauer nach. Rangy hoffte trotzdem, dass sich seine beiden Leben eines Tages so miteinander verweben würden, dass er auch nicht mehr darüber nachdenken müsste, warum er überhaupt auf dem Boardwalk Zeit verbrachte.

Die Sonne zeigte Rangy, dass es mittlerweile Nachmittag war. Er lag immer noch im Sand, seinen Kapuzenpulli hatte er aufgemacht und ließ sich die Sonne auf den Bauch scheinen. Seine Haare waren ungekämmt, und rasiert hatte er sich auch schon eine Weile nicht mehr. Er war froh, dass die Dreharbeiten zu seinem Priesterfilm nun endlich beendet waren, und er nicht mehr auf seine Hautfarbe achten musste, und mittlerweile unterschied er sich diesbezüglich auch überhaupt nicht mehr von einem der hier tagein tagaus lebenden heimatlosen Menschen.

Da kam Bob.
Er hatte eine Zeitschrift in der Hand, die er ihm dann, als er sich neben Rangy in den Sand setzte, etwas unsanft auf die Brust fallen ließ.
„Bist du das?", fragte er knapp und sah dabei aufs Meer hinaus. Rangys Gehirn arbeitete aufgrund seines benebelten Zustands etwas langsamer. „Wer ist wer?", fragte er deshalb zurück, ohne sich um die Zeitschrift auf seinem Oberkörper zu kümmern.
Bob antwortete ihm, weiterhin aufs Meer hinausschauend: „Der Mann auf der Titelseite..."
Da nahm Rangy dann doch mal die Zeitschrift in die Hand und sah sich das Bild an und gefror. Auf der Titelseite waren

er und seine Frau Bianca bei einem der letzten Galaevents groß und deutlich zu sehen.
„Wo zum Teufel hast du das her?", fluchte Rangy, warf das Magazin zur Seite und setzte sich auf. Er war nicht wegen Bob beunruhigt, weil der nun sein Geheimnis kannte, nein, er fühlte sich um seine Freiheit beraubt, so, als ob ihm gerade jemand Handschellen angelegt, und ihn gefesselt hätte. Kurz hatte er Schwierigkeiten damit genügend Luft zu bekommen. Und er hasste es jetzt schon, dass er etwas zur Erklärung würde sagen müssen.
„So, du bist also Rangy Turner... Rangi passt übrigens viel besser zu dir... Sag das ja nicht Grainy, sie verachtet den ganzen Hollywood-Scheiß wirklich!", bemerkte Bob, und Rangy wunderte sich etwas, weil er selbst ihm anscheinend gar nichts vorwerfen wollte. Rangy hätte es Bob allerdings nicht verübelt, immerhin gab er vor homeless zu sein, und nichts zu besitzen, dabei hatte er ein Haus und mittlerweile auch ein fast millionenschweres Konto. Rangy würde es wahrscheinlich noch nicht einmal merken, wenn er Bob davon monatlich seine Lebenshaltungskosten und eine Wohnung bezahlen würde.
„Ich vielleicht auch...", murmelte Rangy als Antwort und seufzte. Seine Augen starrten nun wie Bobs auf den Pazifik hinaus.
Seine eben laut ausgesprochene Antwort schoss ihm postwendend, wie ein Blitz durch sein gesamtes System, und er war etwas erschrocken über die darauffolgende Erkenntnis, dass das tatsächlich so sein könnte. Rangy spürte jedenfalls deutlich, dass da ein gewaltiges Fünkchen Wahrheit mit dabei war.
Bob brach die eben entstandene, kurze Stille und fragte erstaunt: „Wieso machst du das dann? Oder sollte ich besser

fragen, was zum Teufel machst du eigentlich hier? Ich nehme an du hast alles? Haus, Familie, Geld. Richtig?"
Rangy nickte kaum sichtbar. „Richtig... Ich weiß es nicht... Es ist... Ich... Mir geht's hier besser... viel besser..."
Bob sah Rangy an, kramte einen Joint hervor und zündete ihn an. Nachdem er zweimal an ihm gezogen hatte, reichte er ihn Rangy rüber, der ihn dankbar annahm und kräftig daran zog.
„Also ist Schauspielern nicht so dein Ding?", fragte Bob schließlich, denn es interessierte ihn schon sehr, was zur Hölle einen erfolgreichen Schauspieler nach Venice Beach brachte, und der sich zudem so authentisch unter die Leute hier mischte, dass es noch nicht einmal ihm aufgefallen war, obwohl er mit Rangy sehr viel Zeit zusammen verbrachte. Entweder dieser Rangy Turner war tatsächlich ein so begabter Schauspieler, der eben auch überzeugend einen Obdachlosen mimen konnte und allen hier nur etwas vormachte, oder da steckte etwas anderes dahinter, was Bob eigentlich eher vermutete.
Rangy spürte, dass ihn diese Frage müde machte. Aber er riss sich Bob zuliebe zusammen. „Doch, ich mag es schon, aber all die anderen Dinge, die damit zusammenhängen, gefallen mir überhaupt nicht... Roter Teppich, Paparazzi, kreischende Fans, ausrastende Produzenten und dann der ganze Klatsch und Tratsch Scheiß... Ich will einfach nur einen guten Film machen, mein Geld verdienen und wie ein normaler Mensch behandelt werden. Das ist alles!"
Rangy gab Bob den Joint zurück, und Bob sagte: „Hab's kapiert! War es dein Traum ein Schauspieler zu werden, als du klein warst?"
„Nein... Um Gottes willen!", schnaubte Rangy und wunderte sich selbst darüber wie heftig dieses Nein eben aus seinem Mund gekommen war.

„Was war es dann?", bohrte Bob weiter. „Ich wollte eine Rinderfarm haben..." „Ok... Cool! Und warum machst du das dann nicht?"
Rangy sah Bob kurz an und fragte sich, warum Bob solch ein Interesse an ihm zeigte und all das wissen wollte. Rangy spürte, dass es ihn irgendwie schmerzte daran zu denken, und ihm fiel wieder ein, wie herrlich er es gefunden hatte als junger Kerl im Morgengrauen auf seinem damaligen Pony über die Wiesen zu reiten, den Rindern beim Grasen zuzusehen und die Weidezäune zu kontrollieren. Jede Wiese hatte ihren speziellen Geruch gehabt, je nach dem welche Gräser und Kräuter auf ihr wuchsen. Er hätte sie blind erkannt.
„Kein Geld... Dann ist das mit der Schauspielerei passiert... Ich dachte, das könnte mir das Geld für die Ranch einbringen...", sagte Rangy nachdenklich.
„Lass mich raten...", unterbrach Bob. „Und dann führte eins zum anderen, richtig?! Zuerst eine Frau, dann Kinder, ein großes Haus, und jetzt zu viele Verpflichtungen..."
Rangy legte sich wieder in den Sand zurück und starrte in den Himmel. „Ich brauche mehr Whisky...", war seine Antwort auf Bobs Aufzählung hin, die exakt dem entsprach, wie es bei ihm abgelaufen war.
Bob gab Rangy einen leichten Klaps auf dessen Bauch und grinste dabei. „Du weißt schon, dass das nicht helfen wird?!"
Rangy gab den Klaps zurück. „Das sagt der Richtige!", bemerkte er dazu auflachend, und Bob grinste nur wortlos als Antwort.
Dann gab sich Rangy einen Ruck, stand auf und half Bob ebenfalls auf die Füße.
Zusammen schlurften sie los, um Whisky in einem der Läden auf dem Boardwalk zu kaufen, den Rangy dann auch das erste Mal im Beisein von Bob bezahlte. Bisher hatte er solche Einkäufe immer schon auf dem Weg hierher erledigt und oft

auch einen Vorrat in seinem Auto deponiert. Doch das konnte er in Zukunft, zumindest was Bob betraf, ab sofort sein lassen. Irgendwie war Rangy froh darüber, dass zumindest ein Mensch auf der Welt nun die Wahrheit über sein merkwürdiges Doppelleben kannte.

*

Etwa einen Monat später mussten dann tatsächlich noch ein paar Szenen von Rangys Priesterfilm nachgedreht werden. Rangy passte das zwar ganz und gar nicht, aber da konnte er nichts machen, mit so etwas musste man immer rechnen. Blake meckerte dieses Mal wenigstens nicht über Rangys mittlerweile fast dunkelbraune Hautfarbe. Obwohl ihm diese Tatsache zwar überhaupt nicht gefiel, konnte er ihm das dieses Mal nicht zum Vorwurf machen. Außerdem wollte Blake Rangy auch für seinen nächsten Streifen gewinnen, und schlug deshalb etwas sanftere Töne an.
Blake hielt große Stücke auf Rangys schauspielerisches Talent, und auch sonst schätzte er ihn sehr, auch wenn er das nie zeigte. Blake machte sich keine Gedanken um sein aufbrausendes Gehabe während den Dreharbeiten. Er war fest davon überzeugt, dass es nur so ginge und die Leute einfach eine starke Führung bräuchten, um diszipliniert zu arbeiten, und das eben auch jeden Tag. Eine Filmproduktion war schließlich kein Kindergeburtstag. Da waren Millionen im Spiel, und alles musste wie am Schnürchen klappen. Alle wollten und brauchten letztendlich den Erfolg. Jeder wollte am Schluss sein wohlverdientes Geld auf dem Konto haben und sich eben auch den einen oder anderen Luxus gönnen. Und dafür musste man eben auch mal hart durchgreifen, um die Leute bei der Stange halten.

Gestern und heute hatte sich Rangy zwar krankgemeldet, aber ansonsten war Blake mit seiner Arbeit mehr als zufrieden. An Rangy hatte es jedenfalls nicht gelegen, dass einige Szenen nachgedreht werden mussten. Es war eine reine Produzentensache. Eine Handvoll Geldgeber wollten noch ein paar Kleinigkeiten anderes haben, die er selbst zwar nicht unbedingt für nötig, aber dennoch für vertretbar hielt, und letztendlich war es ihm egal. Der Film hatte bisher zum Glück auch noch nicht so viel gekostet, wie eingeplant, und daher hatten sie noch etwas Geld übrig für die Nacharbeiten.

Heute war Freitag, und Blake wollte, bevor er ins Wochenende ging noch unbedingt wissen, was mit Rangy war, und ob er am Montag wieder fit sein würde, weil er für die kommende Woche den Drehplan noch fertig machen wollte, zu lange sollten die Nachdreharbeiten dann nun auch nicht dauern.

Blake wählte also die Festnetznummer von Turners und erreichte Bianca. Nach einer kurzen Begrüßung fragte Blake dann schließlich: „Ich wollte eigentlich nur kurz wissen, wie es Rangy heute geht?" Bianca verstand nicht. „Was?" „Nun, er war ja gestern und heute nicht da... Er sagte mir, dass er krank sei..." „Ach so, ja... Ihm geht es heute schon viel besser! Danke dir, Blake!", gab Bianca wie ferngesteuert als Antwort, und fing dabei schon an darüber nachzugrübeln, was da wohl los sein könnte. Sie war fest davon ausgegangen Rangy sei sowohl gestern wie heute zum Dreh gefahren, denn er hatte nichts anderes erwähnt.

„Gut zu wissen! Also wird er am Montag wieder da sein?", riss Blake Bianca aus den Gedanken, und sie antwortete schnell: „Ja, klar! Kein Problem!"

Blake verabschiedete sich nach einem kurzen Plausch über einige der anstehenden, neuen Projekte, dann war das Gespräch beendet.

Bianca legte ihr Handy hin und setzte sich nachdenklich auf einen der Stühle am Küchentisch. Zunächst konnte sie überhaupt keinen klaren Gedanken fassen. Die letzten Wochen und Monate liefen plötzlich in ihrem Innern wie ein Film ab, und plötzlich fiel ihr nicht nur auf, dass ihr Mann immer brauner geworden war, sondern auch, dass sie kaum mehr etwas zusammen unternommen hatten. Es war schleichend gekommen, fast unsichtbar, und doch sah sie die Veränderungen ihres Mannes auf einmal klar und deutlich vor sich. Sie war nur selbst so sehr eingespannt gewesen, dass sie nicht gemerkt hatte, dass sie es schon seit längerem wahrnahm. Rangy hatte sich stetig immer mehr zurückgezogen, was eigentlich konkret herausgezogen bedeutete. Er war kaum mehr zu Hause, und auch hatten sie in letzter Zeit fast keinen Sex gehabt. Da Bianca selbst an vielen Abenden später als Rangy nach Hause gekommen war, und er meistens schon geschlafen hatte, als sie sich todmüde neben ihn gelegt hatte, war ihr das gar nicht so aufgefallen.

Dann, mit einem Mal, wurden auch ihre Gedanken ganz klar. Sie musste herausfinden was da los war. Sie musste wissen, ob Rangy sie womöglich belog, und ob er vielleicht sogar doch eine andere hatte. Auch wenn sie sich das gar nicht wirklich vorstellen konnte, war es ja trotzdem durchaus möglich. Das kam schließlich so oft und überall vor, dass Bianca es sich in diesem Moment gar nicht zugestehen wollte, wie oft. Doch irgendwie war sie immer selbstverständlich davon ausgegangen, dass so etwas bei ihnen niemals passieren würde. In all den Jahren ihrer Ehe war sie sich seiner Liebe und Treue immer mehr als gewiss gewesen. Und je länger sie darüber nachdachte, desto mulmiger wurde ihr zumute.

Bianca seufzte.

Allein schon der Gedanke Rangy könnte mit einer anderen Frau was haben, jagte Bianca die Übelkeit in den Magen. Nein, das durfte einfach nicht sein. Sicherlich war alles nur ein harmloses Missverständnis, und sie hatte sich seine Veränderungen, beziehungsweise deren Folgen nur eingebildet. Rangy hatte ja auch eine ziemlich stressige Zeit hinter sich, und mit Blake zusammenzuarbeiten war aus ihrer eigenen Erfahrung heraus tatsächlich oftmals kein Zuckerschlecken. Blake hatte da bestimmt auch nur einfach etwas falsch verstanden. Doch wenn Rangy gestern und heute nicht am Set aufgetaucht war, wo war er dann gewesen? Zu Hause jedenfalls nicht.

Bianca stand auf, nachdem sie beschlossen hatte ihren Entschluss gleich morgen in die Tat umzusetzen. Sie würde ihrem Mann, sollte er morgen das Haus verlassen, folgen.

Und so kam es dann auch.

Rangy ging nach dem gemeinsamen Frühstück aus dem Haus, weil er sich angeblich mit einem Schauspielerkollegen zum Joggen am Strand treffen wollte.

Bianca verließ Sekunden später ebenfalls das Haus und fuhr ihrem Mann unbemerkt bis runter nach Venice Beach hinterher. Noch hatte sie die berechtigte Hoffnung, dass sich gleich alles in Wohlgefallen auflösen würde, denn es konnte ja durchaus sein, dass die beiden hier joggen wollten.

In einer Seitenstraße zum Abbot Kinney Boulevard hielt Rangy schließlich seinen Wagen an und parkte. Bianca war sehr froh, dass sie gleich in unmittelbarer Nähe auch einen Parkplatz fand, sonst hätte sie ihren Mann womöglich aus den Augen verloren.

Rangy ging dann allerdings zu Biancas Erstaunen in einen der Liquorshops auf dem Boulevard, und kurze Zeit später sah sie ihn mit zwei ziemlich vollen Plastiktüten beladen wieder hinaus auf die Straße treten. Rangy hatte sich anscheinend irgendwie auf der Fahrt umgezogen, denn er trug anstatt des Hemdes und Jeans von vorhin nun diesen mittlerweile auch etwas ausgeblichenen, ehemals schwarzen Kapuzenpulli und die ausgediente Jogginghose, was sie beides schon längst hatte entsorgen wollen. Erst jetzt fiel Bianca auf, dass sie ihren Mann noch nie in Sportkleidung gesehen hatte, und sie wunderte sich darüber, dass ihr das bei seinen vielen Trainingsaktivitäten völlig entgangen war.
Allmählich bekam es Bianca mit der Angst zu tun, aber sie folgte ihm weiter unbeirrt bis zum Strand hinunter. Als sie jedoch dann beobachtete, wie sich Rangy schließlich am Strandboulevard neben einen dieser Penner setzte, verschlug es ihr vollends die Sprache.
Seelenruhig saß ihr Mann dort neben so einem schwarzen, schmuddeligen Obdachlosen und reichte ihm eine Dose Bier aus einer der mitgebrachten Tüten. Dann öffnete auch Rangy eine Dose, und sie tranken genüsslich das noch kühle Bier.
Als Bianca dann ebenfalls sah, dass dieser heruntergekommene Typ ihrem Mann einen Joint gab, und der ihn sogar annahm und daran zog, so selbstverständlich, als wären die beiden ein jahrelang eingespieltes Team und ihr Mann ein gewohnheitsmäßiger Kiffer, konnte sie sich kaum mehr zurückhalten, um nicht laut brüllend auf ihn zuzurennen, ihm den Joint aus der Hand zu schlagen und ihn anzuschreien, was um Himmels willen er hier bloß machte.
Doch irgendwie konnte sich Bianca gar nicht erst bewegen, und so starrte sie weiterhin durch ihre Sonnenbrille auf Rangy, ihren Ehemann, der es anscheinend total genoss mitten unter

den Verwahrlosten zu sitzen und mit ihnen zu trinken und zu kiffen.

Kurz nachdem Rangy dann den Whisky geöffnet hatte und direkt aus der Flasche einen kräftigen Schluck nahm, bevor er ihn an Bob weiterreichte, kam wieder Leben in Bianca. Sie drehte sich schließlich einfach um, und verließ völlig fassungslos den Boardwalk.

Bianca wusste nachher nicht mehr, wie sie zum La Cienega Boulevard gekommen war, um nach Hause zu gelangen. Irgendwie hatte ihr Auto den Weg von alleine gefunden. Verfahren hatte sie sich nicht, dazu war sie schon zu lange in Los Angeles, aber heute fuhren ihre Gedanken Achterbahn, weshalb sie sich überhaupt nicht auf den Weg konzentrieren konnte.

Zu Hause angekommen, warf Bianca den Autoschlüssel neben die eigentlich dafür vorgesehene Schale an der Haustür, streifte die Schuhe ab und war froh, dass die Kinder heute alle bei ihren Freunden waren.

Sie ging ins Wohnzimmer und ließ sich einfach aufs Sofa fallen. Die Bilder, wie ihr Mann neben dem sicherlich widerlich müffelnden, alten Penner saß und Bier aus der Dose trank, zwischendrin an einem Joint zog und sich zudem schon am frühen Mittag mit Whisky volldröhnte, gingen ihr nicht mehr aus dem Sinn.

Bianca verstand die Welt nicht mehr.

Was war nur in ihren Mann gefahren? Warum tat er so etwas? Sie konnte überhaupt nicht nachvollziehen wieso Rangy so etwas machte.

Wenigstens ging er nicht fremd, war das Einzige, was sie dem Ganzen noch annähernd positiv abgewinnen konnte, aber es beruhigte sie keineswegs. Ja, fast wäre es ihr sogar lieber gewesen, sie hätte ihn in flagranti mit einer anderen Frau

erwischt, da wüsste sie wenigstens jetzt wie sie reagieren sollte, aber mit dem, was sie heute gesehen hatte, war sie komplett überfordert. Sollte es tatsächlich so sein, dass ihr Mann die letzten beiden Drehtage hatte sausen lassen, obendrein noch Blake und sie angelogen hatte, nur um mit einem heruntergekommenen Obdachlosen Bier zu trinken und sich mit Cannabis zu benebeln? Bianca konnte sich zudem überhaupt nicht vorstellen wie Rangy überhaupt dazu gekommen war einen Obdachlosen kennenzulernen. Und was um alles in Welt hatte ihr Ehemann in Venice Beach verloren? Bianca spürte plötzlich, dass ihr Mund ganz trocken war. Sie stand auf und holte sich ein Glas Wasser aus der Küche.
Und je länger sie über die möglichen Gründe von Rangys Verhalten nachdachte, desto mehr musste sie einsehen, dass ihr anscheinend die Phantasie dazu fehlte sich das auszumalen. Sie musste wohl oder übel auf seine Rückkehr warten und ihn persönlich danach fragen.
Und das musste sie auf jeden Fall tun.
Sie hatte zu viel gesehen. Jetzt war es genug!

Die Sonne schickte ihre letzten goldenen Strahlen ins Meer, und ließ es funkeln wie Sternenstaub. Rangy blinzelte in die Sonne und konnte sich kaum dazu durchringen, aufzustehen, um nach Hause zu fahren.
Zuhause...
In seinem Kopf hallte dieses Wort wider, als wäre es ein Fremdwort, ja sogar eines in einer ihm völlig unbekannten Sprache, die er noch nie zuvor gehört hatte.
Rangy sah zu Bob rüber und beneidete ihn fast, weil er immer hier sein konnte.

Schon seit längerem schwirrte der Gedanke in seinem Kopf herum einmal solange hierzubleiben wie er Lust dazu hatte. Doch wie sollte er das jemals seiner Familie erklären, ihm gingen ja jetzt schon langsam aber sicher die Ausreden aus.
Bob knuffte Rangy in den Arm, so, als ob er ihm damit sagen wollte, dass er sich nicht immer so viele Gedanken machen sollte. Eigentlich war ja alles auch ganz gut soweit. Irgendwie hatte er mittlerweile einen ganz annehmbaren Weg gefunden seinen beiden Welten Raum zum Atmen zu geben, auch wenn die Luft für die Boardwalkwelt immer noch viel zu wenig war.
Rangy atmete so tief ein, als würde er mit diesem Atemzug jene Welt noch mit genügend Sauerstoff zu füllen versuchen, damit es bis zum nächsten Mal reichte.
Zum Abschied umarmten sie sich, und Rangy war froh, dass Bob ihn bis jetzt nicht mit weiteren Fragen bezüglich seines Doppellebens gelöchert hatte.
Viel hätte er ihm dazu eh nicht sagen können.

Später am Abend saß Rangy dann, immerhin frisch geduscht und rasiert, barfuß und mit offenem Hemd neben seiner Frau auf dem Sofa. Sie sahen die CNN Nachrichten, während ihre drei Kinder irgendwann aufstanden, um ins Bett zu gehen.
Rangy trank Bier aus der Flasche, die seinem Gefühl nach auch immer kleiner wurden. Ihm war durchaus bewusst, dass er schnell trank, und dass dies Bianca mit Sicherheit schon aufgefallen war, aber irgendwie konnte er sich nicht bremsen. Zudem war er auch mal wieder schon recht gut angetrunken nach Hause gekommen, denn er hatte mit Bob bereits den ganzen Tag lang getrunken.

Sein schlechtes Gewissen darüber, dass er jetzt viel lieber zusammen mit Grainy unter dem Pier Sex haben würde, als hier auf dem Sofa Nachrichten zu sehen, belastete ihn ziemlich.
Doch wenn er versuchte eine Lösung für all das zu erringen, entstand regelmäßig einfach nur ein dunkles Nichts in ihm. Da waren außer alten, verstaubten Glaubenssätzen, dass man dies oder jenes tun oder nicht tun durfte oder sollte, von denen er teilweise auch das Gefühl hatte diese bereits schon in die Wiege gelegt bekommen zu haben, oder vom Religionsunterricht aus seiner Kindheit her zu kennen, keine weiteren Impulse zu finden, die auch nur ansatzweise in seinen Augen hilfreich waren.

Das Bier war dann plötzlich schon wieder leer, und Rangy stand auf, um sich aus dem Kühlschrank in der Küche noch ein weiteres zu holen. Er öffnete die Flasche, warf den Kronkorken in den Abfalleimer, und bekam auf einmal eine Art Platzangstgefühl. Obwohl sein Hemd schon offen war, fing er an zu schwitzen, und er musste an die frische Luft. Am liebsten wäre er sofort ins Auto gesprungen, um dann in Venice ins kühle Meer tauchen zu können. Stattdessen lehnte er sich draußen auf das Terrassengeländer und starrte in die Ferne, in Richtung Grainy.

Bianca hatte bislang weiterhin auf dem Sofa gesessen und ihren Mann nur still beobachtet. Sie nippte an ihrem Rotwein herum und überlegte krampfhaft, wie sie es ihm am besten beibringen sollte, dass sie ihm heute gefolgt war und ihn mit seinem angeblichen Filmkollegen zusammen gesehen hatte.
Sie war hin und her gerissen zwischen ihrer unglaublichen Wut auf ihn, weil er ganz offensichtlich nicht nur sie schamlos angelogen hatte, und das, wie sie nun berechtigterweise

vermutete, wohl auch schon seit einer ganzen Weile, und ihrer Sorge um ihn, denn irgendwie schien es ihm nicht besonders gut zu gehen, und sein Alkoholkonsum in letzter Zeit war in ihren Augen auch sehr bedenklich geworden. Fieberhaft versuchte Bianca sich an den Moment zurückzuerinnern, an dem die Veränderung in ihrem Mann angefangen hatte, aber sie kam nicht wirklich darauf. Außerdem war sie in diesem Augenblick viel zu aufgewühlt, und der Schock über ihre jüngste Entdeckung saß noch zu tief in ihren Knochen, um klare Gedanken fassen zu können. Klar war nur eins, sie musste unbedingt mit ihm reden, und das am besten sofort, denn sie konnte sich nicht vorstellen auch nur eine weitere Nacht neben ihm zu schlafen, ohne zu wissen was los war. Dass es sie zutiefst verletzte, weil er offenbar seit einiger Zeit Geheimnisse vor ihr hatte, spürte sie momentan nur in Form eines hartnäckigen Kloß im Hals.

Dann gab sich Bianca einen Ruck und ging zu ihrem Mann hinaus auf die Terrasse. Normalerweise hätte sie ihn von hinten umarmt und sich eng, und vor allem verführerisch an ihn geschmiegt, aber an das konnte sie jetzt noch nicht einmal mehr denken. Sie spürte, dass Rangy mit seinen Gedanken ganz weit weg war, und sie fürchtete fast ihn zu erschrecken, egal wie vorsichtig sie sich ihm näherte. Nervös nippte Bianca an ihrem Glas und stellte sich schließlich langsam neben ihren Mann.
Rangy jedoch erschrak keineswegs, denn er hatte sie schon längst kommen hören. Er sah sie kurz an, wich dann aber ihrem Blick wieder aus.
Bianca war froh, dass er wenigstens auf sie reagierte, wusste aber eigentlich gar nicht, woher diese Angst, er könnte sie erst gar nicht bemerken, überhaupt gekommen war. Sie holte schließlich Luft und begann, allerdings etwas zögerlich. Sie

musste die Worte sich erst formen lassen, denn sie hatte immer noch keinen Plan. Ob man bei so etwas überhaupt jemals einen Plan haben konnte, überlegte sie zwar noch kurz, schenkte dem Gedanken aber keinerlei weitere Aufmerksamkeit.

„Rangy, ich weiß nicht wie ich anfangen soll... aber... ich weiß, dass du zwei Tage lang nicht am Set warst... Blake sagte mir, du hättest dich krankgemeldet." Bianca sah ihn nun etwas forscher an und sagte schließlich: „Und... Ich... Ich habe dich heute am Boardwalk gesehen..."

Rangy zuckte bei diesen Worten zwar etwas zusammen, starrte aber weiterhin in die Ferne. Sein Kopf war jetzt erst recht wie leergefegt.

Bianca kam unterdessen in Fahrt. „Mit einem dreckigen Obdachlosen Bier trinken und Joints rauchen... Ihr saht sehr vertraut aus... Stell dir mal vor jemand, oder noch schlimmer die Paparazzi hätten dich heute auf dem Boardwalk erkannt! Und jetzt bist du schon wieder betrunken... Rangy, ich verstehe das nicht! Was ist hier los? Belügst du mich? Und warum bist du eigentlich so braun? Rangy, bitte sprich mit mir! Das könnte für uns echt übel werden, wenn du so weitermachst!"

Bianca nahm einen großen Schluck aus ihrem Weinglas und versuchte sich wieder zu beruhigen. Sie war doch mehr in Rage geraten, als sie es sich vorgenommen hatte. Doch erst als sie die Dinge aussprach, wurde ihr bewusst, dass das alles, was sie heute entdeckt hatte tatsächlich geschehen war. Sie hatte ihren Mann wahrhaftig vorhin am Boardwalk gesehen, aber das war in ihrer Vorstellungskraft eigentlich nicht vorhanden.

Rangy blickte immer noch in die Weite, und das Einzige was ihm über die Lippen kam, war: „Du bist mir gefolgt?"

Bianca sah ihn etwas verstört an. „Ja, weil ich wirklich wissen musste was los ist! Du bist schon eine Weile so verändert..."

Rangy drehte sich daraufhin seiner Frau zu und zwang ein paar Worte aus sich heraus, schließlich musste er jetzt irgendetwas sagen. „Du hast Recht... Ich habe dich angelogen... und es tut mir leid... Bianca, hör zu... irgendwie bin ich mit diesem Leben nicht mehr glücklich... Ich kann nicht schlafen... Ich hasse es ans Set zu gehen, obwohl ich meine Arbeit eigentlich liebe... aber ich kann mich nicht konzentrieren... Ich fühle mich irgendwie leer..."
Rangy bemerkte erst gar nicht, dass ihm ein paar Tränen die Wangen herunterliefen. Es hatte ihm gut getan diese paar Worte zu sagen.
Endlich ein paar wahre Worte.

Bianca war schockiert und nahm noch einen Schluck.
„Was?? Ich verstehe dich nicht!! All das hier ist doch unser Traum!" „Nein, Bianca... Es ist dein Traum...", antwortete Rangy leise, und ihm war durchaus bewusst, dass er sie damit verletzte, aber jetzt war wohl die Stunde der Wahrheit gekommen, und je mehr er davon mitteilen würde, desto besser. Er hätte es schon längst tun sollen, aber irgendwie wusste er erst just in jenem Moment, als er es aussprach, dass er tatsächlich nicht mehr glücklich war.
Bianca konnte nun ihre Enttäuschung nicht mehr verbergen, und sie wurde immer wütender. „Was sagst du da?? Mein Traum?? Ich kann mich nicht daran erinnern, dass ich dich dazu gezwungen habe! Wegen mir bist du inzwischen fast ein A-Listen Schauspieler! Und wegen mir bist du ein ziemlich reicher Mann! Nun sag mir mal, was ist los mit dir? Und warum zur Hölle trinkst du am helllichten Tag Bier und rauchst Joints mit einem stinkigen Verwahrlosten auf dem Boardwalk? Oder hast du obendrein noch eine andere? Du hast eine andere, richtig? Dann hab den Mut dazu und sag es mir endlich!! Jetzt!!"

Bianca war leicht außer Atem, als sie endete und Rangy abwartend ansah. Sie flehte innerlich, dass sie mit ihrer Unterstellung falsch liegen, und ihr Mann keine andere haben würde, was sie sich auch immer noch nicht vorstellen konnte, vor allem aber gar nicht erst wollte. Sie hoffte auf eine momentane Phase der Verwirrung, vielleicht eine verfrühte Midlifecrisis, oder so etwas Ähnliches.

Rangy holte erneut tief Luft, und bekam seine Gedanken bezüglich Grainy nun gar nicht mehr in den Griff. Wie auf Kommando präsentierten sie ihm nun alle möglichen Gelegenheiten bei denen sie schon Sex gehabt hatten. Zum Beispiel unter dem Fishing Pier, in einem Hinterhof und unter einer der Baywatch Hütten am Strand. Seinem Penis war es zudem anscheinend völlig gleichgültig, dass er gerade neben seiner Frau stand, die ihm just vor ein paar Sekunden genau dies unterstellt hatte.

Rangy versuchte das momentan völlig unpassend heftige Verlangen nach Grainy zu ignorieren und beschloss deshalb noch mehr zu sagen: „Seit einer Weile lebe ich sozusagen in zwei Welten... Die eine ist hier mit dir, den Kindern und dem Schauspielkram... Die andere ist in Venice... am Boardwalk... wo du mich heute mit Bob gesehen hast."

„Was?? Du machst was?? Du willst mir jetzt allen Ernstes sagen, dass du die ganze Zeit in diesem dreckigen Viertel verbringst? Bei all den kriminellen und drogenabhängigen Homelessleuten? Rangy, du machst Witze, oder? Das kann nicht wahr sein!!", unterbrach ihn Bianca vehement.

Rangy hingegen wurde plötzlich ganz ruhig: „Ich mache keine Witze... Es ist die Wahrheit... und ich fühle mich wohl bei ihnen!"

Bianca blieb der Mund leicht geöffnet stehen, als sie ihren Mann diese Unglaublichkeiten sagen hörte.

Rangy leerte seine Bierflasche und ging ins Haus, um sich noch eine zu holen. Seit Monaten fühlte er sich endlich etwas leichter, auch wenn es ab jetzt wahrscheinlich fast unmöglich werden würde wieder nach Venice zu fahren. Aber darüber dachte er jetzt noch nicht genauer nach.

Bianca war ihrem Ehemann bis in die Küche gefolgt und stand nun im Türrahmen zum Eingangsbereich. Sie versuchte händeringend mit dieser Situation irgendwie klarzukommen, weshalb sie erneut zu bohren begann. „Was ist mit unseren Kindern? Und was ist mit uns? Bist du auch mit mir unglücklich?"

Rangy nahm einen Schluck aus der vollen Flasche und wirkte nachdenklich. „Ich weiß es nicht... Es ist seltsam..."

Das war Biancas Stichwort. „Oh ja, das ist richtig! Das ist wirklich seltsam! Vielleicht sollten wir eine Pause machen und in Urlaub gehen? Vielleicht Hawaii, oder die Caymans? Ich könnte mit Blake reden, ich denke, er würde es verstehen!"

Jetzt fuhr Rangy ihr dazwischen. „Ist das dein einziges Problem? Blake? Ich sag dir was: Mir ist er scheißegal! Er ist ein selbstsüchtiges, arrogantes Arschloch!"

„Ja, vielleicht ist er das, aber er ist auch ein erfolgreicher Produzent! Er macht DICH berühmt und sichert DEIN Einkommen, genauso wie John! Er ist einer der besten Regisseure der Welt! Du darfst dir diese einmalige Chance nicht entgehen lassen! Das wäre total fahrlässig!!!"

„Du meinst, sie machen DICH berühmt und sichern DEIN Geld, denn mir ist das egal!" Rangy war immer noch genervt davon, dass es Bianca hier anscheinend hauptsächlich nur um ihre Karriere ging, aber eigentlich war das ja auch nichts Neues.

Jetzt war Bianca auf hundertachtzig. „Verdammt nochmal, dann geh doch zu deinem heruntergekommenen Pack, wenn du so von mir genervt bist!!"

Rangy sah sie an und beruhigte sich wieder etwas. Er stellte die Bierflasche auf den Tisch und umarmte seine Frau einfach.
„Sorry, Honey, es tut mir leid... Ich liebe dich immer noch! Das ist nicht der Punkt... Und du hast recht, Venice Beach ist nicht die Lösung..."
Seine Umarmung fühlte sich für Bianca wie eine kuschelige, warme Decke an, die sie augenblicklich tröstend beruhigte.
„Ich liebe dich auch! Also wirst du mit dem Scheiß aufhören? Und es gibt auch definitiv keine andere Frau?"
Rangy drückte sie noch fester an sich. „Ja, ich höre auf damit... und nein, da ist keine andere Frau in dieser Welt..."

Rangy war einerseits erleichtert, weil er seiner Frau die Wahrheit gesagt hatte, zumindest die über seine zweite Welt in Venice, aber er war sich überhaupt nicht sicher, ob seine plötzliche Entscheidung nicht mehr nach Venice zu gehen, und darüber hinaus Grainy weiterhin als Geheimnis mit sich herumzutragen, wirklich gut war, geschweige denn, ob er das überhaupt durchhalten würde. Jedenfalls war es nicht ganz gelogen, als er Bianca gesagt hatte, dass es in dieser Welt keine andere Frau gäbe, denn Grainy lebte ja in der anderen...
Rangy hatte jetzt allerdings überhaupt keine Lust mehr auf weitere Diskussionen, weshalb er sich sogleich daran machte Bianca das Top auszuziehen.
Er ließ keinen Raum mehr für weitere Streitereien, und seinem Kollegen weiter unten war es anscheinend dann auch egal, dass er sich zur Abwechslung mal wieder mit Bianca vergnügte.

Die nächsten Wochen vergingen, und Rangy stürzte sich in seine zweifelhafte Entscheidung, wie ein Stier auf ein rotes Tuch in der Arena. Er versuchte erst gar nicht herauszufinden, wie es ihm dabei ging, er tat es einfach und irgendwie funktionierte es.
Bianca war natürlich hocherfreut über Rangys Verhalten, denn wie sie ja bereits vermutet hatte, war diese ganze Sache mit den Homelessleuten offenbar wirklich nur eine vorübergehend schlechte Phase im Leben ihres Mannes gewesen, denn sonst würde er sich jetzt gewiss nicht wieder so geben wie früher. Ja, es schien ihm sogar dabei richtig gut zu gehen.

Es war Wochenende und Rangy planschte mit Joey und Kimberly im Pool herum, und alle hatten ganz offenbar Riesenspaß dabei. Bianca stand zusammen mit Elena am Beckenrand, und sie schauten amüsiert ihren Wasserratten zu. Kimberly und Joey stiegen abwechselnd und manchmal sogar beide zugleich auf Rangys Schultern und ließen sich von dort aus fröhlich jauchzend ins Wasser fallen.
Etwas später waren Bianca und ihre Tochter gerade in ein Gespräch vertieft und sahen deshalb nicht, dass sich Rangy dem Beckenrand näherte. Plötzlich hörte man nur einen lauten Aufschrei, dann war Bianca ebenfalls im Wasser und wurde von Rangy stürmisch geküsst.

Bianca fühlte sich wie im siebten Himmel, so, als sei sie ihrem Mann gerade erst begegnet und noch in der ersten heißen Phase des Verliebtseins. Sie spürte Rangys starke Muskeln, als sie sich an seinen Armen festhielt, und augenblicklich wünschte sie sich allein mit ihm im Wasser zu sein. Sie hatten sich schon lange nicht mehr im Pool geliebt.
Doch Bianca wurde jäh aus ihren Phantasien gerissen, als Joey leise angetaucht kam und sie mit einer gehörigen Wasserwelle

kräftig duschte. Bianca schnaubte sich das Wasser aus der Nase und musste lachen. So ein herrlicher Tag war das, da konnte sie auch noch auf heute Nacht warten, dann aber würde sie Rangy nicht ohne einen heißen Liebesdienst schlafen lassen.

*

Es war ein sonniger Tag als Rangy wie gewohnt zum Set fuhr und registrierte, dass er sich extrem matt fühlte. Irgendwie ahnte er schon, dass das mit seiner Entscheidung nicht mehr zum Boardwalk zu gehen zusammenhängen könnte, aber vor allem hatte er Grainy gegenüber ein schlechtes Gewissen.
Er hätte ihr wenigstens Bescheid geben sollen.
Kurz überlegte Rangy Blake anzurufen, dass er etwas später kommen würde, aber dann ließ er es doch sein. Was hätte er Grainy auch sagen sollen? Dass er ihr, was seine Identität anging, etwas vorgemacht hatte? Würde sie ihm denn dann noch glauben, dass seine Gefühle für sie echt waren? Aber dass sie es waren, spürte Rangy in diesem Moment so heftig, dass es ihm richtig übel wurde. Sein Magen krampfte sich zusammen, als wäre ein Knebel um ihn herumgelegt worden, der sich mit jedem Atemzug fester zog.
Rangy fuhr rechts ran, und zum Glück war da sogar Platz am Straßenrand. Er schlug ein paar Mal mit der Hand aufs Lenkrad und versuchte dabei den Knoten in seinem Bauch durch ruhiges, tiefes Atmen wieder zu lösen, was ihm nach einigen Minuten dann zum Glück auch gelang. Er angelte nach einer Wasserflasche, die immer in seinem Auto lag, und nahm einen großen Schluck. Danach hatte er sich wieder soweit im Griff, dass er weiterfahren konnte. Er schaltete die

Musik an und zwang sich dazu ausschließlich an die heutigen Dreharbeiten zu denken.

Als er etwa dreißig Minuten später am Set ankam, ging es ihm wieder einigermaßen, und der dortige Trubel half ihm dabei sich ausreichend auf seine Rolle zu konzentrieren.

In einer der Drehpausen setzte sich Rangy auf eine Bank und aß einen Apfel. Er beobachtete die geschäftige Szenerie und staunte erneut darüber, dass so viele Menschen für solch eine Produktion benötigt wurden. Allein schon diesen ganzen Haufen Leute zu koordinieren, stellte sich Rangy äußerst kompliziert vor, und er war froh, dass er das nicht machen musste.

Da tauchte, wie so oft in den Drehpausen, eine Make-up Assistentin auf und trug noch etwas Aufheller auf seine Haut auf. Obwohl Rangy nicht mehr nach Venice ging, war seine Haut trotzdem immer noch brauner als gewöhnlich, so schnell verschwand das nicht, und Rangy war irgendwie froh darüber. Es gab ihm das sichere Gefühl, dass diese Zeit tatsächlich geschehen war, dass dies wenigstens für Momente ein Teil seiner Realität gewesen war, auch wenn die Farbe seiner Haut langsam verblasste.

Rangy ließ die Schminkprozedur über sich ergehen, und fragte sich zum x-ten Mal warum sich das so viele Menschen jeden Tag auch noch freiwillig antaten.

Nachdem die Make-up Assistentin, die ja sehr nett war, endlich ihre Arbeit beendet hatte und verschwunden war, sah Rangy einen seiner Lieblingskollegen in der Nähe stehen und überlegte nicht lange. Er zielte noch nicht einmal, sondern warf den abgefutterten Apfelbutzen mit Schmackes in dessen Richtung und traf ihn wie gewünscht am Rücken. George drehte sich um, und als er sah, dass es offenbar Rangy gewesen war, der den Butzen geworfen hatte, empörte er sich spaßeshalber extra laut, hob dabei einen der beiden durch den Aufprall auseinandergebrochenen Teile des Apfelbutzens vom Boden auf, und warf diesen im hohen Bogen zurück, allerdings verfehlte er Rangy knapp, denn der wich nach links aus, so dass der Butzen an seinem Ohr vorbei in ein Gebüsch rauschte.

Rangy war am Set sehr bekannt für seine ständigen Späße, und alle empfanden dies auch als willkommene Auflockerung des ansonsten schon auch sehr stressig sein könnenden Drehalltags. Für Rangy war das allerdings fast überlebenswichtig. Er brauchte das. Der Humor erdete ihn, und er verankerte ihn in seinem echten, realen Leben. Oftmals nahmen ihn die Charaktere, die er spielte, sehr ein, und dann wurde es für ihn manchmal ziemlich schwer zwischen Rolle und seinem wahren Ich schnell zu wechseln. Der Spaß half ihm dabei sich selbst zu bleiben.

Blake beobachtete Rangy dabei, als er den Apfelbutzen warf und musste innerlich grinsen. Er war froh zu sehen, dass sich Rangy offenbar wieder gefangen hatte und ganz der Alte war. Fast väterlich dachte er, dass ja jeder einmal ein Tief hätte und ging zu ihm rüber.

„Na geht doch! Mach weiter so! Du machst das gerade phantastisch!" Und zur Bekräftigung seines Lobes klopfte er Rangy ein paar Mal auf die Schulter.

Rangy sagte dazu nichts. Er nickte nur wortlos, stand dann auf und ging zur Szene zurück. Er hatte längst aufgehört auf Blakes Kommentare einzugehen, es sei denn er musste unbedingt. Außerdem war ja klar, dass seine Leistung Blake momentan gefiel, denn er funktionierte wie gewohnt, lieferte die von ihm geforderten Erwartungen ab, und das wohl auch ziemlich auf den Punkt, denn wegen ihm mussten sie kaum eine Szene wiederholen. Rangy wunderte sich zwar selbst

darüber, dass momentan am Set alles so gut lief, aber er stellte sich nicht die Frage wieso das so war.
Manchmal lief es eben.

Rangy wollte nach dem Übelkeitsanfall von heute Morgen sowieso nicht mehr über irgendetwas großartig nachdenken. Ohne Denken lief es ja anscheinend ganz gut, und alle waren mit ihm zufrieden und ließen ihn in Ruhe.
Und es war ja auch nicht so, dass es ihm dabei total schlecht ging. Er fühlte sich irgendwie neutral, wie in einer leichten Drogenblase. Er schwamm im Fluss der Erwartungen und Anforderungen der anderen mit und empfand es sogar fast erleichternd, dass er nicht selbst überlegen musste, was er wollte. Die Pläne machten andere für ihn.
Tief im Inneren wusste Rangy allerdings schon, dass es ganz und gar nicht nur sein Zug war auf dem er mitfuhr. Aber es war ihm momentan egal, dass auf seinem Zugticket ein völlig anderes Ziel notiert war, von dem er zwar irgendwie etwas ahnte, aber überhaupt nicht willens war nachzusehen, was da eigentlich genau stand.

Es ging rasend schnell.
Sie wusste gar nicht wie ihr geschah, als plötzlich ein Polizeiauto fast in ihre Muschelsandfigur hineingefahren wäre, dann die beiden Polizeibeamten ausstiegen, sie sofort ziemlich hart anpackten und ihr Handschellen anlegten. Ihre Sachen wurden durchwühlt, und sie konnte den Polizisten die Freude regelrecht ansehen, als sie bald darauf fündig geworden waren. Sie hatte sich gerade gestern erst mit einem großen Stück Marihuana versorgt, und offenbar war der ihr bis dato

unbekannte Verkäufer ein Strohmann gewesen, der sie an die Polizei verraten hatte. Sie hätte doch auf ihren altbewährten Dealer warten sollen, aber das Angebot war günstig gewesen, und so hatte sie wider ihrem Bauchgefühl gehandelt. Anschließend schubsten die Beamten sie dann recht unsanft auf die Rückbank des Wagens und fuhren mit ihr davon.

Charlie, ein ziemlich heruntergekommener, fast zahnloser Obdachloser Mitte vierzig, beobachtete entsetzt das ganze Geschehen und schlurfte sofort los, um Bob zu suchen. Er wusste, dass Grainy und Bob gute Freunde waren. Bob sollte wissen, was passiert war.
Charlie fand Bob schließlich an seinem üblichen Arbeitsplatz am Boardwalk.
„Morgen...", eröffnete Charlie das Gespräch, und er bemerkte dabei, dass er Durst hatte, nicht nach Wasser, sondern nach etwas Richtigem. „Hey, Bob, hör mal! Die haben Grainy wegen Drogen verhaftet... Dachte du willst das wissen."
Bob war entsetzt: „ Oh, Scheiße!! Wann?" „Eben gerade. Sie sind im Polizeiauto weggefahren." Charlie sah sich um, ob nicht jemand vielleicht einen Schluck für ihn hätte. „Verdammt!! Ok, danke Charlie!", sagte Bob und rieb sich das Kinn. „Was machen wir denn jetzt?", fragte Charlie, als ob er Bobs Gedanken gelesen hätte.
Bob zuckte mit den Schultern. „Keine Ahnung... Lass mich nachdenken! Wie geht's dir eigentlich?" Charlie hustete. „So lala... Immer die gleiche Scheiße... Kein Geld... Die Leute sind geizig... Brauch 'nen Joint..." Bob musste lachen. „Was du am meisten brauchst ist eine Dusche..." „Ja, Mann, eine Dusche voller Heroin...", lachte Charlie zurück. „Mach was du willst! Du bist alt genug! Pass auf dich auf, Mann!", sagte Bob und lachte nicht mehr dabei. Er konnte sehen, dass es Charlie

gesundheitlich überhaupt nicht gut ging, aber das war hier eben so. Manche schafften es und manche nicht.

„Ja, danke, du auch!", antwortete Charlie und trottete davon. Er brauchte jetzt dringend etwas für seine Nerven.

Bob allerdings auch, nur im Gegensatz zu Charlie verdiente er wenigstens etwas Geld. So konnte er sich ein paar Extras gönnen, ohne zu betteln oder gar zu klauen. Die meisten hier waren im Grunde genommen überhaupt nicht kriminell. Nur ab und zu wenn die Not, vor allem aber die innere Not der Einsamkeit zu groß wurde, taten sie Dinge, die sie sonst nicht tun würden. Aber wer würde das nicht?

Bob setzte sich auf seinen abgewetzten Campingstuhl und rollte einen Joint. Er hätte Charlie eigentlich dazu einladen können, aber er kannte ihn, wenn er ihm einmal etwas gab, wurde er ihn so schnell nicht mehr los, und Bob liebte seine Ruhe. Charlie würde seinen Kick schon irgendwo anders bekommen. Er war ja schließlich hier zu Hause.

Bob rauchte eine Weile und dachte dabei an Grainy, und zwangsläufig kam ihm dann auch Rangi in den Sinn, und er musste sich eingestehen, dass er sich über beide Sorgen machte. Dass Rangi so plötzlich wie er aufgetaucht, auch wieder verschwunden war, bereitete ihm nach wie vor Kopfzerbrechen, und es beunruhigte ihn irgendwie. Er hoffte bloß, dass Rangi nichts Schlimmes passiert war. Vielleicht war er aber einfach nur mit Dreharbeiten an einem entfernten Ort beschäftigt und hatte vorher keine Zeit mehr gehabt ihm Bescheid zu geben.

Bob musste schließlich über seine eigene Eitelkeit lachen. Als ob ein Hollywoodschauspieler extra zu ihm nach Venice kommen würde, um ihm zu sagen, dass er wegen eines Films eine Weile unterwegs wäre. Aber wie er es auch drehte und wendete, irgendwie wurde er das Gefühl nicht los, dass es

einen anderen Grund für Rangis Wegbleiben gab. Wahrscheinlich, so vermutete Bob stark, konnte er dieses Doppelleben nicht mehr mit seiner Familie überein bringen.
Dann plötzlich hatte Bob sich entschieden.
Er musste Rangi finden.
Er war Grainys einzige Chance.

Für seine Verhältnisse schnell, packte Bob seine Habseligkeiten in den Einkaufswagen, den er mal vor einigen Jahren mit einem kaputten Rad auf einem Grünstreifen in einer Straße gefunden hatte. Das Rad hatte er dann selbst notdürftig repariert, seitdem eierte es zwar noch etwas, aber es rollte wenigstens wieder in alle Richtungen, und vor allem quietschte es nicht mehr. Dann stellte Bob seinen Wagen unter einer Palme in der Nähe des Boardwalks ab, kramte alles Kleingeld zusammen und marschierte los.

Bob stieg in den nächstbesten Bus, der ihn in Richtung Hollywood brachte. Er hatte zwar überhaupt keine Ahnung wo genau Rangi, alias Rangy Turner, wohnte, aber er glaubte fest daran, dass er ihn schon irgendwie finden würde. Alles was er wusste, war, Hollywood Hills und irgendwo in der Nähe vom Laurel Canyon Boulevard, denn Rangi hatte mal kurz erwähnt, dass er sich beim nach Hause fahren jedes Mal über den Stau am frühen Abend dort ärgern würde.
Bob fragte sich bei den Fahrgästen durch, welchen Bus er denn am besten nehmen könnte, um zu diesem Laurel Canyon Boulevard zu kommen. Die abschätzenden Blicke ignorierte er dabei professionell, und es gab ja auch überhaupt nichts zu beanstanden, denn Bob hatte das Busticket ganz ordnungsgemäß bezahlt.

Etwas später allerdings verfluchte Bob Rangi und die ganze verflixte Hollywoodschar, dass sie sich hier in die bergige Landschaft zurückgezogen hatten. Naja, dachte er etwas genervt, die müssen hier ja auch nicht zu Fuß herumlaufen. In einem schön klimatisierten Van die teilweise doch ziemlich steilen Sträßchen hochfahren, konnte ja jeder.
Bob wischte sich den Schweiß von der Stirn und fluchte leise vor sich hin, dass er sich noch nicht einmal etwas Wasser mitgenommen hatte, und hier einen öffentlichen Mülleimer zu finden, in dem auch noch eine Flasche mit irgendeinem Getränkerest liegen würde, das konnte er mit Sicherheit abhaken. Selbst die Mülleimer werden hier wohl per Videokamera observiert, dachte Bob missmutig.
Aber Bob gab sein Bestes und ging weiter.
Sobald er jemanden auf der Straße antraf, was wenigstens ab und zu mal vorkam, fragte er ganz höflich nach der Adresse von Rangy Turner, doch er erhielt, wenn überhaupt, nur sehr karg ausfallende und zudem stets verneinende Antworten. Und die dort arbeitenden Latinos durften solche Aussagen erst gar nicht tätigen. Sollte so etwas herauskommen, würde derjenige sofort seinen Job verlieren, und die Illegalen unter ihnen konnten dann nur noch hoffen nicht gleich des Landes verwiesen zu werden.
Was für eine verkehrte Welt, dachte Bob kopfschüttelnd, während er weiterhin die schmucke Villengegend ablief. Manche Leute hier hatten sich so hinter Zäunen und Kameras verbarrikadiert, dass Bob den Eindruck bekam eher an einem Hochsicherheitstrakt vorbeizulaufen. Spätestens jetzt fühlte er sich noch freier als je zuvor, und er hatte nicht das geringste Bedürfnis danach auch nur annähernd so leben zu wollen. Von Rangi wusste Bob zwar mittlerweile, dass diese Abgrenzungsmaßnahmen leider oft ein notwendiges Übel waren, wenn man einen bestimmten Bekanntheitsgrad erreicht

hatte. Manches Verhalten der Fans, vor allem aber das der Presse und den Paparazzi hatte dazu geführt, dass sich die Stars so abschirmen mussten.
Bob wurde es immer beklemmender zumute, und plötzlich konnte er sich gar nicht mehr vorstellen, dass sein Rangi tatsächlich in so einer Gegend wohnen sollte. Er kannte Rangi, so wie er mit ihm zusammen am Boardwalk gesessen, und genüsslich an einem Joint gezogen, oder mit ihm zusammen die mitgebrachten Biere und den Whisky geleert hatte. Und er kannte Rangi, der am liebsten draußen am Strand schlief. Jeder geschlossene Raum war für ihn doch bestimmt viel zu eng, wie sollte er da in einem Villengefängnis glücklich sein? Bob verstand immer mehr, warum es Rangi nach Venice gezogen hatte, dort konnte er wenigstens durchatmen, dort war er frei. Und daher beschloss Bob, Rangy Turner niemals Rangy zu nennen, für ihn blieb er Rangi. Rangi, der freie Mann.

Als Bob nach Stunden irgendwann am Sunset Plaza Drive ankam, war er fix und fertig. Erschöpft und mit ausgetrockneter Kehle setzte er sich an den Straßenrand auf den Bordstein. „Rangi, wo zum Teufel steckst du?", fluchte er mehrmals vor sich hin, bevor er schweren Herzens einsehen musste, dass er ihn wohl nicht finden würde.
Entnervt kramte er in seiner Hosentasche herum und fischte die paar Münzen, die er dort noch vorfand, hervor und zählte sie in der Handfläche. Aber auch das wiederholte Zählen half nichts, er besaß nur noch zwei Quater und ein paar Penny, und das reichte nicht einmal mehr für den ersten Bus, geschweige denn ganz zurück nach Venice. Ihm blieb also nichts anderes übrig, als zu Fuß zurück zu laufen.

Spät in der Nacht erreichte Bob fast am Ende seiner Kräfte endlich den Boardwalk. Unterwegs hatte er zum Glück noch einen alten Kumpel getroffen, der ihn wenigstens ein Stückchen auf seinem klapprigen Fahrrad mitgenommen hatte. Doch schon nach kurzer Zeit hatte Bob der Allerwerteste vom sitzen auf dem Gepäckträger mehr wehgetan, als seine Füße. Aber dank der Hilfe seines Kumpels musste Bob die Nacht nicht irgendwo neben einem Highway, oder in einem Gebüsch an den Straßen, oder in sonst irgendeinem unbekannten Hinterhof-Drecksloch verbringen. Außerdem war es nicht ganz ungefährlich in einem fremden Gebiet einfach so zu nächtigen. Schnell hatte man sich unwissend einen Platz gesucht, der schon jemand anderem gehörte, und das konnte dann äußerst unangenehm werden. Auch in Venice gab es ein paar solcher Besitzhaie, die ihren Spot vehement und oftmals sogar bis aufs Blut verteidigten, obwohl ja niemand tatsächlich ein Recht auf einen bestimmten Platz hatte. Doch auch unter den Heimatlosen gab es Regeln und ebenso Besitzverhältnisse, und man tat gut daran, sie zumindest zu kennen.

Bob musste sich erst durch ein paar Mülleimer wühlen, bevor er schließlich eine Flasche mit irgendeinem Rest Sodagetränk fand und sie herausfischte. Gierig trank er die Flasche in einem Zug leer, was ihm wenigstens die Energie zurückgab nach etwas Brauchbarerem zu suchen.

Später, als er dann von einem Joint gut benebelt in seinem alten Armeeschlafsack lag und in den Sternenhimmel hinaufblickte, war er einfach nur glücklich. Sollten ihn Grainy und Rangi doch am Arsch lecken, was kümmerte es ihn überhaupt, wenn andere Mist bauten. Er war für keinen von beiden, oder sonst jemanden verantwortlich. Er hatte sein Leben schließlich auch wieder in den Griff bekommen, auch wenn es für viele nicht so aussah. Aber es kümmerte ihn schon lange nicht mehr, was andere über ihn dachten.

Doch noch während Bob einschlief, wurde ihm bewusst, dass es ihm überhaupt nicht am Arsch vorbeiging was aus Grainy und Rangi werden würde, weshalb er noch ein kurzes, aber intensives Gebet gen Himmel schickte, dass sich Rangi doch bitte wieder bei ihm blicken lassen sollte. Bob wusste allerdings nicht so recht an wen er dieses Gebet eigentlich genau richten sollte, denn er hatte bereits vor vielen Jahren schon den Glauben an Gott oder dergleichen verloren. Allerdings glaubte Bob nach wie vor ans Schicksal, beziehungsweise daran, dass nichts einfach nur grundlos geschah. Alles hatte seiner Erfahrung nach immer auch einen tieferen Sinn.

Und ganz uneigennützig war dieses Gebet auch nicht. Er vermisste Rangi, und das nicht nur wegen dem Whisky und dem Bier, das er immer mitbrachte.

Seine kleine Tochter war einfach unglaublich erfinderisch, wenn sie etwas unbedingt wollte. Rangy sah Kimberly an, und er war sich sicher, dass sie bald jeden Typen um den Finger wickeln würde.

Rangy saß mit Bianca zusammen beim Football schauen auf der Couch, und Kimberly hatte sich dazwischen gequetscht.

„Daddy...", begann Kimberly schon in einem eindeutigen Tonfall. „Gehen wir nächstes Wochenende zum Santa Monica Pier? Ich würde sooo gerne mal wieder Achterbahn fahren!"

Rangy sah zunächst weiterhin dem Spiel zu, und erst während er antwortete, wurde ihm bewusst, dass es von dort nicht mehr weit nach Venice war. „Ja... warum nicht?! Vielleicht kannst du ja eine Freundin mitnehmen wenn du magst?" Aber jetzt war es eh schon zu spät, um noch einen Rückzieher zu

machen. „Oh, ja, das ist cool! Und danach gehen wir noch den Venice Boardwalk entlang, ok? Ich brauche ein paar neue freaky Shirts! Bitte...", sagte Kimberly daraufhin und brachte ihre Daddy damit unbewusst in eine Zwickmühle.
Unwillkürlich sah Rangy jetzt zu Bianca, doch sie seufzte überraschender Weise nur leicht und zuckte kurz mit den Schultern, so, als ob es ihr vollkommen gleichgültig wäre, dass ihre Tochter ihn nach Venice zurückbringen würde.
Bianca hatte auch tatsächlich keinerlei Bedenken, dass so ein Einkaufsbummel zusammen mit Kimberly ihren Mann dazu veranlassen könnte rückfällig zu werden. Kurz musste sie dann über dieses Wort lächeln, denn es klang fast so, als wäre ihr Mann nach Venice süchtig gewesen. Alles war seit ihrer Aussprache wieder vollkommen beim Alten, warum sollte sie sich also Sorgen machen. Bianca vertraute ihrem Mann, der ihr nicht nur immer wieder sagte, dass er sie liebe. Und sie glaubte ihm.
Doch Rangy hatte plötzlich ein komisches Gefühl, was er lieber erst gar nicht näher betrachten wollte, weshalb er schnell vorschlug: „Vielleicht kommt deine Mama ja auch mit?"
Und Kimberly grinste ihre Mutter frech an: „Aber nur, wenn du nicht zu ängstlich bist wegen der Achterbahn..." Bianca musste lächeln und streichelte liebevoll über die Haare ihrer Tochter. „Ich würde wirklich gerne mitkommen, aber unglücklicherweise muss ich am nächsten Wochenende arbeiten." „Das ist ok, Mama... Und was ist mit dem Boardwalk? Gehen wir dann auch dorthin, Daddy? Bitte, bitte, bitte... Du kannst dich ja hinter einer Sonnenbrille und einer großen Baseballkappe verstecken... Ok?"
Rangy sah seine Frau nochmals an, doch sie grinste einverstanden zurück.
„Ok, Sweety! Machen wir das so!" Kaum hatte Rangy diese Worte ausgesprochen, sprang Kimberly auf und umarmte ihn

stürmisch. „Yeehaw!!! Danke, Daddy! Ich liebe dich!" „Kein Problem, Sweetheart! Ich liebe dich auch!", sagte Rangy und freute sich darüber, dass seine Tochter so ungestüm war. Kimberly rief dann noch im Hinausrennen: „Ich muss jetzt Judith anrufen!" Und kurz darauf war sie in ihrem Zimmer verschwunden. Das wussten Bianca und Rangy deshalb, weil ihre Tochter die etwas unangenehme Angewohnheit hatte, ihre Zimmertür immer ziemlich laut ins Schloss sausen zu lassen.
„Vielleicht kannst du ja auch noch Elena und Joey mitnehmen?!", schlug Bianca noch abschließend vor, und sie bemerkte dabei nicht, dass sie das doch aus genau jenem Grund in den Raum warf, weil es nach Venice gehen sollte. Rangy sah sie an, und im Gegensatz zu ihr wusste er ganz genau was los war. „Klar, mach ich... Hey, keine Sorge, ich werde nicht länger als nötig mit den Kids dort bleiben, ok?" „Aber ohne sie würdest du noch?", rutschte es Bianca dann doch heraus, und sie wunderte sich darüber woher diese Worte so plötzlich gekommen waren.
Rangy sah ihr fest in die Augen. „Hey, hör auf damit... Wie ich schon sagte, ich habe damit aufgehört..." Bianca rückte wie entschuldigend näher zu ihm, und Rangy legte einen Arm um sie.
Sie schauten zwar weiterhin das Spiel an, doch jeder hing insgeheim seinen Gedanken nach.
Bianca kämpfte schließlich doch etwas gegen ihre bewusstgewordene Sorge, dass Rangy womöglich durch diesen Familienausflug zum Boardwalk wieder Lust auf jenes Lotterleben bekommen könnte, und Rangy starrte so krampfhaft auf den Bildschirm, dass ihm bald die Augen wehtaten. Aber etwas anderes konnte er in diesem Moment nicht tun, mit allem anderen hätte er sich nur verraten, auch vor sich selbst.

Zum Glück wurde das Spiel kurz darauf so spannend, dass sich ihre Gedankenachterbahnen wie von selbst beruhigten und sie von dem Spiel mitgerissen wurden.

Doch eigentlich hätte sich Rangy lieber betrinken wollen.

*

Es war einer dieser Tage in L.A. an denen man, wenn man es nicht besser wüsste, denken könnte, die ganze Pazifikküste sei Opfer eines heftigen Smogaufkommens. Doch es war einfach nur dichter Nebel, der sich dann über den Strand und die ersten Straßen legte, und der öfter mal im Jahr vom offenen Meer her hineinwaberte.

Rangy war das egal, aber Kimberly schaute etwas missmutig drein, als sie den Wilshire Boulevard hinunterfuhren und sie das Wetterphänomen bemerkte, weil sie zu Recht befürchtete von der Achterbahn aus keine freie Sicht auf die Häuser von Santa Monica haben zu können.

Doch als Rangy schließlich das Auto auf einem der Parkplätze in der Nähe des Santa Monica Piers abstellte, hellte sich der Himmel über dem Wasser schon wieder etwas auf, und Kimberlys Laune gleichermaßen.

Rangy hatte seine Haare zu einem Pferdeschwanz zusammengebunden, dazu zog er sich jetzt die Baseballkappe tief ins Gesicht und setzte die Sonnenbrille auf. Er hasste das alles zwar, aber es war trotzdem besser, als erkannt und eventuell noch mit dummen Fragen belästigt zu werden, ganz zu schweigen von Selfies.

Sie hatten Glück, denn dank des Nebels war noch nicht viel los, und sie konnten ohne lange Wartezeit gleich mit den Fahrten in der Achterbahn beginnen.

Kimberly und ihre Freundin Judith wollten unbedingt alleine fahren, so dass sich Rangy, Elena und Joey ein paar Wagen weiter hinten platzierten. Sie hatten alle einen Riesenspaß, und Rangy konnte wenigstens für diese paar Minuten vergessen, was ihm gleich noch bevorstand. Die Geschwindigkeit pustete seinen Kopf frei, und er genoss diesen fast berauschenden Zustand.

Nachdem sie drei Mal gefahren waren, erfüllte Rangy den Kindern, und da war Elena keine Ausnahme, ihren Wunsch und kaufte Süßigkeiten. Er selbst konnte diesem Süßbapp noch nie etwas Positives abgewinnen, und er fragte sich erneut, wie einem soviel Zucker auf einmal überhaupt schmecken konnte. Doch in den Gesichtern seiner Kinder las er eine eindeutige Zufriedenheit, und so war er es auch.

Anschließend schlenderten noch gemütlich den sich jetzt doch langsam aber sicher füllenden Pier auf und ab, und nachdem Kimberly bemerkt hatte, dass der Nebel fast vollständig verschwunden war, wollte sie unbedingt noch einmal Achterbahn fahren. Diesmal brauchte sie nicht erst ihre raffinierten Überredungskünste anzuwenden, denn Rangy war ihr sogar dankbar dafür, weil sie dadurch den unausweichlichen Gang über den Boardwalk in Venice noch etwas hinauszögerte.

Aber dann war es schließlich soweit, und Rangy hielt unweigerlich die Luft an, als sie auf den Boardwalk traten, so, als würde er damit einen Riegel zwischen sich und Venice Beach schieben, damit erst gar nicht der leiseste Hauch dieser Welt wieder in sein System dringen könnte. Rangy bemerkte wie sein Blut bis zum Hals hinauf pulsierte, und dass seine

Augen jeden Zentimeter nach Bob und vor allem nach Grainy durchforsteten.

Die Kinder merkten davon nichts, denn sie waren voll und ganz damit beschäftigt einen Laden nach dem anderen zu erobern. Rangy war das nur Recht, denn so bekam er etwas Zeit sich der ganzen Situation zu stellen. Und schon bald war er fast entsetzt darüber, wie gerne er einfach wieder seine Klamotten getauscht und sich unter die Leute hier gemischt hätte. Eine ihm unerklärliche Sehnsucht überfiel ihn plötzlich, die ihm sogar kurz die Augen feucht werden ließ.

Trotz der fortwährenden Ausschau nach Bob und Grainy, bemerkte Rangy nicht, dass er selbst schon längst gesichtet worden war. Bob hatte Rangy sofort erkannt, als er ihn vor einem der vielen Shops stehen sah. Kurz musste Bob über Rangys Verkleidung schmunzeln, denn er hatte ihn trotz Sonnenbrille und Kappe auf dem Kopf gleich erkannt, aber er konnte gut verstehen, warum Rangy das machte, und er hatte damit ja auch offensichtlich Erfolg, denn es belästigte ihn niemand. Fast verloren wirkte er auf Bob, wie er da allein unter den vielen Menschen vor dem Laden stand und auf seine Kinder wartete, die inzwischen schon einige Tüten mit sich herumschleppten. Bob wäre am liebsten sofort zu ihm hingegangen, aber er wartete noch etwas ab, denn hier standen sie zu sehr auf dem Präsentierteller. Außerdem konnte Bob nicht wirklich wissen, wie Rangy überhaupt auf ihn reagieren würde. Immerhin war er vor vielen Wochen ohne ein Wort verschwunden.

Bob folgte ihm also, weiterhin von Rangy unbemerkt, bis zu einem anderen Laden, der etwas weniger frequentiert war, und stellte sich dann einfach vor ihn hin, als Rangy wie schon die Male zuvor draußen wartete. Und als Rangy Bob dann erblickte, wäre er ihm fast stürmisch um den Hals gefallen, so sehr freute er sich ihn zu sehen.

„Hey, Bob, schön dich zu sehen! Wie geht's dir?", prasselte es grinsend aus Rangy heraus, und er setzte die Sonnenbrille ab.
Bob musste auch grinsen, denn mit so einer prompten und herzlichen Begrüßung hatte er dann doch nicht gerechnet.
„Geht mir auch so! Scheint so, als ob es dir ganz gut gehen würde! Sind das alles deine Kinder?" Bob machte eine Handbewegung in den Laden hinein, wohl darauf achtend, dass ihn die Kinder nicht sehen konnten.
„Nein, nur drei davon... Was ist mit dir? Wie läuft's so? Hast du Grainy mal wieder gesehen?" Rangy wurde plötzlich ganz unruhig, denn er bekam Angst, dass seine Kinder mit dem Einkauf fertig sein könnten, bevor er wusste, wie es Grainy ging.
Bob schluckte. „So la-la... Die Sache ist die... Grainy ist vor zwei Monaten verhaftet worden... wegen Drogen... Mehr weiß ich nicht... Keiner hat sie seitdem mehr gesehen." Rangy war geschockt. „Verdammt!!! Warum hast du mir das nicht gesagt?"
Bob sah ihn an und wurde leicht wütend. „Warum ich es dir nicht gesagt habe? Sehr lustig! Ich habe dich damals versucht zu finden... Ich bin mit dem Bus in dein Viertel gefahren... Ich habe dort ein paar Leute nach dir gefragt, aber keiner hatte eine verfluchte Antwort für mich... Ich hatte keine Chance dich zu finden. Du bist dort mehr versteckt, als in einem Gefängnis... Nach Stunden dann in der verdammten Hitze bin ich zu Fuß wieder nach Venice zurückgelaufen, weil ich kein Geld mehr hatte... Ich hatte gehofft du würdest mich dann wieder runterfahren..." Bob schwitzte als er fertig war, und er wischte sich den Schweiß aus dem Gesicht.
Rangy war untröstlich. „Verdammt, Bob, ich hatte ja keine Ahnung! Es tut mir leid! Natürlich hätte ich dich gefahren!"

In Rangys Kopf drehten sich die Gedanken und Sorgen um Grainy, und er begann sich maßlos darüber zu ärgern, dass er diese Welt hier einfach so verlassen hatte.
Bob hatte sich schnell wieder gefangen und klopfte Rangy freundschaftlich auf die Schulter. Er grinste. „Es war nicht dein Fehler! Es war eine von meinen dummen Ideen! Ich kenne ja die verfluchte Situation der Berühmten..."
Da sah Bob die Kinder in Richtung Eingang kommen.
„Ich muss gehen! Deine Kinder kommen. Pass auf dich auf, Mann! Und vielleicht schaust du ja irgendwann mal wieder vorbei! Das würde mir gefallen!" „Ja... Pass du auch auf dich auf! Man sieht sich!", sagte Rangy noch und hatte Mühe das eben Erfahrene schnell zu verarbeiten.
Kimberly riss ihn dann allerdings ein wenig aus den Gedanken, als sie ihm stolz zeigte, was sie eben alles gekauft hatte.
Trotzdem konnte Rangy nicht umhin Bob hinterherzustarren.

Die restliche Zeit auf dem Boardwalk kam Rangy vor wie eine halbe Unendlichkeit. Aber er wollte die Kinder nicht drängen, einfach nur deshalb, damit sie ihn nicht nach dem Grund seiner Ungeduld fragen würden, und er sie wieder anlügen müsste.

Dass er in dieser Nacht nicht würde schlafen können, wusste Rangy schon, als Bob sich verabschiedet hatte. Er war unruhig und alle Bemühungen seine Gedanken zu sortieren, um zu einer befriedigenden, ja, um überhaupt zu irgendeiner Entscheidung zu kommen, schlugen fehl.

Bianca schien davon nichts mitzubekommen, sie schlief seelenruhig neben ihm. Rangy betrachtete seine Frau ab und zu nachdenklich, und er hatte schon allein deswegen, weil er überhaupt darüber nachdachte wie er Grainy am besten helfen könnte, ein schlechtes Gewissen. Es fühlte sich so an, als ob er vor den Augen seiner Frau mit voller Absicht fremdginge. Und im Prinzip war das ja auch so.
Er sehnte sich so sehr nach Venice zurück, dass es ihm wehtat. Aber er wusste auch, dass es niemals mehr ein Doppelleben geben würde, entweder er blieb hier bei seiner Familie, oder er verließ sie. Beide Wege schmerzten ihn schon allein bei der Vorstellung, aber dass das eine nur ohne das andere zu haben war, war ihm mittlerweile sonnenklar. Bianca würde das kein zweites Mal dulden, und er würde sich immer schäbiger vorkommen im Prinzip beide Frauen zu betrügen.

Grainy.
Ihr müsste er außerdem auch erst einmal beichten, wer er überhaupt war. Ob sie ihn dann immer noch wollen würde, stand eh in den Sternen. Rangy wusste, dass der ganze Hollywoodzirkus ihr ein enormer Dorn im Auge war, und ihm fiel erst jetzt auf, dass er gar nicht wusste weshalb eigentlich. Er hatte sie bisher nie danach gefragt, und jetzt wurde ihm auch klar warum. Er hatte Angst vor ihrer Antwort gehabt, die ihm seine eh schon zwiespältige Einstellung zu der Filmindustrie womöglich noch intensiver vor Augen geführt hätte. Die Wahrheit zu kennen war eins, sie von jemand anderem nochmals ungeschönt präsentiert zu bekommen, war etwas ganz anderes. Denn dann wurde einem meist erst richtig klar, was wirklich wahr war.

Gegen Morgen hatte sich Rangy dann entschieden. Er wusste plötzlich, dass er, egal wie lange er es noch drehen und

wenden würde, nicht daran vorbei könnte. Er musste Grainy helfen.
Rangy hatte nicht vor Bianca davon zu erzählen, wozu auch. Er würde Grainy einen Anwalt besorgen und hoffen, dass eine Geldsumme ausreiche, um sie wenigstens bis zur Verhandlung auf Kaution aus der Haft zu holen. Er würde sie nur abholen und zurück nach Venice bringen. Ihm war zwar durchaus bewusst, dass Grainy ihn dann logischerweise fragen würde, woher er soviel Geld und das Auto hätte. Aber es war ihm egal, was sie dann von ihm denken würde, das Wichtigste war, dass sie da raus käme.

Rangy fühlte sich wie gerädert, als er nach dieser schlaflosen Nacht am Frühstückstisch saß, und er brachte außer dem Kaffee nichts anderes herunter. Zum Glück bemerkte es Bianca nicht, denn sie war schon mit dem dritten Telefonat beschäftigt und im Prinzip bereits zur Haustür hinaus.
Später beeilte sich Rangy dann mit dem Abräumen, denn er wollte unbedingt vor dem Set noch bei einem Anwalt vorbei. Er hatte vorhin auf der Toilette schon mal im Internet nach einem passenden Anwalt geschaut, und als er fündig geworden war dessen Telefonnummer eingespeichert. Rangy hätte auch seinen eigenen Anwalt beauftragen können, doch irgendwie fühlte es sich so besser an. Er wollte einfach nicht noch mehr Leute anlügen, und schon gar nicht wollte er irgendjemandem Rechenschaft darüber abgeben müssen warum er einer Obdachlosen helfen wollte. Und sein Anwalt kannte ihn einfach zu gut. Er würde Fragen stellen und die Hintergründe wissen wollen.

Es dauerte allerdings noch gute zwei Wochen, bis dieser fremde Anwalt Rangy dann endlich mitteilte, dass Grainy bis zu ihrer Verhandlung, die irgendwann in den nächsten

Monaten stattfinden würde, auf Kaution freigelassen werden könnte.
Rangy, der zu dem Zeitpunkt des Anrufes gerade am Set war, freute sich so sehr darüber, dass er am liebsten alles stehen und liegen gelassen hätte und sofort zum Gefängnis gefahren wäre. Aber er nahm sich zusammen, denn er konnte Grainy eh erst am Nachmittag abholen.

Rangy musste sich gehörig zusammenreißen nicht zu schnell zu fahren, und sein Herz klopfte so heftig, dass er schon fast an seinem Verstand zweifelte. Allerdings war er nicht ganz sicher, ob das nur die reine Vorfreude, oder vor allem die Angst vor Grainys Reaktion war. Wahrscheinlich eine Mischung aus beidem, dachte er, als er am Los Angeles County Jail Lynwood in der Alameda Street auf den Hof fuhr. Rangy parkte sein Auto auf dem Besucherparkplatz und stieg aus. Als er den Schlüssel in die Hosentasche steckte, bemerkte er, dass seine Hände leicht zitterten.
Rangy war schon so in Gedanken bei Grainy, dass er dabei völlig vergessen hatte zumindest seine Sonnenbrille aufzusetzen, wobei er ganz genau wusste, dass das in L.A. meistens nicht gut ging. Die Paparazzi lauerten einfach überall, und vor allem an solchen Orten, die beste Schlagzeilen versprachen, wie zum Beispiel ein Gefängnis. Es kam auch nicht oft vor, dass er sich ohne seine Tarnkappe, wie er seine Kopfbedeckung selbst nannte, und Sonnenbrille draußen auf der Straße zeigte, aber jetzt gerade hatte er es vollkommen vergessen, was augenblicklich fatale Folgen mit sich brachte.
Zwei Männer, die in seiner Nähe gerade zu ihrem Auto gingen, hatten ihn gleich im Visier. Sofort griff der eine zum Telefon, während der andere seinen Fotoapparat zückte und schon einmal ein paar Fotos schoss. Er erwischte Rangy zwar nur von hinten, aber das war fürs Erste besser als nichts. Und

so wie es aussah, war Rangy Turner ja gerade im Begriff in das Gebäude hineinzugehen, also musste er früher oder später auch wieder herauskommen, und dann würden sie ihn kriegen.

Rangy meldete sich am Empfang und musste dann allerdings noch fast eine halbe Stunde warten. Doch dann ging endlich die Metalltüre auf und Grainy trat hinaus. Sie war blass geworden und sah müde aus. Rangy freute sich so sehr sie wiederzusehen, dass er sie spontan umarmte, was sie allerdings überhaupt nicht erwiderte.
Grainy sah Rangy zwar erstaunt an, sagte aber kein Wort. Zudem hatte sie auch sofort anhand seiner Kleidung bemerkt, dass irgendetwas nicht stimmte. Das war nicht ihr Rangi, den sie vom Strand her kannte, soviel war klar.
Als der Gefängnisaufseher Rangy dann schließlich mit: „Auf Wiedersehen, Mister Turner!" verabschiedete, läuteten bei Grainy die Alarmglocken, und dann hatte sie ihn auch postwendend erkannt.
Rangy Turner, der Schauspieler stand vor ihr und sagte: „Komm, lass uns hier verschwinden!"
Grainy war zwar unglaublich erleichtert und froh darüber aus diesem Loch endlich herauszukommen, und doch konnte sie ihre Enttäuschung nicht wirklich verbergen. Was sollte das Ganze? Wieso hatte er ihr vorgemacht jemand anderer zu sein? Wieso hatte er auf homeless gemacht? Hatte er sich insgeheim sogar nur heimlich über sie lustig gemacht? Sie wusste nicht, was sie denken sollte, zu sehr wühlten sich ihre Gefühle gerade durch ihre Adern. Was sie allerdings momentan am allermeisten störte war, dass sie sich so ungemein darüber freute ihn wiederzusehen.
Grainy folgte Rangy, der es anscheinend ziemlich eilig hatte aus dem Gebäude zu kommen, was sie ihm nicht verübeln konnte. Doch als er die Tür öffnete und sie beide ins Freie

traten, traute sie ihren Augen nicht. Da stand eine Schar von Paparazzi mit Fotoapparaten bewaffnet in Position, deren Blitzlichter sie selbst am helllichten Tag blendeten, und Rangy war von jetzt auf nachher stinkwütend.

Geistesgegenwärtig griff er nach Grainys Arm und rannte mit ihr so schnell es ging zu seinem Auto. Grainy leistete keinen Widerstand, und lief was ihre Füße hergaben, denn ihr war diese Ansammlung von Fotoapparaten ebenfalls total unangenehm. Zum Glück waren sie schneller als die Paparazzi.

Welch Horror, dachte sie, als sie endlich im Auto saßen und Rangy schnell vom Hof fuhr, und gleichzeitig sah sie ihre Abneigung gegen diese ganze Filmmafia wieder einmal auf ganzer Linie bestätigt. Und die Paparazzi gehörten für sie genauso dazu, denn sehr viele Stars bauten geradezu auf sie, um allzeit im Gerede zu bleiben. Dass Rangy Turner offenbar nicht zu dieser Sorte zählte, schmälerte ihren Ärger auf ihn allerdings kein bisschen.

Grainy sah, dass Rangy diese Aktion ziemlich abgenervt hatte und er innerlich kochte. Außerdem konnte sie sich nur zu gut ausmalen, was morgen in allen Klatschblättern stehen würde. Und trotzdem hatte sie irgendwie kein Mitleid mit ihm. Das geschieht ihm gerade recht, dachte sie zynisch, und starrte weiterhin aus dem Fenster.

Grainy hatte bis jetzt immer noch kein Wort gesagt, obwohl ihr tausende durch den Kopf jagten. Doch sie fürchtete in ihrer Verletztheit Rangy womöglich zu sehr anzuschreien, und das hatte er jetzt ja nun auch nicht unbedingt verdient, immerhin hatte er sie gerade aus der Untersuchungshaft herausgeholt, wo sie wahrscheinlich ohne sein Geld noch eine ganze Weile verbracht hätte. Bei solchen Leuten wie ihr, konnte es Monate dauern, bis mal ein Richter sich erbarmte ihren Fall zu bearbeiten. Was allerdings nach der Verhandlung noch auf sie zukommen würde, das wollte sie sich jetzt lieber nicht vorstellen. Und Rangy zu fragen, ob er ihr Geld für einen guten Anwalt leihen würde, welches er mit Sicherheit hätte, damit der ihre vorauszusehende Haftstrafe in eine Geldbuße umwandeln könnte, dazu war sie sich einfach zu stolz. Das würde gegen all ihre Prinzipien verstoßen. Da würde sie lieber in den sauren Apfel beißen und die Zeit im Gefängnis absitzen, als ihn um Geld zu bitten.

Rangys Worte kamen auch erst auf dem Parkplatz am Fishing Pier wieder zurück, als er sein Auto parkte und den Motor ausmachte.
Die ganze Fahrt über hatte Rangy überlegt, was und vor allem wie er es Grainy erklären, und wo er überhaupt anfangen sollte. Die Paparazziaktion hatte ihm obendrein dann irgendwie auch noch den letzten Nerv geraubt. Ihm war zwar auch klar, was es höchstwahrscheinlich spätestens morgen überall zu lesen gäbe, doch irgendwie war ihm das auf der Fahrt hierher gleichgültig geworden. Dann sollten es eben alle wissen, dass er einer Obdachlosen geholfen hatte aus der U-haft zu kommen, und das war ja auch im Grunde genommen überhaupt nichts Schlimmes. Und wenn Bianca deshalb einen Aufstand machen würde, dann sollte sie eben. Es war ihm egal.
Rangy ärgerte es viel mehr, dass diese Paparazzi-Arschlöcher überhaupt keinen Respekt kannten, und er fühlte sich gerade so, als ob ihm etwas Wichtiges gestohlen worden wäre. Und im Prinzip war es das auch. Und es wurde ihm jetzt erst bewusst, dass seine Bekanntschaft mit Grainy für ihn wie ein geheimer Schatz war, der an einem für andere unerreichbaren Ort lag, den nur er kannte, und den auch nur er betreten konnte. Wie ein heiliger, sicherer Raum, der nur ihm gehörte, dort, wo er einfach nur sich selbst sein konnte. Schon damals

als Bianca ihn nach Venice verfolgt, und seine andere Welt entdeckt hatte, war es ihm so vorgekommen, als wäre er beraubt worden. Und jetzt riss alles von ihm ab und hinterließ eine blutende Wunde. Nichts würde mehr so sein wie damals, als er noch völlig inkognito neben Bob gesessen war und als ein Irgendjemand mit ihm zusammen Joints geraucht hatte.
Ein Jemand wie jeder andere auch.
Einfach ein Mensch, der eben auch auf diesem Planet lebte.

„Es tut mir leid… Ich wollte dich niemals anlügen…", kam es schließlich aufrichtig und recht ruhig aus Rangy heraus. „Hast du aber! Arschloch!" Grainy war weniger ruhig, aber sie war froh, dass er endlich etwas gesagt hatte. „Du hättest dich nicht auf mich eingelassen, wenn du es gewusst hättest, oder?"
Diese Frage löste ihren Knoten, und Grainy wurde laut. „Da hast du verdammt recht! Ich hasse diesen ganzen Hollywoodscheiß! Das ist eine verfluchte, unechte Welt und jeder lügt! Nichts weiter! Es hat absolut nichts mit dem normalen Leben zu tun! Sag's mir, hattest du Spaß dabei mir Gefühle vorzugaukeln? Ist das ein neuer Sport in der Berühmtheitenwelt? Arme Obdachlose verarschen? Hä? Hat dir der Trip gefallen? Ich sag dir was! Du bist kein Deut besser, als irgendjemand sonst, nicht ein bisschen! Und falls du so denkst, dann bist du noch ärmer als wir alle hier zusammen! Und wenn du jetzt denkst, ich sei froh darüber, dass du mich rausgeholt hast, hast du dich geschnitten! Du bist mir scheißegal!" Grainy war richtig in Rage geraten und atmete erst einmal tief aus, nachdem sie geendet hatte. Sie sah aus dem Fenster und wünschte sich, er würde sie jetzt einfach in den Arm nehmen, doch das konnte sie sich nach dieser Ansage eben wohl nun total abschminken. Außerdem hatte er ihr ja eh die ganze Zeit über nur etwas vorgemacht. Ein Schauspieler eben.

Rangy sah sie an, und er fühlte sich einfach nur mies. Grainy hatte ja Recht. Er hatte Mist gebaut, und das auf beiden Seiten. Aber eines war mit Sicherheit echt, und das waren seine Gefühle für sie. Und in diesem Moment wurde ihm klar, dass er sie wirklich liebte.

Diese Erkenntnis machte Rangy zwar keineswegs fröhlicher, aber es tat ihm gut in diesem ganzen Chaos nun etwas Wahres gefunden zu haben, an dem er sich orientieren konnte, obwohl er nicht wusste, was ihm das bringen sollte, außer noch mehr Durcheinander. „Ich verstehe dich ja... Meine Schuld... Und nochmal, es tut mir leid, und ich...", aber weiter kam Rangy nicht.

„Sei still! Mach was du willst! Ich habe genug von unaufrichtigen Menschen! Bye!", unterbrach Grainy ihn vehement, stieg aus und knallte die Autotür fest zu.

Rangy erinnerte dieses spezielle Geräusch einer zuknallenden Tür sofort an seine Tochter Kimberly, und er musste kurz schmunzeln. Aber das Lächeln verschwand schnell wieder, denn er wusste, dass er jetzt im Moment nichts ändern konnte, und er sah Grainy einfach nur traurig hinterher, wie sie in Richtung Boardwalk ging und irgendwann in der Menge dort verschwand. Er wäre ihr zu gerne hinterhergegangen.

Da meldete sich sein Handy plötzlich, und Rangy sah auf dem Display, dass es Bianca war, die ihn anrief. Er musste dran.

„Hey, was gibt's?", fragte er so normal wie möglich, und bemerkte dabei, dass ihm ein paar Tränen die Wangen herunterliefen.

Seiner Wahrnehmung nach klang seine Stimme alles andere als normal, und er fragte sich, wo denn nur sein angeblich so umwerfendes Schauspieltalent abgeblieben war, jetzt wo er es mal für sich brauchen könnte. Dann fielen Rangy allerdings die unzähligen Lügengeschichten wieder ein, die er seiner

Familie bereits erfolgreich aufgetischt hatte, und in jenen Momenten war er schon sehr froh über seine offensichtlich überzeugenden Fähigkeiten gewesen, allerdings konnte er in keiner Weise darauf Stolz sein. Ganz im Gegenteil, es fühlte sich eher so an, als habe er sein Talent missbraucht.

„Was los ist? Du wolltest Joey nach seinem Baseballtraining abholen! Ist alles in Ordnung?"
Rangy fuhr sich durch die Haare. „Ja... Ich bin schon unterwegs... Es ist viel Verkehr... Bis später...", rief er ins Telefon und hoffte Bianca hatte nicht bemerkt, dass der Motor gar nicht lief.
Rangy drückte das Gespräch weg, legte das Telefon auf den Beifahrersitz und fuhr genervt los.

*

So aufgebracht hatte Rangy seine Frau selten gesehen, eigentlich noch nie. Bianca stand mit fuchsteufelswildem Blick in den Augen vor ihm und hielt ihm ihr Laptop direkt unter die Nase.
Rangy war gerade dabei den Frühstückstisch zu decken und hatte deshalb zwei Tassen in der Hand. Er musste zunächst einen Schritt zurückgehen, um überhaupt erkennen zu können, was auf dem Bildschirm anscheinend so Wichtiges zu sehen war. Und dann sah er, was er ja schon wissentlich befürchtet hatte.
Da war ein großes Foto abgebildet, auf dem er und Grainy zusammen das Gefängnisgebäude verließen. Unter dem Bild stand mit großen, fetten Buchstaben geschrieben:
HOLLYWOODKARRIERE VORBEI?
IST RANGY TURNER IN SCHWIERIGKEITEN?

IST DIESE DROGENABHÄNGIGE OBDACHLOSE SEINE NEUE FLAMME?

Rangy sah Bianca kurz an und stellte dann die Tassen auf dem Tisch ab. Ihm wurde plötzlich ein wenig mulmig, weswegen er sich an den Tisch setzte und kurz über sein Gesicht rieb. Bianca blieb unterdessen weiterhin wie angewurzelt stehen und starrte ihn eine Erklärung einfordernd an.
Schon gestern auf der Heimfahrt hatte Rangy bereits versucht sich etwas zurechtzulegen, was er als Erklärung sagen könnte, denn dass Bianca von der Sache Wind bekommen würde, war durch die Paparazziaktion gestern am Gefängnis unabwendbar geworden. Doch irgendwie fiel ihm jetzt gerade nichts mehr davon ein. „Darling, lass es mich erklären! Nichts von dem stimmt was die da schreiben...", begann er dann schließlich langsam.
Aber weiter kam er gar nicht, denn Bianca verlor nun ihre Beherrschung. „Was sonst, hm? Ich sag dir was! Ich habe definitiv genug von dem ganzen verrückten Scheiß mit deinen Homelessfreunden! Es macht mich ganz krank! Geh doch zu deinem heruntergekommenen, nutzlosen und verlausten Abschaum, wenn du dich so um sie sorgst und zieh alles was wir aufgebaut haben in den Dreck!"
Sie hatten beide nicht bemerkt, dass die Kinder inzwischen hereingekommen waren und alles mitbekamen, und die drei waren verständlicherweise total entsetzt und blass geworden.
„Kann ich vielleicht auch mal was sagen?" Rangy war zwar von Biancas Ausraster ziemlich genervt, doch er riss sich zusammen, denn was anderes würde nur noch zu mehr Aufruhr führen. „Ich verstehe ja deine Aufregung... Ich wollte das nicht... Ich wollte ihr nur helfen!" Doch auch sein recht sanfter Ton half nichts. Bianca beruhigte sich keineswegs. „Ihr helfen??", rief sie. „Du kannst diesen Menschen nicht helfen!! Das sind alles Kriminelle! Bist du wirklich so dumm? Die

benutzen dich, sonst nichts! Und umso mehr, wenn sie wissen wer du bist! Aber jetzt siehst du ja wie du geholfen hast! Ganz besonders hast du geholfen dich selbst rauszuwerfen! Raus aus allem nämlich! Blake hat dich schon gefeuert, und ich feuere dich jetzt! Sofort! Verstehst du? Geh! Jetzt! Verlasse dieses Haus und lebe dieses armselige Leben, das du ja so sehr liebst!"

Da klingelte es an der Haustür und Bianca drehte sich herum und sah in diesem Augenblick ihre Kinder im Türrahmen stehen. Erschrocken ging sie schnell zu ihnen und schob alle drei hinaus in den Eingangsbereich. Dort redete sie beruhigend auf ihre Kinder ein und umarmte sie, bevor diese schließlich ihre Schulsachen schnappten und mit einem immer noch ziemlich bedrückten Gefühl das Haus verließen, um von ihrem Chauffeur zur Schule gefahren zu werden.

Kaum war die Haustüre wieder zu, rannte Bianca wie von der Tarantel gestochen die Treppen hinauf.
Rangy stand auf und wollte seiner Frau hinauf folgen, doch da stürmte Bianca schon wieder die Stufen hinab mitsamt seinem schwarzen Kapuzenpulli und der alten Jogginghose in der Hand. Mit den Worten: „Hier, nimm deine heißgeliebten Lumpen!", schmiss sie ihm die Klamotten entgegen. Rangy fing im Affekt beides gerade noch so auf und stand anschließend wie vom Donner gerührt einfach nur da. Dann schnappte Bianca seine Flip Flops und legte sie auf den Kleiderhaufen in Rangys Arme oben drauf. „Und nimm die gleich mit, diese wunderschönen, die passen wirklich dazu!", fügte sie dem Ganzen noch sarkastisch hinzu.
Und bevor Rangy richtig begriff, was passierte, steckte Bianca außerdem noch schnell seine Autoschlüssel ein. Er war so baff

von all dem, dass er erst jetzt ein paar Worte fand. „Hey, Darling, bitte... Beruhige dich! Lass uns in Ruhe reden!"
Aber Bianca dachte nicht im Traum daran. Weiterhin fauchte sie voller Sarkasmus: „Du kannst nun allen Frieden der Welt haben! Lass mich in Ruhe und genieße deinen Frieden mit dem Abschaum der Welt! Viel Spaß beim Betteln! Und jetzt, verschwinde hier, du mieses Arschloch!" Bianca öffnete die Haustür und schob Rangy, der immer noch total geschockt war, aus dem Haus. „Hau ab!!!", rief sie ihm noch zu, bevor sie die Tür zwischen ihnen zuknallte.
Kurz darauf ließ sich Bianca zu Boden sinken und begann zu weinen.

Draußen, auf der anderen Seite der Haustür, setzte sich Rangy ebenfalls hin und vergrub sein Gesicht kurz in den Händen, nachdem er seine Klamotten und die Flip Flops zur Seite gelegt hatte. Doch dann sprang er unvermittelt auf, hämmerte gegen die Haustür und rief: „Hey, Bianca, mach die Tür auf! Komm schon! Das kannst du doch nicht machen! Das ist auch mein Haus! Mach die beschissene Haustür auf und hör mir zu!"
Doch Rangy hörte daraufhin seine Frau nur von innen rufen: „Verpiss dich!!! Das ist nicht mehr deins! Das hättest du dir vorher überlegen sollen! Geh jetzt, sonst werde ich die Polizei rufen!"
Rangy atmete tief durch, er kannte sie, da war im Moment nichts zu machen, und irgendwie hatte er eh die Schnauze voll von dem ganzen, in seinen Augen, völlig überzogenen Drama.
„Ok, ok... Beruhige dich! Ich bin ja schon weg..."
Rangy zog sich noch an der Haustür um und registrierte dabei, dass jener Ein-Dollarschein noch immer in der Hosentasche steckte, und dass dieser nun das Einzige war, abgesehen vom

Kapuzenpulli, der Jogginghose und den Flip Flops, was er momentan besaß.

Dann stand Rangy noch einmal mit dem Gesicht zur Tür und überlegte, ob er nochmal klopfen sollte. Schon hatte er die Hand gehoben, aber dann ließ er sie wieder fallen.

Er hatte genug.

Und als ob ihm diese Klamotten tatsächlich eine andere Identität geben würden, fühlte er sich hier plötzlich regelrecht fehl am Platz. Der geschlossenen Tür sagte er noch: „Ich liebe dich...", danach drehte er sich aufgebend um, ging langsam zum Tor hinauf, das sich, als er näher kam, von selbst öffnete und trat hinaus auf die Straße.

Und dann verließ Rangy seinen eigenen Grund und Boden.

Sein altes Leben lag nun in Form von Hemd und Jeans vor seiner eigenen Haustür.

Das Klackern der Skateboards in den Halbschalen am Strand war wie Balsam für Rangys Ohren, er hatte tatsächlich auch das vermisst.

Schon vom ersten Tag seiner Rückkehr an, hingen Bob und Rangy wieder zusammen ab, tranken Whisky und Bier, rauchten Joints und lebten entspannt in den Tag hinein. Rangy hatte sich in null Komma nichts wieder an sein Leben am Boardwalk gewöhnt, wobei es eigentlich überhaupt keine Gewöhnung war, er war einfach wieder hier, er war wieder Zuhause.

Rangy genoss es sich nicht rasieren zu müssen, er tat es nur dann wenn er Lust dazu hatte, was allerdings eher kaum der Fall war. Bob machte sich ab und zu den Spaß und schnibbelte an Rangys Bart herum, wenn dieser begann zu zottelig auszusehen, und er damit die Touristen eher vergraulte als heranlockte, denn schließlich mussten die Fotos ja nun ab sofort beiden tagtäglich das Leben finanzieren. Dass er einmal für den Lebensunterhalt eines Hollywoodschauspielers sorgen würde, daran hatte Bob noch nicht einmal im Traum gedacht. Aber Rangy entpuppte sich auch hier als Naturtalent, denn seine umwerfend charmante Art die Passanten anzusprechen und dadurch anzulocken, erwies sich als äußerst lukrativ, so dass sie an manchen Tagen nur wenige Stunden brauchten, um sich ein Leben in Saus und Braus, wie Bob es immer zu beschreiben pflegte, zu ermöglichen. Und wenn Rangy besonders gut drauf war, krönte er, zu aller Leute Amüsement, seinen Auftritt zu Bobs Fotosessions mit einer Art Indianertanz.

Saus und Braus war für Bob zum Beispiel ein gesundes, frisches Essen, denn er hasste diese ganze Burger- und Sandwichfresserei, wie er es immer selbst nannte, für ihn war das nichts weiter als Schweinefutter, auch wenn er niemals einem Schwein so einen Burger zumuten würde. Und natürlich gehörten auch reichlich Bier und Whisky, sowie Tabak und ordentliches, reines Gras dazu. Bob war davon überzeugt, dass Marihuana in Maßen genossen wirklich gesund war, und Rangy hatte überhaupt nichts gegen Bobs Theorien und Maßstäbe einzuwenden.
So lebten sie gelassen in die Tage und Wochen hinein, und Rangy vergaß bald, woher er kam und wie er noch vor kurzem gelebt, und vor allem mit was er sich den ganzen Tag am Set herumgeschlagen hatte. Hier war jedenfalls kein cholerischer Produzent unterwegs, dem man alles recht machen sollte, auch gab es niemanden, dem er erklären musste, warum er gerne hier war. Er war einfach hier, und das genügte. Und ab und zu erinnerte sich Rangy an seinen Wunsch einmal so lange hier

bleiben zu können, wie er wollte. Nun konnte er es, auch wenn die Umstände, die dazu geführt hatten ihn nicht gerade freudig stimmten.
Nur seine Kinder vermisste Rangy sehr schmerzlich, was er immer häufiger, allerdings erfolglos versuchte im Whisky zu ertränken, was ihm auf Dauer nicht besonders gut bekam. Er war auch zu Bobs großer Sorge ziemlich oft sehr betrunken.

Mittlerweile hatte Rangy irgendwoher einen Schlafsack für sich organisiert, der zwar alt und gebraucht, aber immerhin sauber war, als er ihn anschleppte. Außerdem besaß er nun auch einen zweiten Kapuzenpulli, den ihm eine fremde Frau gekauft hatte, nachdem er ihr so herzerwärmend einen schönen Tag gewünscht hatte, dass sie ihm einfach damit danken wollte. Auch die anderen wenigen Dinge, wie ein kleiner Rucksack, eine Zahnbürste, Feuerzeug, ein mittlerweile zwar schon etwas dreckiges Handtuch und sogar ein altes Surfbrett befanden sich nach einer Weile in seinem Besitz, und Rangy war richtig stolz auf seine Habseligkeiten, die, wie er fand, auch völlig ausreichend waren. Er vermisste nichts, außer manchmal einen Neoprenanzug fürs Surfen, denn das Wasser des Pazifiks blieb auch im Sommer recht frisch.

Manchmal lief Rangy Grainy mehr oder weniger zufällig über den Weg, doch sie ignorierte ihn weiterhin, als wäre er überhaupt nicht da. Das verletzte Rangy jedes Mal mehr als er zugeben wollte, und er sah ihr dann immer nur traurig hinterher, wagte aber dennoch keinen weiteren Versuch mit ihr zu reden. Sie hatte ihre Prinzipien, und irgendwie musste er ihr ja diesbezüglich auch recht geben. Er respektierte ihre Einstellung.

Rangys Sauferei wurde mit der Zeit richtig heftig, und manchmal erschien er erst gar nicht zur Arbeit, und Bob musste alles wieder alleine machen, so wie früher. Nicht, dass es ohne Rangy nicht funktionierte, das schon, aber er vermisste ihn dann schon sehr, denn es machte einfach viel mehr Spaß mit ihm zusammen, und die Kasse klimperte auch viel lauter wenn sie zu zweit waren.

Bob ahnte mehr, als dass er wusste, was Rangy dann in dieser Zeit trieb, und es bereitete ihm Sorgenfalten, bis er Rangy eines Nachts versuchte zur Rede zu stellen, als der mal wieder total betrunken auf seinem Schlafsack lag, neben sich schon eine komplett ausgetrunkene Flasche Whisky und eine noch recht volle in der Hand haltend.

Bob setzte sich neben Rangy und sagte fast väterlich: „Hey, Rangi, es ist genug für heute! Komm, schlaf jetzt!" Doch Rangy murrte nur: „Hau ab!!", und signalisierte Bob damit, dass er überhaupt keine Lust hatte darüber zu reden.

Bob seufzte, rollte sich neben Rangy in seine Decke und versuchte zu schlafen. Doch sein Gehirn schickte ihm immer wieder die Bilder vorbei, als er letzte Woche Rangy schon einmal sturzbetrunken direkt neben dem Boardwalk liegend, gefunden hatte. „Jesus, Rangi! Was zum Teufel machst du hier? Du bist ja schlimmer als ich!", hatte er da zu ihm gesagt, ihm dabei hoch geholfen und ihn mit zu ihrem Lagerplatz auf dem Grünstreifen geschleift. Rangy hatte kaum laufen können, so voll war er gewesen.

Bob öffnete nochmals die Augen und sah in diesem Moment, dass Rangy gerade dabei war wieder einen Schluck zu nehmen. Danach schloss Rangy die Flasche wieder, warf sie dann aber weit von sich zwischen zwei Palmen. Da stand Bob auf und holte sie zurück, denn verschwenden musste man das Zeug ja nun auch nicht gerade, und eine weggeworfene, fast volle Flasche Alkohol, war hier schnelle Beute.

Als Bob zurückkam, registrierte er, dass Rangy eingeschlafen war. Seufzend legte sich Bob wieder hin, und konnte dann auch endlich Schlaf finden.
Dass Rangy, wenn er nicht mit zum Geldverdienen kam, den Alkohol in einem der vielen Liquorstores klaute, wusste Bob allerdings nicht.

*

Wenige Tage später setzte sich Rangy am späten Nachmittag auf eine der Bänke am Boardwalk und betrank sich so dermaßen, dass er dort in aller Öffentlichkeit einschlief.
Wie durch eine dicke Nebelwand hindurch nahm Rangy nach Stunden irgendwann wahr, dass jemand etwas zu ihm sagte, aber er schaffte es nicht gleich zu reagieren.
„Hey verfluchter Wichser, verpiss dich! Das ist meine Bank! Zieh weiter!", hörte er nochmals, und diesmal recht nah und unangenehm laut an seinem Ohr.
Jemand rüttelte ihn unwirsch an der Schulter, was ihn etwas wacher machte, und trotzdem war er immer noch unfähig sich zu bewegen. Rangy nahm allerdings wahr, dass er die Flasche von vorhin offenbar noch immer in seiner linken Hand hielt.
Da wurde die Stimme plötzlich wütend. „Hau ab, sofort, Arschloch!", rief der Mann und griff nach Rangys Arm und zog grob daran.
Diese dröhnende Stimmlage drang nun irgendwie doch durch seinen Nebel zu den Muskeln durch, und Rangy schlug die Augen auf. Er registrierte beiläufig, dass es mittlerweile dunkel geworden war. Und dann sah er vier vollgestopfte, zerschlissene Plastikbeutel auf dem Boden, und einen dicklichen, fast glatzköpfigen Mann vor sich stehen. Der Typ muffelte übel aus dem Mund, und die paar Haarsträhnen, die

ihm noch geblieben waren, hingen fettig glänzend bis auf seine Schultern herab. Er sah wirklich sehr heruntergekommen und auch irgendwie krank aus.

Rangy schubste den Mann von sich und murmelte: „Was zur Hölle... Verpiss dich!" Doch der Mann packte ihn erneut am Arm und zischte jetzt fuchsteufelswild: „Nein, DU verpisst dich! Wie ich schon sagte, das ist MEINE Bank!"

Jetzt reichte es Rangy aber auch, und er fauchte wütend, allerdings etwas lallend zurück: „Spinnst du? Hast du eine Besitzurkunde für diese verdammte Bank, hm? Ich wette nein! Und jetzt verpisst DU dich!"

Doch Rangy rechnete überhaupt nicht damit, dass dieser Obdachlose nicht im Traum daran dachte seine Bank herzugeben, und ehe er es sich versah, hatte der muffelnde Mann ihn von der Bank gezogen. Sein Glück war, dass Rangy ja immer noch total betrunken und zugekifft war, weshalb er es überhaupt geschafft hatte Rangy einfach so von der Bank zu schubsen. Rangy war direkt vor der Bank auf den Boden gefallen, und der Mann nahm diese Chance sofort gnadenlos wahr und trat ihm gleich ziemlich brutal mehrmals in die Rippen.

Trotz dieser völlig überrumpelnden und sehr schmerzhaften Attacke schaffte es Rangy irgendwie aufzustehen, und dann schnappte er sich den Mann. Daraufhin begannen sich die beiden heftig zu prügeln und verletzten sich dabei ziemlich. Wenn Rangy nicht so voll gewesen wäre, hätte er mit Sicherheit weniger abbekommen und auch den Mann schneller K.o. gehabt, aber so dauerte es etwas länger. Doch dann ließ sich der völlig untrainierte, schmuddelige Mann endlich erschöpft auf die Bank fallen. Er hatte unter anderem zwei ordentliche Veilchen an den Augen, blutete aus der Nase, und eine Platzwunde auf der Stirn krönte seinen sehr demolierten Zustand.

Rangy stand neben dran und hielt sich seine schmerzenden rechten Rippen. Auch er blutete an verschiedenen Stellen, und seine linke Augenbraue sah nicht gut aus. Rangy schnappte sich schließlich den Whisky, der immer noch, und zum Glück völlig unversehrt, auf der Bank lag. „Jetzt hast du deine gottverdammte Bank! Viel Spaß damit! Elender Drecksack!", fauchte Rangy dem Mann genervt ins Gesicht. Doch als Rangy sah, dass der Mann wohl nicht mehr vorhatte darauf zu reagieren, drehte er sich schwankend um und ging.
Noch während Rangy wegging, öffnete er die Flasche und nahm einen ordentlichen Schluck. Jetzt erst wurde ihm so langsam bewusst, was für ein Glück im Unglück er gehabt hatte, dass um diese Uhrzeit keine Menschenseele mehr weit und breit auf dem Boardwalk unterwegs war. Nicht auszudenken was das wieder für Schlagzeilen gemacht hätte, wenn diese Prügelei eben von der Polizei oder irgendwelchen anderen Leuten entdeckt worden wäre.

Am nächsten Tag packte Rangy schon früh sein Surfbrett und wollte in die Wellen. Dank des Whiskys hatte er wenigstens einigermaßen schlafen können, doch jetzt spürte er die Auswirkungen der Schläge und Tritte von vergangener Nacht zu deutlich, und er dachte, dass das kühle Nass ihm bestimmt gut tun würde.
Als Rangy am Strand dann seinen Pulli auszog, sah er schließlich das ganze Dilemma. Seine rechte Seite war im Prinzip ein einziger blauer Fleck, und auch der Rest seines Körpers hatte durch die Schlägerei einige Schürfwunden und Prellungen abbekommen. Seine Augenbraue fühlte sich geschwollen an, und erst jetzt sah er, dass sein Pulli ziemlich mit Blut verschmiert war. Rangy ging deshalb zum Wasser runter und wusch erst einmal seine Klamotten.

Danach war er schlag kaputt, und die Schmerzen zeigten ihm eindeutig, dass er jetzt besser nicht surfen gehen sollte. Stattdessen legte er sich vorsichtig am Ufer ins Wasser und ließ sich von den Wellen seine Wunden lecken.

Später setzte sich Rangy dann tropfnass wie er war auf das Surfbrett, und kurz darauf sah er Bob mit zwei Coffee to go in den Händen auf ihn zukommen. Bob setzte sich neben Rangy in den Sand und reichte ihm einen der Kaffees. Rangy nahm ihn dankbar an, sagte aber nichts. Jeder Atemzug stach ihm ins Fleisch, und er überlegte schon, ob er nicht doch besser ins Krankenhaus gehen sollte. Vielleicht war er ja ernsthaft verletzt. Aber irgendwie wusste er jetzt schon, dass er das eh nicht machen würde. Schon allein der Gedanke an mögliche Schlagzeilen trieb ihm die Übelkeit in den Magen.
Bob war total entsetzt, als er Rangys mit Blutergüssen übersäten und verschrammten Körper sah. „Rangi, du kannst so nicht weitermachen! Früher oder später wird dich das fertigmachen! Ganz bestimmt! Der Punkt, an dem du nicht mehr zurück kannst, kommt schneller, als du es dir vorstellen kannst! Also, reiß dich zusammen und hör auf zu saufen!"
Bob konnte sich, auch ohne Rangy erst zu fragen woher er denn diese Verletzungen hatte, vorstellen, was passiert war, außerdem würde es Rangi ihm schon von selbst erzählen, wenn er wollte.
Rangy setzte sich zu Bob in den Sand, was ihm allerdings einen jähen Schmerz durch den Körper jagte. Schmerzerfüllt hielt er sich die Rippen und sah aufs Meer hinaus. Er war müde. „Ja, ich weiß... Aber ich fühle mich so scheiß leer... Mein Leben, es macht überhaupt keinen Sinn... wenn überhaupt schon jemals..."
„Sag sowas nicht! Das ist Bullshit, und das weißt du! Wo sind eigentlich deine Träume hin? Oder willst du den Rest deines

Lebens hier unter diesen Taugenichtsen verbringen? Ich denke nicht, stimmt's?" Bob sah Rangy an, und er beneidete ihn ganz und gar nicht um seine geprellten Rippen. Kurz überlegte er Rangy zu einem Arzt zu schicken, denn er sah wirklich nicht gut aus. Doch er konnte sich an einem Finger abzählen, dass Rangy das sowieso nicht machen würde, und er wusste auch aus welchem Grund.
Rangy zuckte mit den Schultern. „Ich weiß gar nichts mehr... Da ist nichts... Kein Traum, keine Vision, keine Idee... nichts..."
Dann musste er sich hinlegen, im Sitzen konnte er kaum Luft holen. Vorsichtig legte er sich also auf den Rücken, was ihm allerdings wiederum höllische Schmerzen verursachte, aber als er dann endlich lag, wurde es langsam besser. Eine Hand legte er auf seine malträtiere Seite und mit der anderen ließ er Sand auf seinen Bauch rieseln. Das kitzelnde Gefühl lenkte ihn etwas von den Schmerzen ab und erleichterte zudem ein wenig sein schweres Gemüt.
Durch Bobs Frage eben wurde Rangy erst richtig bewusst, dass er sich eigentlich momentan ziemlich verloren fühlte. Die äußerlichen Schmerzen waren im Grunde jetzt nur der Spiegel seiner Seele geworden.
Bob inspizierte Rangys Verletzungen nun etwas genauer und entschied ihm doch zu raten sich untersuchen zu lassen. „Du musst zu einem Arzt! Das sieht echt übel aus!", sagte er deshalb, allerdings sehr behutsam. Er wollte keinen Druck machen. Aber es nützte trotzdem nichts. „Mir geht's gut!", bekam Bob zur Antwort, und deshalb sagte er dazu nur noch abschließend: „Du bist alt genug, du verdammter Dickkopf!" Aber Bob konnte nicht umhin, Rangy noch eine Weile zu beobachten, dann seufzte er tief durch, denn es kam ihm eine Idee.

„Was ist eigentlich mit dem Ranch Kram, von dem du mir mal erzählt hast?", warf Bob in die Runde und schaute dabei einer Möwe nach, die gerade einen Fisch gefangen hatte.
Rangy lachte auf. „Machst du Witze? Jetzt habe ich noch weniger Geld als vorher... Pleite, um genauer zu sein..."
„Wo ein Wille ist, ist auch ein Weg! Also verschwende hier nicht zu viel Zeit! Versprich mir, dass du wenigstens mal darüber nachdenkst!", bemerkte Bob, der der Möwe immer noch nachsah, obwohl sie schon längst aus seinem Sichtfeld geflogen war.
Rangy nickte wortlos, dann erhob er sich langsam. Als er im Stehen wieder durchatmen konnte, zog er vorsichtig sein Surfbrett ins Wasser. Er musste jetzt einfach, ganz egal ob er vor Schmerzen eventuell ohnmächtig werden würde. Er wollte nichts mehr denken, und schon gar nichts fühlen, und der körperliche Schmerz half ihm seltsamerweise dabei.

In den kommenden Wochen ließ sich Rangy allerdings noch mehr hängen als je zuvor. Alles was Bobs Worte bewirkt hatten, war, dass sich Rangy noch leerer fühlte. Egal wie er es drehte und wendete, er konnte einfach keinen klaren Gedanken fassen, und die Erinnerung an seinen Kindheitstraum eines Tages einmal Besitzer einer eigenen Ranch zu Hause in Australien zu sein, verstärkte in ihm nur das Gefühl völlig versagt zu haben.
Seine Wunden und Prellungen heilten zum Glück jedoch auch ohne ärztliche Hilfe langsam aber sicher, doch Rangy schenkte dem nicht viel Aufmerksamkeit. Er ertränkte seinen Kummerschmerz zusammen mit dem körperlichen gleichermaßen weiterhin im Alkohol.

So wie heute Nacht wieder. Da lag er einfach nur vollgedröhnt im Sand und bemerkte gar nicht, dass ihm die Tränen nur so herunterliefen.

Am nächsten Morgen lag Rangy immer noch am Strand. Er hatte die ausgetrunkene Flasche Whisky im Arm und schlief seinen Rausch aus. Es war noch sehr früh, und Rangy noch lange nicht bereit zum Aufstehen. Er bemerkte sowieso nichts um sich herum, und sein Schlaf war tief und traumlos.
Da näherte sich Grainy, die ihn schon seit Tagen heimlich beobachtete, und ihr war dabei sein bedenklicher Zustand natürlich auch nicht entgangen.
Sie wusste nicht mehr wann es genau passiert war, dass sie ihm verziehen hatte, aber sie war eines Morgens aufgewacht und da hatte sie es bemerkt. Doch noch lange Zeit danach war sie nicht dazu bereit gewesen ihn zu treffen, geschweige denn auch noch aufzusuchen. Sie wollte es einfach dem Zufall überlassen, oder dem Schicksal, oder wem auch immer. Wenn es so sein sollte, dass sie sich wieder begegneten, dann sollte es eben so sein.
Doch vor ein paar Tagen hatte Grainy ihn total zugekifft und besoffen auf einer der Bänke am Boardwalk rumhängen sehen, und war ziemlich erschrocken. Er hatte sehr verändert ausgesehen, war dünner geworden und seine ganze Erscheinung zeigte deutlich die Spuren von zu viel Alkohol und Cannabis. Rangy sah nun aus, wie einer von den Homelessleuten, die es nicht mehr lange machen würden, weil sie kurz davor, oder schon dabei waren auch härtere Drogen zu konsumieren, was unweigerlich hier zum totalen Absturz führte.
Grainy wusste mittlerweile von Bob, dass Rangy wegen ihr von zu Hause rausgeflogen war, und irgendwie berührte sie das plötzlich, und zum ersten Mal empfand sie wieder etwas

anderes, als nur die Wut auf ihn. Ihre Enttäuschung hatte sie blind und verschlossen gemacht. Zu viel war in ihrer eigenen Vergangenheit passiert.

Als sie Rangy nun da so am Strand schlafend liegen sah, füllte sich ihr Herz unmittelbar wieder mit Liebe.
Sie ging hinunter zum Wasser und füllte die mitgebrachte leere Colaflasche mit Meerwasser. Dann ging zu Rangy zurück, kniete sich neben ihn und schüttete ihm das kühle Nass ohne Vorwarnung ins Gesicht.
Rangy wachte natürlich davon auf und hielt sich einen Arm schützend vor die Augen. „Was zum Teufel ist denn los?", murrte er verschlafen und sein Kopf brummte. Er rieb sich übers Gesicht und setzte sich auf.
„Du stinkst... Du brauchst wirklich eine Dusche!", grinste Grainy ihn an und war froh, dass er noch lebte und ihr außerdem nicht aus dem Effekt heraus eine runtergehauen hatte.
Als Rangy Grainy sah, musste auch er grinsen, doch die Erleichterung darüber, dass sie zu ihm gekommen war und ihn auch noch anlächelte, tat ihm seltsamerweise kurz richtig weh. Dann aber kamen seine Lebensgeister mit einem Schlag zurück. Rasch zog Rangy seinen Kapuzenpulli aus, während er: „Ja... wahrscheinlich...", sagte, dann sprang er auf und packte Grainy am Arm. „Du aber auch!", rief er noch, bevor er Grainy schnappte und sie über seine Schulter warf. Sie stieß einen kurzen Schrei aus, musste dabei aber auch gleichzeitig lachen.
Rangys rechte Seite fand das Ganze allerdings überhaupt nicht gut. Die Rippenprellung war zwar mittlerweile schon recht gut abgeheilt, und trotzdem jagte ihm diese Aktion einen jähen Schmerz durch den Körper. Rangy stöhnte deshalb auf, rannte dann aber trotzdem mit einer zappelnden Grainy auf dem

Rücken ins Wasser bis es tief genug war, dann ließ er sich mit ihr zusammen in die Wellen fallen. Es dauerte nicht lange, da lag Grainy in seinen Armen und sie küssten sich leidenschaftlich.
Später saß sie auf seinen Hüften, und Rangy trug sie so aus dem Wasser, während sie sich weiterhin andauernd küssten.

Sie redeten zunächst nicht über das, was geschehen war. Sie genossen einfach, dass sie wieder zusammen waren, und das waren sie ab sofort wieder, das war beiden auch ohne Worte sonnenklar.
Und dann beeilten sie sich schnell ein ungestörtes Plätzchen zu finden, damit sie ihrer Leidenschaft freien Lauf geben konnten, was allerdings bei den vielen Leuten, die hier überall herumliefen, beziehungsweise auch hausten, wirklich nicht so einfach war. Doch ihr Lieblingshinterhof, der zwar etwas weiter entfernt lag, war aber allem Anschein nach immer noch unentdeckt geblieben, und ebenso die Decke, die sie damals hier mal deponiert hatten, lag sogar noch unverändert da.

Dann blieben sie den ganzen Tag lang in ihrem Liebesversteck und holten alles nach, was nachzuholen ging.

Bob grinste.
Er war heilfroh, dass die beiden sich wieder zusammengerauft hatten. Denn dies tat offenbar nicht nur Rangy gut. Grainy blühte ebenfalls auf, und sie baute auch wieder ihre herrlichen Sandfiguren.
In den Wochen, nachdem Rangy Grainy aus der U-Haft geholt hatte, war sie überhaupt nicht auf der Höhe gewesen.

Zwar war sie oft bei ihren Freunden gesessen, hatte aber nicht viel Kreatives aus sich herausleiern können. Es hatte ihr einfach an Ideen gefehlt und vor allem an der nötigen Motivation. Sie wollte nicht an Rangy denken, und doch hatte sie es die ganze Zeit über getan. Sie hatte ihn schmerzlich vermisst, aber ihr Stolz hatte es ihr verboten ihn aufzusuchen.

Es war Nacht, und Rangy war mit Grainy zusammen an ihrem gemeinsamen Lagerplatz bei Bob. Grainy lag eng an Rangy gekuschelt in seinem Arm und schlief.
Bob sah, dass Rangy noch wach war. „Das ist viel besser als saufen! Und trotzdem, sie ist nicht die Lösung...", sagte er leise und mit einem Zwinkern im Auge. Rangy sah ihn an. „Aber ich liebe sie...", antwortete flüsternd, um Grainy nicht zu wecken.
Bob klopfte mit einer Hand leicht auf Rangys Bein. „Ja Mann, das ist wahrlich immer eine gute Sache! Genieße es, aber vergiss dabei nicht deine Träume!"
Rangy grinste, und als Antwort zog er Grainy noch enger zu sich und schloss dann die Augen. Was sollte er auch dazu noch sagen. Er wusste, dass Bob irgendwie recht hatte, aber darüber wollte er jetzt nicht nachdenken, viel zu schön fühlte es sich an Grainy neben sich atmen zu hören und ihren Körper so herrlich eng an seinem zu spüren. Jetzt erst fiel ihm auf, dass er schon lange nicht mehr an seine Frau gedacht hatte.

Seine Frau.
Das klang für ihn ganz fremd, und fast wie aus einem Traum, der lange her war. Und irgendwie war es das ja auch, zumindest seinem Gefühl nach. Rangy überlegte kurz wie lange er denn nun schon wieder hier war, aber er kam nicht

gleich darauf. Schließlich schätzte er grob, dass es auf jeden Fall bereits ein paar Monate sein mussten.
Und dann dachte er darüber nach, ob Grainy tatsächlich Grainys richtiger Name war, oder ob dieser, so wie sein Rangi ebenfalls ein Spitzname war, der eigentlich viel besser zu ihr passte. Über den Grübeleien, wie ihr möglicher bürgerlicher Name wohl sein könnte, schlief Rangy dann schließlich ein.

Ihr Blick fiel auf die Stelle, wo immer seine Flip Flops gestanden hatten, und sie ärgerte sich, dass sie immer noch dorthin starrte, aber weitaus mehr darüber, dass sie diese ollen Dinger auch noch vermisste.
Kopfschüttelnd ging Bianca in die Küche und schenkte sich einen Orangensaft ein, den sie zuvor aus dem Kühlschrank geholt hatte. Sie nahm gerade einen Schluck, als ihr Telefon summte. Es war Blake.
Blake saß in seinem Büro in seinem großen Chefsessel und hatte ihre Nummer gedrückt, weil Geschäftliches nun mal Vorrang vor allem hatte, und manchmal eben auch vor eigentlich unverzeihlichen Dingen.
„Hi Blake, wie geht's?", begrüßte ihn Bianca. „Hi Bianca, wie geht's dir? Hast du etwas von deinem Mann gehört?" Blake kam gleich auf den Punkt, denn er hatte heute noch viel zu erledigen. „Nein... nichts... Was gibt's denn?", antwortete Bianca, und das war zu seinem Frust nicht die Antwort, die er gerne gehabt hätte. Blake räusperte sich.
„Nun, du weißt ja, dass wir vor drei Monaten ein zweitägiges Casting hatten, um einen Ersatzschauspieler für Rangy zu finden... Wir haben ja dann auch jemanden gefunden, Lucas, ich denke, du kennst ihn. Aber es läuft nicht gut, um nicht zu

sagen, es läuft mittlerweile sogar ziemlich schrecklich... Er ist zwar sehr enthusiastisch, aber er kann die Essenz des Priesters einfach nicht rüberbringen... Die andere Produktionsfirma ist sehr ungehalten darüber. Sie wollen nun das ganze Projekt canceln, wenn ich nicht im Handumdrehen einen besseren Schauspieler finde! Nun, was ich dich fragen wollte, ist... Denkst du es gibt irgendeine Chance Rangy zurückzubekommen?"
Bianca setzte sich auf einen der Stühle am Tisch. Sie wusste nicht, was sie davon halten sollte. Blake musste unter enormem Druck stehen. Nicht nur, dass er einen Ersatz für Rangy finden musste, dieser musste auch noch so gut passen, dass nicht alle Szenen, in denen er vorkam, nochmals komplett neu gedreht werden müssten, was allein schon ein sehr schwieriges Unterfangen war, und so oder so hatte es die Kosten bereits ins Unermessliche katapultiert. Offenbar gestaltete sich das Ganze nun viel schwieriger als erhofft. Da Blake Rangy damals fristlos und Hals über Kopf aus dem Projekt gekickt hatte, war er nun in gehörigem Zugzwang.
Bianca schluckte.„Ehrlich gesagt, ich glaube nicht! Ich... ich habe keinen Kontakt mehr zu ihm, seit... seit er uns verlassen hat... Ich weiß noch nicht einmal wo er eigentlich ist..." Dass das nicht ganz die Wahrheit war, musste sie Blake ja nicht wissen lassen, das ging ihn nämlich überhaupt nichts an. Sie wusste es zwar nicht hundertprozentig, aber sie vermutete sehr stark, dass ihr Mann wieder bei dem Gesocks in Venice herumhing.
„Hmm, das ist hart...", hörte sie Blake sagen. „Warum hat er das getan? Ich verstehe sein Verhalten immer noch nicht! Aber egal, er ist ein verdammt guter Schauspieler, es wäre also großartig ihn zurückzugewinnen. Hast du denn eine Idee, wo er stecken könnte?" Blake ließ nicht locker. Er konnte nicht. Er musste Rangy zurückbringen, oder er sah sich dazu

verdammt die ganze bisherige Arbeit in die Tonne zu treten, und dazu würde er obendrein noch selbst ganz ordentlich drauflegen.

Bianca sah durch die offene Terrassentür hinaus zum Pool. Die Wasseroberfläche war viel zu ruhig geworden, seit ihr Mann nicht mehr zu Hause war, obwohl die Kinder nach wie vor in gewohntem Ausmaß darin herumtollten. „Ich denke nicht... Er würde dich wahrscheinlich auch gar nicht sehen wollen... Aber ich werde schauen, was ich für dich tun kann... Ok?" Bianca hatte sich zwar vorgenommen nie wieder einen Fuß nach Venice Beach zu setzen, aber dem Film zuliebe könnte sie es ja vielleicht doch noch einmal wagen.

Blake war erleichtert. „Das klingt großartig! Du weißt, hier geht es um verdammt viel Geld, und wegen dem ganzen Scheiß haben wir auch schon eine ganze Menge davon verloren..." „Ich weiß, Blake! Ich werde mein Bestes tun!", sagte Bianca, obwohl sie sich noch gar nicht sicher war, was sie überhaupt tun sollte. „Danke dir, Bianca! Das ist wunderbar! Pass auf dich auf, ja?" Blake klang schon so, als wäre Rangy bereits wieder am Set. „Mach ich! Bye, Blake!", sagte Bianca, nahm das Handy vom Ohr und hörte Blake noch schwach „Man sieht sich!", sagen, dann drückte sie den Anruf aus.

Bianca legte ihr Telefon auf den Tisch und atmete tief durch. Dann stand sie auf und lief im Haus auf und ab, überlegte hin und her, spürte dabei ihre Wut und die ganze Enttäuschung wieder hochkriechen, aber auch, dass Rangy ihr fehlte, und sie wusste nur zu gut, dass vor allem die Kinder ihren Daddy schrecklich vermissten. Und schließlich konnte das alles so ja nun auch kein Dauerzustand bleiben.

Schlussendlich empfand sie Blakes Bitte sogar wie ein Wink des Schicksals, denn das Ganze lieferte ihr zumindest einen guten Grund nach ihrem Mann zu suchen.

Dann zog Bianca ihre Schuhe an, griff nach ihrer Handtasche und dem Autoschlüssel und verließ das Haus.

*

Diese merkwürdige Mischung aus salziger Luft und dem unverkennbaren, süßlichen Geruch von Cannabis hatte Bianca hier schon immer gehasst, aber dieser machte ihr stets unmissverständlich bewusst, wo sie war, nämlich in Venice Beach.
Sie parkte ihr Auto vor dem COW'S END und löste ein Parkticket. Kurz überlegte Bianca sich einen Coffee to go von dort mitzunehmen, der, wie sie zähneknirschend zugeben musste, wirklich hervorragend schmeckte. Doch dann fiel ihr wieder ein warum sie überhaupt hier war, und das verdarb ihr die Lust auf einen Kaffeegenuss.
Bianca hatte sich vorhin noch schnell umgezogen und war nun für ihre Verhältnisse recht leger gekleidet, denn sie wollte auf keinen Fall irgendwie Aufmerksamkeit erregen, vor allem dann nicht, wenn sie ihren Mann tatsächlich gefunden haben sollte und mit ihm sprechen würde. Nicht auszudenken, was die Presse wieder berichten würde, sollten sie zusammen entdeckt werden. Außerdem wusste sie ja nicht in welchem Zustand sie ihren Mann vorfinden würde, falls überhaupt, aber ein Foto von ihr zusammen mit irgend so einem der hier herumlungernden, dreckigen Obdachlosen, das ginge gar nicht, und nicht auszudenken, wenn das dann auch noch ihr Mann wäre.
Bianca holte tief Luft, so, als wollte sie sich noch mit genügend Sauerstoff für den Gang über den Boardwalk versorgen, denn die Cannabisgerüche waren hier am COW'S

END, zu ihrer eigenen Verwunderung, noch vergleichsweise angenehm.
Dann setzte Bianca ihre Sonnenbrille auf und ging los.

Rangy saß derweil neben Grainy und sah ihr wieder einmal fasziniert dabei zu, wie sie diesmal einen Seestern aus Sand auf den Boardwalk zauberte. Sie war ganz versunken in ihre Arbeit, und Rangy wurde wieder etwas neidisch auf sie, weil er erneut mitbekam, wie wundervoll es sein musste, wenn man etwas hatte, in dem man total aufgehen, und in was man völlig eintauchen konnte, etwas, wo man seine Fähigkeiten zu hundert Prozent einbringen und sogleich ein wundervolles Resultat erzielen konnte. Etwas wofür man brannte.
In diesen Momenten wurde Rangy immer wieder schmerzhaft bewusst, dass er so etwas nicht, oder nicht mehr hatte. Und er fragte sich plötzlich, wann er seinen Traum von der Ranch eigentlich aufgegeben hatte. Irgendwie war dieser zwischen Bianca, den Kindern und den Dreharbeiten verschütt gegangen, obwohl er ursprünglich das Geld vom Film eigentlich genau dafür verwenden wollte. Ihm kam der Spruch seines Großvaters in den Sinn, dass man nie etwas auf morgen verschieben sollte, wenn man es heute erledigen könnte. Aber von was hätte er sich eine Ranch kaufen sollen? Das Geld hätte damals noch nicht gereicht, und jetzt hatte er gar keines mehr. Jedenfalls momentan nicht. Rechtlich gesehen stand ihm ja aus der Ehe mit Bianca schon einiges zu, und außerdem besaß er ja auch immer noch sein eigenes Konto, aber irgendwie hatte er es bis jetzt nicht geschafft sich aufzuraffen, um sich mal mit seiner Frau über all diese Dinge zu unterhalten, denn, dass ihre Beziehung vorbei war, dessen war er sich absolut sicher. Aber es grauste ihm vor den mit Sicherheit anstehenden Anwaltsterminen und all den ganzen

Gesprächen, Entscheidungen und Formalitäten, die mit einer Scheidung einhergingen.

Rangy holte seinen Tabak hervor und rollte einen Joint, den er dann mit Grainy zusammen rauchte. Sie lachte ihn zwischendurch immer mal wieder an, und ihm ging jedes Mal erneut das Herz auf. Er ließ sich gerne von ihrer guten Laune abholen und alberte mit ihr herum.

Und bald schon hatten sich seine schattigen Gedanken wieder verflüchtigt.

Bianca entdeckte ihren Mann genau in jenem Moment, als er Grainy einen Kuss gab und anschließend eine Dose Bier aus seinem Rucksack holte, sie in eine Papiertüte steckte und öffnete. Bianca stand wie vom Donner gerührt da, unfähig sich zu bewegen. Sie wusste nicht, ob sie mehr darüber entsetzt war, dass sie ihn tatsächlich gefunden hatte, oder über das, was sie sah. Was ihr aber am allermeisten quer lief, war, dass ihr Mann glücklich wirkte. Seine Klamotten sahen zwar noch abgewetzter aus, und seine Haare hatten wohl schon längere Zeit keine Bürste mehr gesehen, außerdem könnte er sich nun wirklich einmal rasieren, aber er strahlte, und seine tiefblauen Augen stachen durch seine, für sie fast erschreckend dunkelbraune Haut extrem hervor. Wie zwei funkelnde Sterne, dachte Bianca, und fühlte dabei schmerzlich, wie sehr sie ihren Ehemann immer noch begehrte.

Gleichzeitig war die ganze Situation für Bianca total verwirrend. Da saß ihr Mann, ihr wundervoller und wunderschöner Ehemann, ein begnadeter Schauspieler, der auf dem besten Weg an die Spitze war, der heißgeliebte Vater ihrer Kinder, ihr jahrelang bester Freund und Liebhaber, kurz, der Mann ihres Lebens, ja, die Liebe ihres Lebens, in ausgeblichenen, zerschlissenen Klamotten mit einem Joint in der Hand, neben dieser, in ihren Augen, völlig kaputten,

kriminellen und durchgeknallten Drogenabhängigen barfuß auf dem blanken Boden des Boardwalks und trank Bier aus einer Dose.
Das heftige Hin und Her ihrer Gefühle zwischen totaler Ablehnung und wieder aufflammender Liebe zu diesem Mann, machte sie völlig fertig.
Doch dann fiel ihr Blake wieder ein, und sie riss sich zusammen. Schließlich ging es ja auch ums Geschäft.

Rangy unterbrach augenblicklich das, was er gerade zu Grainy sagte, als er plötzlich Bianca vor ihnen stehen sah. Er war zwar einerseits total überrascht sie zu sehen, aber andererseits ließ es ihn auch erstaunlicherweise recht kalt.
Zu Grainy sagte er dann leise: „Entschuldige mich, das ist meine Frau..." Grainy sah kurz auf und grinste Bianca vielleicht ein ganz klein wenig zu frech an, was allerdings höchstwahrscheinlich an der Wirkung des Joints lag. Aber etwas in ihr sagte auch, dass sie keine Angst davor haben bräuchte, dass Rangy zu seiner Frau zurückkehren könnte. Dieser Zug war schon längst abgefahren.
Rangy stand auf. „Hey, was für eine Überraschung...", sagte er wahrheitsgemäß und spürte dabei, dass er irgendwie immer noch ein wenig wütend auf seine Frau war, dass sie ihn einfach rausgeworfen hatte, ohne wenigstens seine Erklärung abzuwarten, auch wenn es am Ausgang der ganzen Sache wahrscheinlich nichts geändert hätte. Dieser Rauswurf hatte die eigentlich eh unausweichlich gewordene Trennung lediglich vorangetrieben.
„Wie geht's dir? Was machst du hier?", fügte Rangy noch hinzu und hielt ihr dann wie selbstverständlich die Bierdose hin, nachdem er selbst noch einen Schluck genommen hatte.
Bianca ignorierte das nach besten Möglichkeiten und antwortete noch immer ziemlich erstarrt: „Das sollte ich

besser dich fragen... Ich muss mit dir reden, falls du nichts dagegen hast!" Sie klang dabei so, als ob etwas Schlimmes passiert sei, und Rangy dachte sofort an seine Kinder. „Sicher! Was ist los? Sind die Kinder ok?"
Bianca fasste sich etwas. „Ja, sicher, denen geht es gut... auch wenn sie dich vermissen... Könnten wir woanders hingehen?"
Rangy überlegte kurz. „Klar!", sagte er dann, und zu Grainy: „Entschuldige mich!"
Grainy erwiderte seinen Blick und nickte kurz. Trotzdem sah sie den beiden etwas länger hinterher und konnte es nicht verhindern, dass sie sich dann doch ein wenig Sorgen machte. Sie befürchtete plötzlich Bianca könnte ihren Mann vielleicht mit den Kindern erpressen wollen, und ihn so wieder in sein altes Leben zurücklocken.

Rangy und Bianca setzten sich etwas abseits auf eine kleine Mauer unter ein paar Palmen. Beide fühlten sich etwas unwohl. Rangy zündete sich eine selbstgedrehte Zigarette an, und Bianca beobachtete ihn erst einmal schweigend für eine kleine Weile. Rangy sah sie an. „Was ist los?", fragte er schließlich.
„Blake hat mich angerufen... Er will dich zurück..." Bianca bemerkte plötzlich, dass sie sich auf einmal tatsächlich Hoffnungen auf Versöhnung machte, denn sie erwischte sich dabei, dass sie innerlich schon förmlich darum flehte Rangy möge zu ihr zurückkommen.
Doch Rangys Auflachen jagte ihr einen spitzen Pfeil durch den Körper. „Ha!... Er will was?? Das ist echt lustig, oder?! Hat er keinen passenden Ersatz gefunden, nachdem er mich rausgekickt hat? Das geschieht ihm recht! Verfluchter Dreckskerl!"
Bianca schluckte. „Die Produktionsfirma ist dabei das ganze Projekt zu beenden, wenn du nicht zurückkommst. Rangy,

bitte, sei vernünftig! Du kannst doch nicht wirklich so leben wollen, oder?" Bianca zeigte dabei auf einige schmutzige und ziemlich fertig aussehende Homelessleute, die in ihrer Nähe herumlungerten. „Reiß dich zusammen und verlasse diesen abscheulichen Platz!"
„Um wohin zu gehen?", fragte Rangy sarkastisch. Er sagte es nicht laut, aber so durchdringend, dass Bianca es in ihrem Magen spürte. Und Rangy war noch nicht fertig. „Nach Hause zurück? Willst du mich wirklich zurück? Ich habe mich nicht verändert, kein bisschen!"
Bianca merkte zu ihrer eigenen Unzufriedenheit, dass sie anfing mit den Tränen zu kämpfen, einerseits, weil sie Rangy trotz seiner schäbigen Kleider immer noch total attraktiv fand und am liebsten sofort mit ihm geschlafen hätte, und andererseits, weil sie deutlich spürte, dass ihr Mann gerade wo völlig anders unterwegs war und obendrein noch nicht einmal den leisesten Versuch machte sie zu berühren. Bianca fühlte sich in dieser Situation total hilflos, und sie hasste das.
„Ja, nach Hause zurück! Zurück zu deinen Kinder, sie brauchen dich! Und ich brauche dich auch!", sagte sie dann allerdings ehrlich und sah ihn dabei von der Seite abwartend an. Etwas widerwillig musste sie sich zudem eingestehen, dass ihm die dunkle Hautfarbe verdammt gut stand, sie gab ihm etwas Wildes, Freies, was sie sehr aufregend und sexy fand. So kannte sie ihn gar nicht. Bianca hatte das Gefühl Rangy überhaupt zum ersten Mal wirklich zu sehen, obwohl sie tief im Inneren wusste, dass er nie anders war. Er war schon immer auf seine Art frei und wild gewesen, irgendwie ungezähmt. Dann beschlich Bianca auf einmal ein unangenehmes Schuldgefühl, denn sie konnte sich plötzlich genau an jenen Moment erinnern, als sie vor vielen Jahren beschlossen hatte ihn zu zähmen, ihm Manieren beizubringen, ihn gesellschaftsfähig zu machen, ihn in ihre Welt zu formen.

Mit ihm an der Seite würde ihr nie mehr langweilig werden, durch ihn würde sie strahlen, und sie würde durch ihn mit Sicherheit aus der Menge herausstechen. Rangy sollte ihre Trophäe sein. Das hatte sie damals beschlossen. Anfangs hatte sie noch Bedenken gehabt, dass er eines Tages wieder ausbrechen könnte, aber nach einiger Zeit, und spätestens nach ihrer Heirat, hatten sich ihre Sorgen darüber verflüchtigt, denn er schien sich voll und ganz in dem Leben, das sie führte, wohlzufühlen, denn er folgte ihr fast ohne Widerstand. Sie waren das perfekte Team, sowohl im Privaten, als auch im Filmgeschäft.

Doch jetzt war es wieder da, es glühte förmlich durch ihn hindurch, dieses gewisse, besondere Etwas, warum sie sich eigentlich überhaupt damals in ihn verliebt hatte. Dieses Unbekümmerte, diese Natürlichkeit, dieses umwerfende, einmalige Charisma, sein herzerwärmender Charme und vor allem sein für sie unverschämt verführerisches Sexappeal.

Bianca sah es in seinen Augen. Er war wieder frei. Er war wieder er selbst. Er gehörte niemandem mehr. Er hatte sie längst verlassen.

Rangy schüttelte mit dem Kopf. „Wärst du auch gekommen, wenn Blake dich nicht geschickt hätte?" Ich denke nicht, oder?" Und erst jetzt wurde seine Stimme etwas lauter. „Hör zu, Honey! Ich wollte dich nicht verlassen, DU warst es, die mich rausgeschmissen hat! Erinnerst du dich? Ich war zwar etwas unzufrieden mit allem, aber ich habe dich immer noch geliebt! Ich wollte mit dir reden, aber du hast mich abgewimmelt! Und jetzt bin ich mit Grainy zusammen, und ich liebe sie!"

Bianca schluckte. Das hatte gesessen. „Du sagst mir hier gerade, dass du mit dieser verkommenen Drogensüchtigen zusammen bist? Rangy, ich war total geschockt, als ich

herausgefunden habe, was du alles hinter meinem Rücken getrieben hast. Du hast mich ziemlich lange angelogen! Ist sie der Grund für all das hier?" Bianca war jetzt einfach nur noch schockiert.
Rangy senkte seine Stimme wieder, er war müde von dem ganzen Gerede. „Nein, ist sie nicht! Es tut mir wirklich leid, dass ich dich angelogen habe, aber du hast mir auch nicht zugehört. Ich hatte ja gar keine Chance es dir zu erklären. Bei dir gab es ja nur Entweder-oder!"
Bianca hatte jetzt tatsächlich Tränen in den Augen. Sie musste sich kurz die Nase schnäuzen, dann riss sie sich wieder zusammen. „Bitte denke darüber nach und lass es mich so bald wie möglich wissen! Es wäre eine Schande wegen all der harten Arbeit und dem Geld!"
Rangy sah sie schweigend an. Es tat ihm ungeheuerlich weh, dass sie wiederum nur über den Job sprach, und er wurde traurig. „Geld... nur darum geht's, richtig?!"
Und wie um seine Unterstellung zu untermauern, fingerte Bianca auf einmal in ihrer Handtasche herum, holte ihr Portemonnaie hervor, zog Rangys Kreditkarte heraus und hielt sie ihm hin. Rangy nahm sie langsam entgegen, allerdings unfähig etwas dazu zu sagen. Bianca hingegen stand auf, sagte noch schnell: „Pass auf dich auf!", drehte sie sich dann um und ging schnellen Schrittes davon.
Rangy saß noch eine ganze Weile traurig auf dem Mäuerchen, nachdem er ihr auch noch nachgesehen hatte, obwohl sie bereits längst verschwunden war, und hielt dabei seine Kreditkarte in der Hand. Sie fühlte sich seltsam fremd an, so, als ob sie gar nicht zu ihm gehören würde, so, als hätte es sie gerade eben zufällig gefunden, und würde sie gleich bei einer Bank oder besser noch an der Polizeidienststelle hier abgeben, damit der rechtmäßige Besitzer sie dort dann abholen könnte.

Rangy hing noch eine Weile seinen Gedanken nach, denn er versuchte herauszufinden, wie es mit Bianca und ihm nur soweit hatte kommen können. Und mit der traurigen Erkenntnis, dass er seiner Frau im Prinzip von Anfang an etwas vorgemacht hatte, indem er ihren Lebensstil und auch ihre Ziele einfach so adaptiert, und deshalb auf seine Wünsche größtenteils leichtsinnig verzichtet hatte, stand er auf. Dann fiel Rangy allerdings ein, dass er damals einfach noch nicht selbstbewusst genug gewesen war und außerdem keine Ahnung gehabt hatte, welches Ausmaß das annehmen konnte, wenn man nicht rechtzeitig auf seine eigenen Bedürfnisse hörte und seine Wünsche realisierte. Wäre er sich des Preises bewusst gewesen, was es bedeutete auf Dauer nicht authentisch zu sein, hätte er sich wahrscheinlich schon viel früher von ihr getrennt. Das alles fühlte sich ganz schön übel an, vor allem aber sich selbst etwas vorgemacht zu haben, und auf einmal ahnte Rangy auch woher diese tiefsitzende Müdigkeit in ihm kam, die er, wie er nun bitter feststellen musste, bereits seit mehreren Jahren verspürte. Sie musste von der großen Anstrengung her kommen, die es nämlich bedurfte jeden Tag gegen seine Natur zu leben. Es gab natürlich durchaus Momente und Phasen, in denen er sich nicht verstellt hatte, doch, dass er dies überhaupt getan hatte, und das jahrelang von sich selbst völlig unbemerkt, erschreckte ihn ziemlich. Kein Wunder, dass Bianca nun aus allen Wolken gefallen war, und er musste zugeben, dass er deshalb ein verdammt schlechtes Gewissen hatte.

Als Rangy zurück bei Grainy war und sie neben ihrem mittlerweile fertiggestellten, mit Muscheln verzierten und kleinen Glitzersteinchen geschmückten Sandseestern sitzen sah, verflogen all seine trüben Gedanken wieder. Schließlich fiel ihm auch noch ein, dass er Bianca nie verheimlicht hatte,

dass er das Filmgeschäft, so wie es jedenfalls in Hollywood lief, nicht besonders mochte, was ja schließlich immer noch seine Wahrheit war. Und er hatte sie wirklich geliebt, und seine Kinder sowieso. Was soll's, dachte Rangy schlussendlich, besser spät als nie.
Grainy stand sofort auf, als Rangy zu ihr trat. Rangy gab ihr einen Kuss und hätte sie am liebsten auf der Stelle vernascht, so lecker schmeckte sie.
„Was wollte sie?", fragte Grainy schließlich ganz vorsichtig, denn sie wollte ihn nicht drängen. Rangy zeigte ihr daraufhin die Kreditkarte und sagte knapp: „Sie hat mir meine Karte gegeben..." Grainy konnte diesbezüglich nicht gleich erkennen, was in Rangy vorging, deshalb blieb sie behutsam. „Oh... das ist... schön... nehme ich an?" Jetzt sah ihr Rangy in die Augen, und sie hätte wieder einmal förmlich dahinschmelzen können. „Ich dachte, dir ist sowas scheißegal?", antwortete er süffisant und grinste sie dabei frech an.
Grainy fielen tausend Steine vom Herzen, und sie merkte erst jetzt wie angespannt sie dann doch gewesen war, nachdem Rangys Frau hier aufgekreuzt war. Sie grinste. „Ja... aber manchmal ist es gar nicht ganz so übel, oder?" „Ich weiß, was wir jetzt machen! Warte hier! Ich bin gleich wieder da!", sagte Rangy ebenfalls grinsend. Schnell gab er ihr noch einen Kuss und rannte davon. Grainy sah ihm bis über beide Ohren verliebt hinterher und fragte sich, was um alles in der Welt er nun vorhatte.
Knapp zwei Stunden später wusste sie dann, was er im Sinn gehabt hatte. Sie saßen nun auf einer schönen, neuen Decke unter einer der nicht besetzten Baywatch Hütten, und um sie herum hatte Rangy einen ganzen Haufen Bierdosen sowie Whisky drapiert. Er hatte sogar eine Flasche Champagner besorgt, sowie alle möglichen Leckereien zu essen.

Grainy kam aus dem Grinsen gar nicht mehr heraus. „Das ist wirklich wundervoll!! Vielleicht mag ich deine Karte doch mehr als ich dachte...", bemerkte sie begeistert. „So so! Wer hätte das gedacht?! Ich hoffe, du liebst mich aber immer noch mehr, als dieses verdammte Ding?!", sagte Rangy verschmitzt und schob ihr ein Stück Pastete mit Brot in den Mund. „Hmm...", überlegte sie genüsslich kauend. „Du kannst von Glück sagen, dass du zuerst da warst..." Daraufhin schnappte Rangy sie sich. „Ganz bestimmt bin ich das!" Grainy lachte und fing an ihn zu necken.
„Da ist übrigens noch eine gute Sache mit der Karte...", sagte Rangy, während er versuchte ihren Kitzelattacken auszuweichen. „Jetzt kann ich dir einen Anwalt bezahlen!"
Die Polizei hatte Grainy nämlich inzwischen einen Brief gebracht, in dem stand, dass ihre Verhandlung bald beginnen würde, und auch, dass sie einen Pflichtverteidiger zugeteilt bekäme. Das war natürlich besser als nichts, aber beide wussten, dass so ein Pflichtverteidiger sich wahrscheinlich für eine Obdachlose nicht besonders engagiert einsetzen würde. Es war also immer noch davon auszugehen, dass Grainy ins Gefängnis musste, weil sie die mit Sicherheit für sie eh viel zu hohe Geldstrafe gar nicht bezahlen könnte. Doch jetzt war Rangy wieder Herr über sein Geld, und er wollte ihr einen guten Anwalt besorgen, der sie sicherlich besser verteidigen würde.
„Das würdest du tun? Bist du sicher?", fragte Grainy jetzt wieder ernster. Es bedeutete ihr sehr viel, dass Rangy ihr helfen wollte, und er nickte nur als Antwort. Dann prosteten sie sich zu und tranken einen Whisky auf die beschlossene Sache.
Als sie schließlich gut gesättigt waren, legte sich Grainy in Rangys Arm, worauf sie unmittelbar anfingen sich innig zu

küssen. Und dann dauerte es nicht mehr lange, bis sie sich hingebungsvoll ineinander verloren.

*

Ein paar Nächte später übernachteten Rangy und Grainy wieder einmal unter jener Baywatch Hütte auf der neuen Decke. Um sie herum lagen etwas verteilt ein paar leere Bierdosen und eine ausgetrunkene Whiskyflasche. Grainy lag wie immer in Rangys Arm und hatte sich ganz eng an ihn gekuschelt.

Und dann träumte Rangy.
Er träumte davon Heuballen von einem Anhänger zu hieven und in eine Scheune zu bringen. Er träumte davon auf einem Pferd sitzend eine Rinderherde zusammenzutreiben. Er träumte von einem Kalb, das er mit einem Lasso einfing, und er träumte davon mit einem Traktor eine Wiese zu mähen.

Rangy wachte plötzlich auf und rieb sich übers Gesicht. Vorsichtig stand er auf, um Grainy nicht zu wecken, was er glücklicherweise auch schaffte.
Dann ging er hinunter zum Wasser, lief ein Stückchen hinein und schüttete sich etwas von dem frischen, salzigen Nass ins Gesicht. Danach fing er an am Ufer entlang auf und ab zu laufen. Er konnte jetzt nicht mehr schlafen, zu sehr wühlte der Traum in seinem Inneren alles auf.
Und während er am Meer entlangging, das wie so oft unter den Sternen wundervoll glitzerte, kamen ihm alle möglichen Situationen der letzten Monate in den Sinn zurück.
Bob, zum Beispiel, als er ihn nach seinen Kindheitsträumen fragte, und ihm sagte, dass es immer einen Weg gäbe, wenn

man nur wolle, und dass er seine Zeit hier nicht verschwenden solle.

Auch seine Frau tauchte auf. Ihre Worte hallten ebenso in seinem Kopf wider, als ob sie dort hängengeblieben wären, vor allem aber die, wie sie über die Homelessleute abläscherte, und ihre ständige Rede von der A-Liste, und wie wichtig das alles mit dem Filmgeschäft sei.

Irgendwann hatten sich die Sätze in seinem Kopf dann zu einer Art Mantra reduziert.

'Wo ein Wille ist, ist auch ein Weg', hörte er schließlich dann nur noch Bobs Stimme so deutlich, als würde er direkt neben ihm laufen.

Als Rangy später im Morgengrauen wieder neben Grainy lag, war ihm klar, dass er es einfach tun musste. Und er war froh, dass er nun endlich wusste, was er außer Grainy noch wollte.

Rangy liebte den Geruch, der vor allem Frühmorgens vom Meer hereinwehte. Frisch und klar, wie eine reinigende Dusche für das gesamte Körpersystem, dachte er abermals, während er zwei Kaffee holte und den Boardwalk entlangging. Seitdem Bianca ihm seine Kreditkarte gebracht hatte, konnte er den Kaffee morgens auch wieder bezahlen. Rangy fand die Tatsache, dass alle Homelessleute hier morgens wenigstens ein Heißgetränk umsonst bekamen, ziemlich gut, und er selbst hatte dieses Entgegenkommen der Stadt ja auch eine ganze Weile lang dankbar genutzt, und er beschloss sich mal danach zu erkundigen, ob da nicht noch mehr gehen könnte. Vielleicht könnte er auch seine Filmkollegen zu Spenden aufrufen, und oder sogar eine Stiftung gründen.

Während Rangy schon wieder zurück am Strand war und den kühlen Sand unter seinen Füßen spürte, versuchte er nachzuspüren, ob er sich selbst denn eigentlich überhaupt noch zum Film dazugehörig fühlte. Aber so richtig herausfinden konnte er es irgendwie nicht.

Zurück bei ihrer Baywatch Hütte angekommen, setzte sich Rangy neben Grainy, die sich gerade reckte und gab ihr einen Guten Morgen Kuss. Grainy blinzelte ihn an und war glücklich. Der Tag konnte gar nicht mehr schiefgehen, wenn man so aufwachen durfte, dachte sie, setzte sich auf und nahm einen der beiden Kaffees entgegen.
Rangy legte einen Arm um sie und holte tief Luft. Er musste es ihr sofort sagen, nicht, dass sich seine heute Nacht endlich gefundene Erkenntnis plötzlich doch wieder in Luft auflösen würde. Vor allem aber hatte er ein wenig Angst davor, dass sich sein wiedergefundener Wille und der dazugehörige Mut es diesmal auch wirklich durchzuziehen ebenso verflüchtigen könnten.
„Baby, ich muss mit dir reden.", sagte Rangy dann schließlich. Grainy sah ihn an, und hatte plötzlich ein mulmiges Gefühl in der Magengegend. „Worum geht's!", fragte sie deshalb etwas zaghaft. „Du weißt ja, dass ich eigentlich mal Farmer werden wollte...", begann Rangy vorsichtig, so, als ob er bei jedem Wort erst nachprüfen müsste, ob das alles auch tatsächlich der Wahrheit entsprach. „Ja, das hast du mir neulich mal erzählt.", bestätigte Grainy und wurde jetzt nervös. Rangy atmete hörbar ein. „Weißt du, ich denke, es ist Zeit das endlich zu tun! Ich habe zwar nicht genug Geld für eine eigene, aber es ist definitiv genug, um nach Montana hochzufahren und mal wieder auf einer Farm zu arbeiten, einfach um es zu tun!"
Rangy war froh, dass es raus war, und er spürte, dass er es eigentlich gar nicht mehr abwarten konnte, endlich wieder auf

einer Farm zu sein. Er sehnte sich regelrecht nach dem Geruch von frisch gemähtem Gras und dem des Heus in einer Scheune, und ebenso nach den sanften Geräuschen grasender Rinder.
Grainy sah ihn verständnisvoll, aber dennoch traurig an, denn das bedeutete ja sicherlich auch das Aus ihrer Beziehung. „Das klingt echt gut! Wenn das dein Traum ist, dann musst du es tun!" Rangy sah sie liebevoll an. „Ich will, dass du mitkommst..." „Oh, wirklich?" Grainy war freudig erstaunt, aber dann kam die Traurigkeit wieder. „Das klingt ebenso gut!! Ich würde auch total gerne mitkommen, aber ich kann nicht! Nicht jetzt... Bald ist die Verhandlung... Und... und du weißt, ich hänge an diesem Leben hier am Boardwalk... Hier sind meine Freunde, sie sind meine Familie!"
Rangy schluckte. Sein Herz zog sich zusammen, als er das hörte, aber er spürte dennoch deutlich, dass er es dieses Mal nun endlich durchziehen musste. „Schade! Aber ich verstehe dich! Hör zu, das alles hat überhaupt nichts mit dir zu tun! Ich muss nur einfach endlich diesem sehnlichen Wunsch folgen... Er ist ziemlich stark und ruft mich schon so lange! Ich sage dir wo ich bin, und wenn du bereit bist, komme ich und hole dich ab. Ok?"
Grainy nickte traurig. „Ok... Wann wirst du gehen?"
Rangy sah sie an. „Jetzt!", sagte er leise aber bestimmt. Es konnte ihm plötzlich gar nicht schnell genug gehen endlich loszulegen, um diesen, seinen uralten Traum zumindest ansatzweise zu verwirklichen. Er hatte schon viel zu lange gewartet.
„Ich werde dich vermissen... Aber du tust das Richtige! Dem Herzenswunsch folgen, ist das Einzige, was wir wirklich tun müssen!", sagte Grainy, nachdem sie ihre aufkommenden Tränen erfolgreich unter Kontrolle bekommen hatte. „Ich werde dich auch vermissen! Komm her!", sagte Rangy und zog

sie eng an sich. Auch er musste mit den Tränen kämpfen, die er bei dem folgenden intensiven Kuss dann doch auch über sein Gesicht laufen spürte.
Dann standen sie auf, und Rangy holte aus seiner Hosentasche ein fettes Bündel Scheine, das er Grainy in die Hand drückte. Sie wollte schon anfangen zu protestieren, doch Rangy sagte eindringlich: „Shhh! Du nimmst das! Keine Diskussion!" Daraufhin holte er noch ein Stückchen Papier aus der anderen Tasche. „Hier ist meine Nummer. Ruf mich an, wenn du mehr brauchst, oder warum auch immer. Versprich mir, dass du das tun wirst!" „Ok... Danke dir, Rangi!", sagte Grainy aufgebend und nahm zögerlich auch den Zettel entgegen.
Rangy umarmte sie und drückte sie ganz fest an sein Herz und hatte wieder Tränen in den Augen. Er fand den Abschied von Grainy fürchterlich, denn in seinen Überlegungen war er eigentlich fest davon ausgegangen, dass sie sofort mitkommen würde, obwohl er vorhin im Coffeeshop trotzdem für alle Fälle vorsichtshalber seine Telefonnummer für sie aufgeschrieben hatte. Und trotzdem wusste er, dass er auch alleine gehen musste. Jetzt gab es kein Zurück mehr, sonst würde er über kurz oder lang daran kaputtgehen.
„Pass auf dich auf! Ich liebe dich!", flüsterte Rangy ihr dann ins Ohr. „Pass du auf dich auf! Ich liebe dich auch!", bekam Grainy gerade noch heraus, bevor sie ihre Tränen nicht mehr zurückhalten konnte. Sie vergrub ihr Gesicht in Rangys Arm und wollte ihn am liebsten nie wieder loslassen.
Doch dann kam der letzte Kuss, und danach griff Rangy nach seinen Sachen und verließ ihren gemeinsamen Platz.
Grainy sah ihm noch eine gefühlte Ewigkeit hinterher und versuchte dabei zu verarbeiten, was in den letzten Minuten geschehen war.

Es dauerte allerdings noch einige Tage, bis Grainy wirklich begriffen hatte, dass Rangy weg war, aber sie kam damit auch noch nach Wochen überhaupt nicht zurecht.
Sie vermisste ihn jede Sekunde mehr.

*

Wie ein Einbrecher kam sich Rangy vor, als er sich noch am selben Morgen in der Nähe seines Anwesens hinter einem Busch versteckte. Er wollte weder Bianca noch seinen Kindern über den Weg laufen, obwohl er letztere schon so sehr vermisste, dass er diesbezüglich fast gar nichts mehr fühlte. Aber sonst hätte er ihnen erklären müssen, warum er überhaupt weggegangen war, und warum er, nachdem Bianca ihm Blakes Angebot und auch ihren Wunsch, er solle wieder nach Hause kommen, unterbreitet hatte, trotzdem nicht zurückgekommen war, und vor allem warum er jetzt auch noch L.A. ganz verlassen wollte. Er hatte das Gefühl zusammenzubrechen, sollte er das alles seinen Kindern erklären müssen. Dennoch wusste er ebenso, dass es komplett falsch war ihnen bis jetzt aus dem Weg gegangen zu sein und auch weiterhin zu schweigen. Er wollte sich gar nicht erst anfangen auszumalen, wie verletzt und wütend sie sein mussten.
Rangy wartete solange, bis sowohl das Auto mit seinen Kindern darin vom Chauffeur aus dem Tor hinausgefahren, als auch kurz darauf Bianca mit ihrem Wagen draußen war. Als beide Autos nicht mehr in Sicht waren, ging Rangy zum Tor und betete, dass seine Frau den Code nicht geändert hatte. Nervös tippte er die Zahlenkombination ein, und zu seiner großen Erleichterung öffnete sich das Tor sofort.

Etwas wehmütig ging er dann die Einfahrt hinunter und hoffte dabei, dass auch der Ersatzschlüssel immer noch unter dem einen Palmbusch versteckt lag. Doch der war ebenso unverändert an seinem Platz. Rangy nahm ihn in die Hand und ging zur Haustür, steckte den Schlüssel ins Schloss und drehte ihn herum. Die Tür sprang auf, und ein ihm wohlbekannter Duft strömte ihm entgegen. Kurz danach fragte er sich allerdings, ob der Geruch im Haus sich nicht möglicherweise doch etwas geändert hatte, seitdem er nicht mehr hier wohnte.

Dann zog Rangy die Haustür leise hinter sich zu, so, als ob er befürchtete, dass doch noch jemand im Haus wäre und ihn entdecken könnte. Er kam sich schon auch ein wenig lächerlich vor, dass er in sein eigenes Haus hineinschlich, als habe er etwas verbrochen, dabei war es schließlich Bianca gewesen, die ihn hochkant hinausgeworfen hatte.

Rangy nahm einen tiefen Atemzug, dann stieg er langsam die Treppe hinauf. Irgendwie hatte er plötzlich fast Angst davor ins Schlafzimmer zu gehen. Seltsamerweise wollte er dort nicht die Spuren eines anderen Mannes vorfinden.

Doch das Schlafzimmer war aufgeräumt, und sein Bett sah völlig unberührt aus. Um nicht noch mehr ins Grübeln zu geraten, beeilte sich Rangy dann seine Sachen zusammenzupacken.

Kurze Zeit später stand er mit einer großen Tasche und seinem Handy in der Hand im Eingangsbereich. Er stellte die Tasche dort ab und ging in die Küche.

Am Küchentisch machte Rangy Halt und sah sich langsam um. Schließlich lief er ins Wohnzimmer und öffnete kurz darauf die Terrassentür. Dann er trat hinaus und ging zum Pool hinüber. Kurzentschlossen zog er sich aus und tauchte ins Wasser ein.

Als Rangy wenig später frisch geduscht und mit Jeans und Sweatshirt bekleidet, allerdings immer noch unrasiert und auch barfuß in seinem Auto saß, kam er sich selbst ein wenig fremd vor. Seinen alten, schwarzen, beziehungsweise mittlerweile eher gräulich ausgeblichenen Kapuzenpulli hatte er mitsamt der Jogginghose neben sich auf den Beifahrersitz gelegt. Und nach der langen schuhfreien Zeit war er froh überhaupt daran gedacht zu haben welche mitzunehmen, denn bei der Farmarbeit war es auf jeden Fall unumgänglich gutes Schuhwerk zu tragen.

Wenig später bog Rangy auf die Straße vor seinem Haus ein, um nach Montana zu fahren. Er fühlte sich, trotz des Verlustschmerzes wegen Grainy und seinen Kindern gut, und er war regelrecht energiegeladen.
Sobald er sich auf einer der Farmen dort oben eingelebt hätte, würde er auch das mit seinen Kindern wieder hinbekommen, dessen war er sich plötzlich sicher.

Dann drehte Rangy das Radio an und fuhr zur Interstate 15.

Rangy schnappte sich eine der Wasserflaschen, die für die Arbeiter in einer Kühlbox bereitstanden und legte sich unter einen der umstehenden Bäume. Die Sonne brannte, und der Schweiß rann ihm nur so den Körper entlang. Überall klebten Heuhalme an ihm, und die Luft war erfüllt vom Geruch des getrockneten Grases.
Heute machten sie Heuballen, was angesichts der Hitze eine ziemliche Tortour war, aber es machte Rangy nichts aus. Er liebte diese Arbeit, obwohl er noch viel lieber mit dem Pferd

die Weidezäune abritt und Wartungsarbeiten durchführte. Oft ritt er dabei alleine, aber auch seine Kollegen, von denen ab und zu mal einer mitkam, waren alle in Ordnung. Sie redeten auch nicht viel, und wenn, dann rissen sie meistens Witze, oder sie warfen sich ein paar Sprüche hin und her, die sehr erheiternd und lustig waren, was Rangy sehr entgegenkam.
Rangy lachte viel in dieser Zeit, auch wenn ihm, vor allem abends, wenn er allein in seiner kleinen Holzhütte war, oftmals schwer ums Herz wurde, weil er seine Kinder und allen voran Grainy unheimlich vermisste. Und trotzdem fühlte es sich absolut richtig an diesen Schritt nach Montana auf eine Ranch gemacht zu haben. Endlich war er wieder dort, wo er sich auskannte, dort, wo alles was er tat ganz leicht und natürlich aus ihm herausfloss. Sein Körper kannte die Abläufe dieser Arbeit, er war eins mit ihr. Rangy musste sich nicht verstellen, nichts spielen, keine Rolle übernehmen. Er musste niemand anderer sein, er war einfach nur sich selbst.

Nach ein paar Wochen spürte Rangy dann noch deutlicher wie angestrengt er von seinem bisherigen Leben als Schauspieler eigentlich war. Es saß so tief, dass er es in diesem Ausmaß noch gar nicht bemerkt hatte. Ansatzweise hatte er allerdings auch in Venice schon ab und zu diese tiefe Müdigkeit verspürt, wenn er mal nüchtern gewesen war, und, ob er es nun wahrhaben wollte oder nicht, auch das Leben auf der Straße war für ihn nicht immer eine totale Entspannung gewesen. Die vielen kaputten Existenzen um ihn herum hatten doch auch ganz schön an ihm genagt. Rangy hatte stets mit allen mitgefühlt und sich emotional nicht besonders gut abgrenzen können. Obwohl er sich zwar hauptsächlich am Strand aufgehalten hatte, waren ihm deshalb die Schicksale der anderen Leute in Venice Beach und Umgebung nicht entgangen, von denen auch manche absolut gar nichts mehr

besaßen, beziehungsweise, die so kaputt waren, dass sie sogar direkt am Rand der Autostraßen ohne jegliche Unterlage mehr oder weniger zugedröhnt herumlagen und nur noch vor sich hin vegetierten. Ein paar Mal war Rangy auch in der Straße nördlich des Abbot Kinney Boulevards gewesen, wo geballt viele der Obdachlosen hausten. Von halb kaputten Zelten, die direkt auf dem harten Betonbürgersteig standen, über unter freiem Himmel liegenden Kleiderhaufen, auf denen sich die jeweiligen Besitzer zusammengekauert hatten, bis hin zu regelrechten Müllhalden, die auch irgendjemandem gehörten, gab es dort so ziemlich alles was man sich unter in ärmlichsten Verhältnissen leben vorstellen konnte.
Rangy hatte dieser Anblick dort jedes Mal sehr mitgenommen, und im Nachhinein war er sehr froh darüber, dass es für ihn nicht auch so geendet hatte.
Außerdem spürte Rangy jetzt sehr deutlich, wie gut es ihm tat nicht mehr zu kiffen und vor allem nicht mehr soviel zu trinken.

Rangys Hütte auf der Farm war nicht besonders groß, hatte aber alles was man brauchte, und für Rangy war das mehr als vollkommen ausreichend, er wäre auch mit einer Schlafstätte im Stroh zufrieden gewesen.
Die Hütte bestand aus einem größeren Raum, der als Wohnküche mit dem Nötigsten knapp ausgestattet war. Es gab ein kleines, separates Badezimmer, und das Bett stand hinter einem Vorhang, der die Schlafecke etwas vom Hauptraum abtrennte.
Was Rangy besonders schön fand, war der große Kamin neben dem Sofa. Dort saß er oft abends nach getaner Arbeit und schaute den Flammen zu. Zwischendurch sah er allerdings auch immer wieder auf sein Handy, in der Hoffnung Grainy hätte sich mal gemeldet. Aber leider hatte sie ihn auch

heute nicht angerufen. Rangy schwankte zwischen Sorgen und Enttäuschung hin und her. Doch wie so oft in der letzten Zeit, kam er mit seinen Überlegungen nicht viel weiter.
Er liebte sie, er vermisste sie, aber er wollte auch die Ranch nicht verlassen.

Was allerdings nach einiger Zeit wieder einigermaßen funktionierte, war der Kontakt zu immerhin einem seiner Kinder. Joey hatte den Anfang gemacht. Aber bei Elena und Kimberly gab es nach wie vor kein Durchkommen für Rangy.
Joey hatte seinen Vater eines Tages einfach angerufen und ihn gefragt, was eigentlich los wäre. Rangy war über diese Entwicklung der Dinge sehr erleichtert, obwohl es ihn wurmte, dass nicht er zuerst seinen Sohn angerufen hatte, was eigentlich die richtige Reihenfolge gewesen wäre. Aber sein schlechtes Gewissen war von Tag zu Tag immer größer geworden, was ihn beständig daran gehindert hatte eine der Nummern seiner Kinder zu wählen. Sein Handy hatte er deswegen schon hunderte Male in die Hand genommen. Doch nun, nachdem das Eis zwischen Joey und ihm gebrochen war, versuchte Rangy auch mit Kimberly und Elena Kontakt aufzunehmen, leider bisher ohne Erfolg.

Nachdem Rangy heute mit seinem Sohn telefoniert hatte, wurde er so müde, dass er auf dem Sofa einschlief.
Dann träumte er davon unter der Baywatch Hütte zu liegen und mit Grainy zu schlafen. Der Traum war so intensiv, dass Rangy davon aufwachte, als er tatsächlich kam.
Kopfschüttelnd checkte er danach sofort sein Handy, ob Grainy sich vielleicht jetzt gemeldet hätte, aber da war wieder nichts. Traurig legte Rangy das Telefon auf den Tisch zurück, drehte sich auf die Seite und starrte lange in die Dunkelheit.

*

Mittlerweile hatte der Herbst in Montana Einzug erhalten, und ebenso der Regen.
Rangy war seit ein paar Tagen dabei auf seinem momentanen Pferd, ausgerissene Rinder einzufangen und sie zurück auf die näheren Weiden rund um die Farm zu bringen.
Heute war es besonders kalt, und es goss in Strömen. Rangy hätte eigentlich keine Klamotten gebraucht, denn er war schon nach kurzer Zeit bis auf die Haut durchnässt.
Als Rangy dann nach diesem anstrengenden Tag ziemlich erschöpft abends zurück an seiner Hütte war, überlegte er kurz, dass es bestimmt einfacher wäre, die Klamotten einfach aufzuschneiden, denn er konnte sich kaum aus ihnen herausschälen, so klebten sie an ihm. Rangy war zudem bis auf die Knochen durchgefroren, und er sehnte sich nach einer heißen Dusche, die er sich dann auch gönnte, nachdem er mit etwas Mühe endlich sowohl die triefend nassen Kleidungsstücke als auch die Stiefel losgeworden war.
Anschließend nahm er einen großen Schluck Whisky zu sich, der ihn von innen her schön wärmte. Dann zog er seine Venice Klamotten an, die er mittlerweile auch mal wieder mit Waschmittel gewaschen hatte und machte Feuer.
Irgendwie fror er immer noch. Obwohl er deshalb besser einen heißen Tee getrunken hätte, holte er sich stattdessen ein Bier aus dem Kühlschrank. Damit setzte er sich dann auf das Sofa und suchte erneute auf seinem Handy nach einer Nachricht von Grainy und ärgerte sich wiederholt darüber, dass er vergessen hatte sie nach ihrer Telefonnummer zu fragen, denn nach wie vor gab es keine Meldung von ihr.
„Warum rufst du mich nicht an? Verdammt!", murmelte Rangy vor sich hin und trank das Bier in einem Zug aus.

Heute würde er sich betrinken.
Und das tat er dann auch.

*

Der Schnee fiel leise, aber unaufhaltsam, und Rangy freute sich wie ein Kind darüber. Er hatte schon sehr lange keinen Schnee mehr gesehen. Dieser Winter in Montana war zudem auch wirklich noch ein Winter, wie er im Buche stand.
Die Farmarbeit draußen auf den Weiden war nun vorbei, und alle Tiere waren mittlerweile in den Ställen auf der Ranch untergebracht. Viele Saisonarbeiter hatten die Farm inzwischen verlassen, aber Rangy wollte noch nicht gehen. Er hatte überhaupt keinen Antrieb dazu irgendwo anders hinzugehen, weshalb er den Besitzer gefragt hatte, ob er auch über den Winter bleiben könnte. Und der war tatsächlich froh darüber jemanden zu haben, der ihm dabei half den Schneemassen Herr zu werden. Und Rangy war es egal, was er arbeitete. Außerdem empfand er Schneepflug fahren als interessante Abwechslung, zumal er dort noch ungestörter war. Da gab es nur den Pflug, den Schnee und ihn. Und der Schneepflug war sogar beheizt, was Rangy zu Beginn nicht als besonders wichtig erachtet hatte, doch schon nach zwei Stunden bei der klirrenden Kälte im Pflug sitzend, lernte er die Heizung sehr schnell zu schätzen und wollte sie absolut nicht mehr missen.
Jetzt im Winter waren die Tage verdammt kurz und die Dunkelheit sehr lange, manchmal viel zu lange für Rangy, und er sehnte sich in dieser Zeit noch mehr nach Venice Beach zurück, zurück in die Sonne, zurück in die Wärme, zurück zu Grainy.

Und Rangy dachte an den langen Winterabenden oft an sein Zuhause in Australien, an seine Eltern und Geschwister, an seine alten Freunde und an sein altes Leben dort. Und er kam immer wieder zu dem Schluss, dass er definitiv seine eigene Farm haben musste, aber auf keinen Fall in Montana. Der Winter war einfach nicht so sein Ding, obwohl er seine majestätische Schönheit durchaus bewunderte und auch diese einzigartige Stille sehr genoss.

Doch die dunkle, kalte Jahreszeit dauerte für ihn definitiv zu lange, obwohl der Schnee der Dunkelheit oft half nicht ganz so düster zu wirken. Wenn der Schnee dann in allen Regenbogenfarben in der Sonne glitzerte, dachte Rangy immer, dass es die Natur schon sehr schlau eingerichtet hatte den Schnee weiß zu machen, damit er dadurch die sonnenarme Zeit erhellen konnte. Aber das eben auch nur bei Sonnenschein oder sternklarem Himmel. Wenn jedoch die Stürme mit grauem Nebel, eisigem Wind und dichtem Schneefall über die Berge bis ins Tal hineinpeitschten, dann verkroch sich Rangy lieber in seiner Hütte und goss Whisky in seinen Tee.

Vor allen Dingen aber war der Winter für ihn viel zu kalt.

Das Gelb des blühenden Löwenzahns erfüllte Rangys Herz mit einer fast glückseligen Freude, und als er auf seinem Pferd sitzend endlich die Rinder wieder auf ihre Sommerweiden treiben konnte, hatte er den langen Winter schnell vergessen.

Jetzt war Rangy schon ein ganzes Jahr hier auf der Ranch, und er hatte sowohl das Gefühl, die Zeit wäre wie im Flug

vergangen, als auch schon viel länger als zwölf Monate hier zu sein.
Der Kontakt mit Joey hatte sich zum Glück noch etwas mehr gefestigt, und sein Sohn war inzwischen nicht mehr sauer auf ihn. Dennoch hatte Joey ihn bisher hier oben nicht besucht. Bianca hatte es verboten. Und von Elena und Kimberly gab es immer noch kein einziges Wort.
Mit seiner Frau konnte Rangy nach wie vor keinerlei vernünftige Gespräche führen, die über die Angelegenheiten der Kinder hinausgingen, und sie würgte ihn auch jedes Mal ab, wenn er sie zum Beispiel danach fragte, was sie in Bezug auf ihre Ehe denn nun vorhätte zu tun. Obwohl Bianca dann stets sofort das Thema wechselte, warf Rangy dennoch immer wieder ins Gespräch, soweit man das überhaupt eines nennen konnte, dass er gerne die Scheidung wolle. Er selbst hatte allerdings bis jetzt auch noch keinen Antrieb gefunden, diese trotzdem einfach mal einzureichen. Und er wusste auch warum. Er hatte nämlich Angst davor, dass Bianca dann einen Rosenkrieg anzetteln würde, wenn es im Zuge dessen ans Eingemachte ginge, wie zum Beispiel ein möglicher Hausverkauf, oder eine entsprechende Ausgleichszahlung, und nicht zu vergessen die Vermögensaufteilung, ganz zu Schweigen vom Sorgerecht für die Kinder. Rangy befürchtete berechtigterweise, dass Bianca im Falle einer von ihm eingereichten, und vorher nicht von ihr zugestimmten Scheidung, sowohl auf ein alleiniges Sorgerecht als auch auf deftige Unterhaltszahlungen für sich und die Kinder pochen würde.
Dadurch, dass Rangy immer noch keine konkreten Pläne in Bezug auf seine eigene Farm hatte, wäre er zwar momentan mit nur einem Besuchsrecht einverstanden gewesen, allerdings nicht auf Dauer. Er würde seine Kinder nicht einfach so aufgeben. Und er wollte Gerechtigkeit, denn Kinder brauchten

ihren Vater genauso wie die Mutter, das war seine feste Überzeugung, ganz egal, ob der Vater vorübergehend, oder sogar für immer an einem anderen Ort als seine Kinder leben würde. Es war für ihn selbstverständlich, dass das Mitspracherecht des Vaters genauso wichtig war, wie das der Mutter. Für ihn war das sozusagen ein Naturrecht. Natürlich gab es Ausnahmen, wie zum Beispiel, wenn ein Elternteil gewalttätig geworden war.

Dass er momentan selbst kein guter Vater war, wusste er nur zu gut, und er versuchte dann diesen sehr unangenehmen und äußerst belasteten Gedanken stets sofort zu verdrängen, was ihm aber eher weniger gut gelang.

Als Rangy am nächsten Nachmittag zur Farm zurückkam, stand der Briefträger vor seiner Hütte. Er hatte einen Umschlag in der Hand, den er Rangy dann überreichte. Der Postmann verabschiedete sich daraufhin schnell wieder und fuhr davon.

Rangy begutachtete den Brief in seiner Hand, so, als ob er noch nie einen gesehen hätte. Auf den Absender schaute er erst gar nicht. Noch im Hineingehen öffnete er den Brief mit dem Daumen und holte ein bedrucktes Stück Papier hervor.

Geschwind überflog Rangy das Schreiben und kam aus dem Staunen nicht mehr heraus. Er setzte sich an den Küchentisch und las dann nochmal ganz in Ruhe, was in dem Brief stand. Anschließend legte er das Papier auf den Tisch und rieb sich übers Gesicht.

Der Brief war von einer Filmproduktionsfirma, die über seine Verbindung zum Boardwalk einen Film drehen wollte, und er sollte obendrein noch sich selbst spielen.

Rangy hatte zunächst überhaupt kein Gefühl für diese Sache. Er war davon einfach viel zu überrumpelt. Fast fühlte es sich für ihn so an, als wäre plötzlich jemand unerlaubt in sein Schlafzimmer eingedrungen. Sein Boardwalk ging überhaupt

niemanden etwas an, das war seine Privatangelegenheit. Außerdem fragte er sich, woher diese Leute das überhaupt wussten. Alles was darüber seiner Kenntnis nach an die Öffentlichkeit gedrungen war, war die Sache mit Grainy und der U-Haft gewesen.
Wahrscheinlich, so dachte Rangy nach einer Weile, hatten sie diese Tatsache entweder nur als reine Begebenheit wahrgenommen und dachten sich nun man könnte daraus eine interessante Story machen, oder sie witterten tatsächlich, dass da noch mehr dahintersteckte. Für solch feines Gespür waren viele aus dem Filmbusiness wohlbekannt, was durchaus auch schon zu wahren Klassikern auf der Leinwand geführt hatte.
Rangy spürte wieder einmal diese Hilflosigkeit in sich aufsteigen, die er schon so manches Mal gefühlt hatte, wenn er sich im Rampenlicht den Journalisten ausgeliefert sah. Sie würden ja eh schreiben was sie wollten, denn den meisten war die Wahrheit völlig egal.
Dann plötzlich kam es Rangy siedendheiß in den Sinn, dass ja womöglich auch jemand geplaudert haben könnte. Aber nach längerem Nachdenken verwarf er diesen Gedanken wieder, denn er konnte sich nicht vorstellen wer das hätte sein sollen. Weder Bob noch Grainy traute er das zu, auch wenn sie dafür Geld geboten bekämen, und Bianca hätte davon nur Nachteile.
Genervt stand Rangy auf und holte sich ein Bier aus dem Kühlschrank. Noch im Stehen öffnete er es und nahm einen Schluck. Danach lehnte er sich an den Rahmen der immer noch offenstehenden Haustür und ließ seinen Blick gedankenverloren über die Wiesen streifen.
Die Sonne war gerade am Untergehen und tauchte die Landschaft in ein rot-goldenes Licht. Rangy liebte das Farbenspiel der Natur, was ihn immer beruhigte und mit einem Gefühl des Sattseins beschenkte.

Er hatte alles, was er brauchte, auch wenn Grainy nicht bei ihm war. Er war trotzdem glücklich. Vielleicht nicht ganz so sehr wie mit Grainy, aber auf eine sehr tiefe, erfüllende, zufrieden und ruhig machende Art. Er brauchte diesen Film wahrlich nicht.

Rangy musste schmunzeln, als er sich dabei erwischte, wie er irgendwann trotzdem über die möglichen finanziellen Einnahmen dieses Filmes nachdachte. Kurz fragte er sich, ob er nun schon wie seine Frau geworden wäre, aber von diesem Gedanken ließ er schnell wieder ab, denn über Geld nachzudenken, war ja schließlich in einem gewissen Maß durchaus sinnvoll, zumal er auch noch einiges davon bräuchte, wenn er sich seinen Traum von der eigenen Ranch erfüllen wollte.

Seine Ranch.

Das war das Stichwort in seinem Kopf.

Rangy wusste genau, dass die Arbeit auf einer fremden Ranch auch kein Dauerzustand war, und dass er früher oder später die Sache in Angriff nehmen musste. Vielleicht kam dieses Filmprojekt ihm ja sogar zur Hilfe geeilt, um seinen Traum zu erfüllen. Rangy konnte sich schon gut vorstellen, dass diese, seine Geschichte, auch wenn davon nur ein Fünkchen Wahrheit verfilmt werden würde, eine Menge Geld einspielen könnte, da sehr viele Leute auf ungewöhnliche und einzigartige Stories über lebende Stars geradezu versessen waren.

Rangys Bedenken galten nicht unbedingt seiner eigenen Person, obwohl es sich für ihn immer noch genauso anfühlte wie vorhin. Er machte sich vor allem Gedanken über die Homelessleute, die ja dann, ob sie wollten oder nicht mit im Mittelpunkt standen, denn Rangy wusste, dass man sie nicht erst um Erlaubnis fragen würde.

Im Prinzip würde es ein Promiklatschfilm über Hollywood, den Boardwalk und die Filmindustrie werden, und Rangy fragte sich, ob sich die Produzenten überhaupt auf einen durchweg wahrheitsgetreuen und authentischen Film in Bezug auf den Inhalt einlassen würden. Denn die wahre Geschichte kannten sie ja noch gar nicht. Das Wichtigste war ja immer das Geld, weshalb oftmals die Handlung eines Filmes darunter litt, nur um den Mainstream bei der Stange zu halten, damit es in den Kassen reichlich klimperte. Rangy hatte momentan jedenfalls noch überhaupt kein Gefühl dafür, ob es besser wäre die komplette Wahrheit zu erzählen, oder nur Teile davon, und den Rest dazu zu erfinden, oder überhaupt alles ganz anders zu machen, fern ab von der echten Geschichte.

Das darüber Nachdenken stimmte Rangy irgendwie missmutig, und die ganzen unangenehmen Gefühle, die ihn damals dazu gebracht hatten nach Venice Beach zu flüchten, stiegen wieder in ihm auf.
Rangy ging hinein und schloss die Tür hinter sich. Es wurde trotz Frühling immer noch rasch kühl abends, sobald die Sonne weg war. Er zündete das Holz im Kamin an, holte sich noch ein Bier und setzte sich grübelnd aufs Sofa.
Was würden Bob und vor allem Grainy dazu sagen? Sie waren ja ein wichtiger Bestandteil seiner Geschichte. Rangy war sich ziemlich sicher, dass Grainy auf gar keinen Fall damit einverstanden wäre in dem Film zu erscheinen, nicht als fiktive Person und schon gar nicht in echt.
Nach zwei weiteren Bieren legte sich Rangy schließlich erschöpft ins Bett, er hatte genug herumgegrübelt. Er musste schlafen. Morgen wartete wieder ein anstrengender Tag auf ihn.

*

Es dauerte noch knapp eine Woche, bis Rangy sich dazu entschlossen hatte, zumindest mal auf den Brief zu reagieren und mit der Produktionsleitung zu sprechen.
Nach dem Telefonat war sich Rangy dann zwar immer noch nicht sicher, ob er diesem Projekt letztendlich tatsächlich zustimmen würde, aber irgendetwas in ihm sagte, dass er sich wenigstens mal mit den potenziellen Produzenten zusammensetzten sollte.
Dennoch gab es für ihn nur einen einzigen Weg über den er überhaupt weiter nachdenken würde. Er müsste an dem Drehbuch mitschreiben dürfen, und er müsste in jeden Fall und überall das letzte Wort in der ganzen Sache haben. Nichts dürfte in diesem Film erzählt oder gezeigt werden, was er nicht eindeutig erlaubt hätte, Wahrheit hin oder her.
Aber zu allererst müsste er in diesem Fall unbedingt auch erst mit allen Beteiligten am Boardwalk sprechen.

Als Rangy dann klar wurde, dass er gerade beschlossen hatte zurück nach L.A. zu gehen, zumindest mal wieder für eine Weile, und seine Kinder, Bob und vor allem Grainy wiedersehen würde, wurde es ihm ganz warm ums Herz.

Als Rangy dann schließlich ein paar Tage später schon auf der Interstate 15 in Richtung Las Vegas unterwegs war, bemerkte er, dass er richtig Angst davor hatte Grainy würde vielleicht nicht mehr am Boardwalk sein, oder noch schlimmer, sie würde ihn gar nicht sehen wollen.
Ob Grainy nach ihrer Verhandlung ins Gefängnis gekommen war, hatte Rangy von ihrem Anwalt, den er um diese Zeit herum ein paar Mal angerufen hatte, leider nicht in Erfahrung bringen können. Der Anwalt hatte sich trotz Rangys Hartnäckigkeit starrköpfig auf seine Schweigepflicht berufen.
Rangy hatte ihm dann dessen Honorar und Grainys gerichtlich

verfügte Geldbuße in Höhe von mehreren tausend Dollar überwiesen, und still gehofft, dass die Sache für Grainy damit erledigt war.

*

Rangy fuhr wann immer es ging mit offenem Fenster, und als er den ersten Hauch von Venice Beach in die Nase bekam, fühlte er eine ungeahnte Freude in sich aufsteigen.
Er war wieder zu Hause.

Ungeduldig suchte er dann einen Parkplatz, den er eigentlich auch ziemlich schnell fand, doch für ihn dauerte das alles heute viel zu lange. Nachdem er das Auto schließlich abgestellt und abgeschlossen hatte, zwang er sich dazu nicht zu rennen. Er wollte nicht außer Atem am Boardwalk ankommen.
Rangy freute sich über die wärmende Sonne, dann setzte er seine Sonnenbrille und die Kappe auf, was er fast vergessen hätte zu tun, und schlurfte in seinen Flip Flops in Richtung Strand. Sein kurzärmeliges Hemd ließ er weit offen, und die Jeans roch noch nach Pferd. Eigentlich wollte er seine Venice Klamotten anziehen, aber irgendwie konnte er es nicht. Es war, als ob er erst testen müsste, ob er noch dazugehörte.

Kaum war Rangy auf dem Boardwalk angekommen, hielt er fieberhaft nach Bob und Grainy Ausschau. Bob fand er gleich, er war an seinem gewohnten Spot und ließ sich wie immer in seinem mittlerweile total ausgeblichenen Indianerhemd fotografieren. Rangy beobachtete ihn eine Weile grinsend und freute sich ungemein ihn zu sehen, aber er beschloss dennoch zuerst nach Grainy zu suchen.

Und als Rangy sie schließlich entdeckte, stiegen ihm vor Erleichterung und Freude ein paar Tränen in die Augen. Grainy saß an einem ihrer Plätze auf dem Boden und war gerade dabei eine wunderschöne Meerjungfrau aus Sand zu bauen. Sie war wieder einmal so in ihre Arbeit versunken, dass sie gar nichts um sich herum bemerkte.
Rangy näherte sich vorsichtig und holte dabei eine kleine durchsichtige Plastiktüte aus seiner Hosentasche hervor, die mit brauner Erde gefüllt war. Sein Herz schlug ihm vor Aufregung bis zum Hals hinauf, als er sich schließlich langsam zu Grainy hinunter kniete. Grainy reagierte erst gar nicht, weil sie immer noch voll konzentriert bei ihrer Sandfigur war.
Rangy hielt ihr schließlich den Beutel direkt unter die Nase. „Das ist Erde aus Montana... Vielleicht schmückt sie ja deinen Sand hier?!", sagte Rangy dazu, und dann sah Grainy auf.
Und mit einem Satz war sie auf den Füßen. „Oh mein Gott!!! Rangi!!!", rief sie total überrascht, aber so voller Freude, dass Rangy augenblicklich tausend Steine vom Herzen fielen.
Da stand auch er auf, und dann fielen sie sich in die Arme, und es dauerte auch nicht lange, bis sie sich küssten, als wäre er nie fort gewesen.

Bob freute sich ebenso riesig darüber seinen Rangi wiederzusehen, und er quetschte ihn sogleich bei einem Joint und einigen Dosen Bier nach seinem Jahr auf der Ranch aus.
Rangy bestand jedoch darauf noch auf Grainy zu warten, damit er die Geschichte nur einmal zu erzählen bräuchte.
Und so saßen sie dann abends zusammen an ihrem gewohnten Platz, und Rangy erzählte ihnen, was er in Montana alles erlebt hatte.
Rangy blieb natürlich über Nacht, denn wohin hätte er auch sonst gehen sollen, außer in ein Hotel, aber das kam für ihn überhaupt nicht in Frage.

Und er sog das Leben hier am Boardwalk tief in seine Zellen ein. Auch wenn er es damals auf eine gewisse Art etwas anstrengend empfunden hatte hier zu leben, so hatte er es dennoch geliebt, vor allem aber hatte er es sehr vermisst.

*

Am nächsten Tag, als Rangy und Grainy am Strand entlang spazierten, fragte er sie schließlich das, was ihn die ganze Zeit in Montana gequält hatte. „Warum hast du mich eigentlich nie angerufen?" Grainy stoppte und sah ihn an. „Weil ich es nicht ausgehalten hätte deine Stimme zu hören und zu wissen, dass du so weit weg bist.", sagte sie zärtlich, und Rangy schluckte. „Aber ich hätte dich doch geholt!" Er verstand es nicht. „Ja, schon, und ich wäre auch sehr sehr gerne gekommen. Aber das war dein Trip! Du musstest das alleine durchziehen. Nur so konntest du am besten spüren, ob du das wirklich willst!", erklärte sie.
Rangy sah sie an und liebte sie noch mehr. Jetzt, nachdem sie das gesagt hatte, wusste er, dass sie recht damit hatte. Die Zeit auf der Ranch ganz mit sich alleine hatte ihm tatsächlich verdammt gut getan. Auch wenn er sich oftmals einsam gefühlt hatte, so war er dennoch wieder mit sich in Kontakt gekommen, was ihm eine ungeheure innere Stärke verliehen hatte, die er jetzt deutlich spürte. Jetzt wusste er tatsächlich mehr über das, was er wollte. „Du bist echt weise, meine Liebe! Und ja, du hast recht... Es hat wirklich gut getan mal eine Weile allein zu sein, auch wenn ich dich jeden Tag tierisch vermisst habe!", gab Rangy zu und umarmte sie.
„Was hast du jetzt eigentlich vor?", fragte Grainy, nachdem sie ihn erst einmal genussvoll geküsst hatte. Rangy nahm sie an der Hand, und sie setzten sich in den Sand. Dann erzählte er

ihr von dem Filmprojekt, und auch, dass es möglich wäre Bob und sie darin zu integrieren, und dass er sich selbst spielen sollte. Als Rangy geendet hatte, wartete er angespannt auf ihre Reaktion.
Grainy schluckte, und sagte zunächst nichts. Sie musste erst nachspüren, was sie dazu eigentlich wirklich fühlte, denn sie hatte sich vorgenommen, sollte Rangy je zurückkommen, ihn nicht mehr durch ihre eigenen Kindheitstraumata mit der Hollywoodwelt pauschal zu verurteilen und dadurch womöglich von etwas abzuhalten, was er gerne tun würde. Sie hatte in Rangys Abwesenheit sehr viel über diese ganze Sache nachgedacht und war schließlich zu dem Schluss gekommen, dass sie mit Sicherheit bei vielen Dingen, die sie über die Filmwelt dachte, recht hatte, dass es aber auch bestimmt einige Sachen gab, die gut waren. Zum Beispiel war es ja eigentlich durch Rangy selbst schon bewiesen, dass nicht alle Schauspieler arrogante und selbstsüchtige Arschlöcher waren. Dass ihre Eltern diesen radikalen Karriereweg eingeschlagen hatten und nicht von ihm abgewichen waren, war schließlich nicht Rangys Schuld. Trotzdem jagte ihr der Gedanke an Film und Hollywood immer noch eine schmerzliche Erinnerungsflut durch das System.
Dann sah Grainy Rangy an, und sie konnte die Anspannung in seinen Augen lesen, was ihr sogleich unheimlich Leid tat. Dennoch konnte sie es ihm nicht erzählen warum sie die Filmwelt eigentlich so verabscheute, es saß zu tief und ging einfach niemanden etwas an. „Hey, auch wenn ich die Filmwelt nicht mag, so finde ich die Idee trotzdem ganz gut! Letztendlich aber musst du das entscheiden, und ich werde dir nicht im Weg stehen! Meine Meinung ist unwichtig. Aber mitmachen werde ich auf keinen Fall.", erklärte Grainy dann allerdings doch distanzierter und kühler, als sie es sich vorgenommen hatte.

Dennoch atmete Rangy auf. „Danke!", sagte er erst einmal nur, weil ihm momentan mehr dazu auch gar nicht einfiel. Erneut spürte er plötzlich, dass er sich selbst noch überhaupt nicht sicher war, ob er diesen Film wirklich drehen wollte, selbst wenn alle hier zustimmen würden. Irgendwie war er unschlüssig, wusste aber gar nicht so recht warum eigentlich. Rangy beschloss allerdings, darüber ein anderes Mal nachzudenken, denn der Termin mir dem Produktionsleiter und den Produzenten war erst übermorgen.
„Komm, lass uns was zu essen holen.", schlug Rangy vor und erntete ein zustimmendes Lächeln von Grainy. Sie war froh, dass er das Thema jetzt nicht noch breittreten wollte. Und dann genoss sie seine Nähe in tiefsten Zügen und betete innerlich er möge sie nie wieder verlassen.

Sein Herz schlug ihm bis zum Hals hinauf, als er vor seinem Tor stand und den Code eingab. Das Tor surrte sofort auf, und er fuhr die Hofeinfahrt hinunter. Eigentlich seltsam, dachte Rangy, dass Bianca den Code immer noch nicht geändert hatte.
Rangy hatte das Wiedersehen mit seinen Kindern irgendwie immer wieder hinausgezögert, und er wusste auch warum. Sein enorm schlechtes Gewissen war trotz des wiederhergestellten Kontaktes zu Joey nicht weniger geworden. Ihm war zwar auch klar gewesen, dass er dieses Gefühl nicht damit loswerden würde, indem er das Unvermeidliche auf die lange Bank schob, und trotzdem hatte er es getan.
Gleichzeitig kam Rangy hier alles sehr vertraut und total fremd vor. Er bekam fast den Eindruck, dass das Leben, was er hier einmal geführt hatte, nur ein Traum gewesen wäre, oder

zumindest in einem anderen, früheren Leben stattgefunden hätte.
Dass zumindest Joey sich freuen würde ihn zu sehen, dessen war sich Rangy sicher, denn mit ihm hatte er ja in letzter Zeit wenigstens per Telefon ziemlich viel Kontakt gehabt, und Rangy wusste, dass Joey ihn zwar sehr vermisste, aber nicht mehr böse auf ihn war. Bei Elena und vor allem Kimberly konnte er das gar nicht einschätzen. Aus gegebenem Anlass ging Rangy stark davon aus, dass die beiden ihm nicht so wohlwollend zugetan waren, wie ihr Bruder. Kimberly hatte nicht ein einziges Mal zurückgerufen, geschweige denn mit ihm sprechen wollen, wenn er mal von der Ranch aus mit Bianca telefoniert hatte, und Elena ebenso.

Rangy klingelte, obwohl er ja immer noch einen Hausschlüssel besaß, aber irgendwie konnte er nicht einfach so die Tür aufsperren, das wäre dann so wie früher gewesen, aber es war eben nicht mehr so wie früher.
Bianca machte ihm auf und ließ ihn nach einem kurzen, aber freundlichen „Hallo!" herein.
Rangy sah sich sofort nach seinen Kindern um, aber es war seltsam still im Haus. Er befürchtete plötzlich, dass sie gar nicht hier waren, aber vielleicht hatten sie sich auch nur in ihre Zimmer verkrochen.

Bianca ging vor in die Küche, wo sie bereits zwei Gläser mit Wasser auf den Tisch gestellt hatte. Offenbar wollte sie, dass ihr Gespräch in der Küche stattfand, was Rangy sehr entgegenkam. In einer Küche fühlte sich Rangy meistens wohl, sie strahlte immer irgendwie eine besondere Art der Geborgenheit aus.
Rangy setzte sich einfach unaufgefordert an den Tisch und Bianca ihm gegenüber. Sie fragte ihn, ob er Kaffee, oder noch

etwas anderes außer Wasser trinken möchte, doch Rangy verneinte. Wasser war gut. Wasser schenkte ihm immer Klarheit, und irgendwie hatte er das untrügliche Gefühl genau diese heute ganz besonders zu brauchen.

Sie sahen sich eine kurze Weile in die Augen, bevor Bianca den Blickkontakt abbrach. Sein Blick berührte sie mehr, als sie gedacht hatte, und sie fand außerdem, dass er unverschämt gut aussah, viel zu gut, dafür, dass er sie verlassen hatte.
Für Bianca war das Fakt. Rangy hatte sie verlassen und nicht umgekehrt. Denn schließlich hatte er ihrem gemeinsamen Leben den Rücken zugekehrt, als er angefangen hatte sich unter die Homelessleute zu mischen. Zumindest war das ihre Sicht der Dinge, weswegen sie nun schlussendlich auch die Scheidung wollte. Sie fühlte sich immer noch hintergangen, obwohl sie gar nicht wusste, ob ihr Mann überhaupt noch etwas mit dieser heruntergekommenen Frau vom Strand am Laufen hatte. Wahrscheinlich nicht, vermutete sie, da Rangy ja über ein Jahr lang auf dieser Ranch gewesen war, was sie bis jetzt auch immer noch nicht verstanden hatte. Wie konnte er für pure Drecksarbeit auf einer Farm nur so leichtfertig seine erfolgreiche Schauspielerkarriere an den Nagel hängen? Sie konnte es einfach nicht nachvollziehen. Und dennoch spürte sie einen ziemlich heftigen Schmerz in ihrem Herzen, als Rangy ihr nun gegenübersaß und es ihm offenbar sehr gut ging. Sie wollte nicht fühlen, dass sie ihn vermisst hatte, und schon gar nicht wollte sie fühlen, dass sie ihn immer noch begehrte. Liebte sie ihn tatsächlich noch? Oder waren das nur die Erinnerungen an ihre gemeinsame Zeit, die sie gerade einholten und sentimental werden ließen?
Bianca nahm einen Schluck Wasser und stand auf, um die Papiere zu holen, die sie von ihrem Anwalt letzte Woche erhalten hatte.

„Wo sind die Kinder?", fragte Rangy dann endlich, nachdem er sich ebenfalls etwas mit der Situation akklimatisiert hatte. Auch er kämpfte mit aufkommenden Erinnerungen an ihre gemeinsame und meist schöne Zeit hier, und er fragte sich erneut, ob es nicht auch anders hätte gehen können. Aber als er Bianca in ihrem schicken, hautengen Designerkleid zurück zum Tisch gehen sah, wusste er wieder, dass es so wie es jetzt war genau richtig war. Sie sah zwar umwerfend sexy aus, und früher wäre er darauf sofort angesprungen, aber jetzt ließ es ihn, zu seiner eigenen Verwunderung, total kalt. Sie waren einfach zu verschieden.

Unwillkürlich musste er an Grainy denken. Er sah sie vor sich mit Sand in den Haaren und nach Salz schmeckend, wenn er sie küsste, nachdem sie im Meer gewesen waren, und er fand sie um so vieles attraktiver und schöner, einfach, weil sie im wahrsten Sinne des Wortes ungeschminkt und natürlich war. An Grainy war nichts Aufgesetztes, und nichts wonach sie strebte war gegen ihre Natur.

Rangy hatte zwar nicht das Gefühl, dass Bianca vollkommen gegen ihre Natur lebte, und dennoch kam sie ihm plötzlich wie eine Marionette vor, die alles tun würde, um im Filmbusiness weiterhin dabeizubleiben, und am besten noch bis ganz nach oben aufzusteigen. Rangy besaß diesen Ehrgeiz nur dahingehend, dass er einfach gute Arbeit machen wollte, wenn er etwas zugesagt hatte zu tun. Bianca war zu vielen Kompromissen bereit, und sie ging ständig welche ein, das kannte er noch zu gut aus ihrem gemeinsamen Leben, und er hatte sich ja damals schon recht schwer damit getan. Er hoffte nur, dass es Bianca gut ginge, und dass sie wirklich glücklich war. Doch Bianca zeigte es ihm nicht. Sie setzte ihre professionelle Schauspielermaske auf, und Rangy kam sich vor wie in der Grundschule, wenn er zum Rektor zitiert worden war, weil er etwas angestellt hatte.

Bianca setzte sich wieder und schob ihm den Umschlag entgegen. „Das ist ein Entwurf für unsere Scheidung. Mein Anwalt hat sich schon mal darum gekümmert. Ich hoffe, das ist in Ordnung für dich!", sagte Bianca erklärend dazu.
„Wo sind die Kinder?", wiederholte Rangy seine Frage, denn er hatte sich so sehr auf sie gefreut und wollte sie unbedingt heute alle sehen. Er sah Bianca an. Sie atmete durch und antwortete ihm: „Elena ist bei einer Freundin. Joey musste zum Training, aber du kannst ihn nachher abholen, wenn du Zeit hast. Und Kimberly... sie... sie will dich nicht sehen!"
Rangy holte tief Luft und stand auf. Er ließ den Umschlag ungeöffnet auf dem Tisch liegen und ging hinaus auf die Terrasse.
Bianca folgte ihm und legte ihre Hand auf seinen Arm. „Was hast du erwartet? Du hast sie verlassen! Du hast uns verlassen! Hast du wirklich geglaubt deine Kinder würden das alles jetzt vergessen haben und dir hier freudestrahlend um den Hals fallen? Rangy, hör auf zu träumen! Daran bist du ganz alleine schuld! Alles könnte noch so schön sein wie früher, wenn du nicht zu diesem elenden Pack an den Strand gegangen wärst. Aber du musstest das ja anscheinend ganz unbedingt tun. Du hast alles kaputt gemacht! Ich weiß nicht, warum Joey nicht mehr sauer auf dich ist. Aber Kimberly wird das nicht so schnell vergessen können, wenn überhaupt! Und ich auch nicht! Du hast dein Leben weggeschmissen für nichts! Sag mir, hat es sich gelohnt? Hm? War es das wert, diese Drecksarbeit auf der Farm? Und das Leben am Boardwalk? Unter all diesen stinkenden Taugenichtsen?". Bianca war ungewollt etwas in Fahrt geraten, was ihr unverblümt zeigte, wie wütend und enttäuscht sie eigentlich immer noch war. Sie wollte eigentlich noch viel mehr sagen, und hatte dafür auch schon Luft geholt, doch Rangy löste sich aus der mittlerweile recht festen Umklammerung ihrer Hand und ging wieder hinein.

Im Stehen riss er den Umschlag auf und überflog erst was darin stand, doch als er kapierte, dass Bianca das alleinige Sorgerecht einforderte, setzte er sich und fing noch einmal von vorne an. Diesmal allerdings las er langsamer und machte nach jedem Satz eine Pause, bis er sicher war jeden Punkt komplett verstanden zu haben.

Bianca hatte sich in der Zwischenzeit auch wieder hingesetzt und sah ihn nun erwartungsvoll an. Nicht, dass sie davon ausging er würde das mit dem alleinigen Sorgerecht gleich schlucken, doch sie war fest davon überzeugt, dass das die beste Lösung wäre. Die Kinder könnten ihn ja sehen wann immer sie wollten und umgekehrt ebenso, nur mit dieser Regelung wäre Rangy frei das zu tun wonach ihm ist, und er bräuchte keine Rücksicht mehr auf seine Kinder zu nehmen, was er ja in der letzten Zeit auch nicht getan hatte.

„Niemals unterschreibe ich das! Du hast sie ja nicht mehr alle!", war Rangys erster Kommentar zu dem Schreiben, nachdem er es fertig durchgelesen hatte. „Aber das wäre das beste für uns alle! Die Kinder sind sowieso bei mir. Du kannst sie sehen so oft du willst, und du wärst frei. Dann kannst du deine Ranch betreiben wo auch immer das sein mag!", sagte Bianca so sachlich, als wäre sie die Anwältin.

Rangy sah seiner Noch-Ehefrau in die Augen und fragte sich, ob sie womöglich recht damit hatte, dass er alles kaputt gemacht hätte. Auf jeden Fall hatte er gehörig dazu beigetragen, das war nicht von der Hand zu weisen, und er wurde plötzlich müde. Die ganze Situation überforderte ihn irgendwie, und er fühlte sich plötzlich unfähig überhaupt nur einen Schritt weiter zu denken.

Ansonsten war der Vertrag eigentlich in Ordnung. Sie würden auf gegenseitige Unterhaltszahlungen verzichten, und der Betrag, den er für die Kinder zahlen müsste, empfand er zwar als hoch, aber dennoch angemessen. Allerdings bedeutete das auch, dass seine Ranch schnell Gewinne einfahren müsste, sollte er sich nur auf diese Einnahmen verlassen. Dann fiel Rangy das Filmprojekt wieder ein, und er fühlte sich plötzlich aufgrund der finanziellen Zukunft fast dazu gezwungen diesen Film zu machen.

„Kann ich den Entwurf mitnehmen? Ich muss in Ruhe darüber nachdenken! Wann ist das Training denn zu Ende?", fragte Rangy und sah auf die Uhr. „Klar, den kannst du mitnehmen. Willst du einen eigenen Anwalt? Das Training ist in einer Stunde zu Ende." „Nein, ich denke, falls wir uns einig werden, dann brauche ich keinen Anwalt. Du hörst von mir!", sagte Rangy und stand auf, um zu gehen.

Für heute gab es nichts weiter zu bereden, und er war froh, als die Tür hinter ihm ins Schloss fiel.

Als Rangy kurz darauf die Straße hinunter in Richtung Stadt fuhr, schossen ihm ein paar Tränen in die Augen und er musste kurz anhalten, weil sie ihm die Sicht verschleierten. Er fand das Ganze nur schrecklich, vor allem die Sache mit seinen Kindern.

Und wenn er ehrlich zu sich selbst war, gab es durchaus einen großen Anteil in ihm, der das Zusammenleben mit Bianca auch sehr geliebt hatte.

Als Joey ihm wenig später nach dem Training dann voller Freude um den Hals fiel, war Rangy so erleichtert, dass ihm erneut ein paar Tränen die Wangen herunterliefen.

*

An diesem Abend musste er sich betrinken, und das tat er dann auch. Rangy hatte noch mehrmals versucht Kimberly zu

erreichen, aber sie erwiderte seinen Anruf kein einziges Mal. Nachdem er seiner Tochter dann zum x-ten Mal auf die Mailbox gesprochen hatte, gab er es für heute auf.
Grainy war bei ein paar Freundinnen zum Kartenlegen eingeladen, und somit war Rangy allein, was ihm aber heute gerade recht kam. Es gab so vieles über das er nachdenken, und vor allem nachfühlen musste, und dazu war er eh lieber alleine.
Rangy zog sich mit Whisky und Bier an den Strand zurück, setzte sich in den Sand und öffnete eine Dose. Nach einer Weile legte er sich auf den Rücken und sah in den schon fast dunklen Himmel hinauf. Sterne konnte er noch keine erkennen, aber der Mond leuchtete schon ziemlich hell über seinem Kopf. Noch ein paar Tage, dann ist er voll, dachte Rangy und nahm noch einen Schluck.
Er wusste gar nicht über was er zuerst nachdenken sollte. Über das Filmprojekt, oder die Situation mit seiner Familie, oder darüber, was er denn nun in Zukunft genau machen wollte. Irgendwie hatte ihm das Treffen mit Bianca ziemlich zugesetzt, obwohl er zunächst nicht recht verstand, warum eigentlich. Allerdings musste er sich nach einer kurzen Zeit eingestehen, dass er trotz allem schon auch noch Gefühle für sie hatte, und er wusste nicht, ob das nun gut oder schlecht war. Bald jedoch entschied er sich dafür, dass er es nicht beurteilen, sondern einfach als Tatsache hinnehmen und akzeptieren sollte. Immerhin hatte er sie ja wirklich einmal sehr geliebt und war mit ihr zusammen glücklich gewesen. Ihm wurde auf einmal klar, dass er das gemeinsame Familienleben ziemlich vermisste, und es schmerzte ihn zudem sehr, dass dies wohl nun unwiderruflich der Vergangenheit angehörte.
Bald würden sie geschieden sein, und seine Kinder sah er ja jetzt schon kaum mehr, was natürlich im letzten Jahr durch

seine Abwesenheit bedingt war, aber so oft wir früher würde er sie in Zukunft auch nicht mehr zu Gesicht bekommen, und erst recht nicht, sollte Bianca ihre Forderung nach dem alleinigen Sorgerecht durchsetzen können. Sie hatte ihm zwar vorhin mündlich zugesichert die Kinder so oft er wolle sehen zu dürfen, aber Rangy vermutete stark, dass das im Alltag nicht so leicht umzusetzen wäre. Außerdem hätte Bianca so immer ein äußerst wirksames Druckmittel gegen ihn, was zusammen mit ihrer Launenhaftigkeit kein Spaß werden würde. Sie hatte eindeutig die besseren Karten in der Hand, das war Rangy klar, und dies beunruhigte ihn so sehr, dass er davon Magenschmerzen bekam.

Um seinen Magen, beziehungsweise seine Nerven wieder etwas zu beruhigen, öffnete Rangy die Whiskyflasche und nahm einen großen Schluck daraus. Vorübergehend half das tatsächlich, aber schon bald erzeugten die sich in ihm auftürmenden Gedanken erneut für Unwohlsein.

Rangy versuchte alle Eventualitäten und Ideen, die er sich ausmalen konnte, durchzuspielen und abzuwägen, um herauszufinden, was das Beste für seine Kinder wäre, aber er musste immer wieder feststellen, dass er sich mit der vermeintlich besten Lösung, nämlich wieder komplett zu seiner Familie zurückzugehen, einfach nicht mehr arrangieren könnte, und außerdem würde Bianca ganz sicher nicht dulden, dass er in diesem Fall trotzdem weiterhin mit Grainy zusammenbliebe. Und Grainy würde das umgekehrt bestimmt auch nicht akzeptieren, was er nur zu gut verstehen könnte. Aber mit Bianca wieder ein Paar sein, das wollte Rangy erst recht nicht. Die Partnerschaft mit ihr war definitiv vorbei.

Dann überlegte er sich ein kleines Haus oder eine Wohnung in der Nähe zu kaufen oder zu mieten, damit die Kinder problemlos jederzeit zu ihm kommen könnten, doch irgendwie sträubte sich alles in ihm wieder dort oben zu

wohnen. Und dass Grainy mit ihm in ein Haus in den Hollywood Hills würde ziehen wollen, konnte sich Rangy auch nicht so recht vorstellen. Ebenso unmöglich war eine Farm in Montana oder sogar daheim in Australien. Das wäre auf die Dauer gesehen alles einfach viel zu weit weg von seinen Kindern.
Das ganze hin und her Überlegen ermüdete Rangy ziemlich, und die Wirkung des Alkohols machte es bald auch immer schwerer überhaupt einen klaren Gedanken zu fassen, weshalb er nach einer Weile aufgab und sich stattdessen daran machte das restliche, mitgebrachte Bier zu leeren. Er wollte sich schließlich auch nicht zu irgendeiner dieser eben durchgespielten Varianten zwingen, nur weil ihm gerade nichts Besseres einfiel. Klar waren momentan für ihn nur zwei Dinge: Er würde den Scheidungsantrag nur unterschreiben, wenn sie das Sorgerecht teilten, und er wollte Grainy nicht verlassen.

Am nächsten Morgen wachte Rangy mit einem gehörigen Kater auf, und als er sah, dass er auch den Whisky halb ausgetrunken hatte, wunderte ihn das überhaupt nicht. Aber irgendwie passte dieser Zustand zu seiner inneren Gemütsverfassung, weshalb er gar nicht erst Anstalten machte richtig aufzustehen. Kurz sah er um sich und pinkelte dann ungesehen im Sitzen in den Sand, danach öffnete er den Whisky und nahm einen Schluck, der ihn zwar kurz würgen ließ, aber dann den Kater tatsächlich etwas linderte. Schließlich legte er sich wieder hin und schlief nochmals ein.
Dann träumte er von seinem Großvater, wie er ihm als Vierjähriger damals das Reiten beigebracht hatte. Im Traum konnte Rangy sogar die Wiese riechen, über die er kurz darauf das erste Mal alleine galoppiert war, und er sah in die leuchtenden Augen seines Großvaters, als sie ein paar Jahre

später zusammen eine Rinderherde zusammengetrieben hatten.

Das Muhen, Schnauben und Getrappel der Rinder wurde plötzlich so laut in seinem Kopf, dass Rangy davon aufwachte. Kurz fragte er sich verwundert, wo die ganzen Rinder plötzlich waren, aber dann wurde ihm klar, dass er nur geträumt hatte und gerade in L.A. war, und nicht auf einer Farm, und schon gar nicht zu Hause in Australien.

Sein Großvater war schon vor einigen Jahren verstorben, und er fehlte ihm plötzlich so sehr, dass ihm kurz die Tränen in die Augen stiegen. Und nach kurzer Zeit stellte Rangy fest, dass er das ganze Leben auf der elterlichen Farm vermisste, und er hatte auf einmal eine ungeheure Sehnsucht nach jener Farm, seinen Eltern, seinen Geschwistern und Freunden, den Tieren und Australien an sich, dass es ihn fast überwältigte.

Rangy schob diesen Gefühlsausbruch auf den Kater und den Alkohol zurück, obwohl er wusste, dass das nicht die Ursache war. Und dann wurde ihm die dritte Sache klar: Er musste auf einer Farm leben, komme was da wolle. Dort gehörte er einfach hin. Diese Erkenntnis hatte er zwar ansatzweise schon öfter gehabt, aber jetzt war sie unumstößlich geworden. Er spürte es glasklar und überdeutlich, und dennoch führte es seltsamerweise nicht zu der erwartungsgemäßen Erleichterung, die mit wahrhaftigen Erkenntnissen normalerweise einherging.

Etwas mühsam erhob sich Rangy dann, zog sich aus und ging ins Wasser. Das kühle Nass erfrischte ihn und scheuchte den üblen Kater etwas zur Seite. Kurz darauf schnappte er seine Sachen, ging zunächst zu einem der vielen umherstehenden Mülleimern und warf die leeren Dosen weg.

Danach suchte er Grainy, und nachdem er sie schließlich gefunden hatte, lud er sie zum Frühstück ein, was sie hocherfreut annahm.

Sie liebte Frühstück.

Als wenig später der Produktionsleiter anrief und fragte wo er denn bleiben würde, fiel Rangy siedendheiß wieder ein, dass heute eigentlich der Termin im Studio war. Er sprach nicht lange um den heißen Brei herum und sagte, dass er momentan viel um die Ohren hätte und den Termin schlicht und einfach vergessen habe. Der Produktionsleiter versuchte Rangy für morgen zu einem neuen Termin zu überreden, doch Rangy lehnte ab. Er konnte sich jetzt überhaupt nicht darauf konzentrieren, und er sagte dem Produktionsleiter, dass er sich bei ihm melden würde, sobald er wüsste, ob er den Film überhaupt machen wollte. Außerdem sprach er ihm ein Verbot darüber aus, die Story anderweitig zu benutzen oder sie mit jemand anderem zu verfilmen. Etwas mürrisch zeigte sich der Produktionsleiter dann schließlich zwangsläufig einverstanden, und bat Rangy dennoch sich zeitnah Gedanken zu machen.
Rangy fragte ihn allerdings noch wie sie denn eigentlich überhaupt darauf gekommen wären einen Film über ihn und den Boardwalk zu machen, und zu seiner großen Erleichterung war der Auslöser offenbar tatsächlich nur die Sache gewesen, dass er einer Obdachlosen aus der U-Haft geholfen hatte. Anscheinend hatten sie wirklich keine Ahnung davon, was noch alles passiert war.

Grainy, die das Gespräch unweigerlich mitgehört hatte, sah erleichtert aus, dass Rangy das Projekt zumindest mal auf die lange Bank geschoben hatte. Nach kurzer Zeit war sie sich dann allerdings fast sicher, dass Rangy es eben eigentlich sogar abgesagt hatte. Dass er sich irgendwann wieder melden würde, hatte er dem Produktionsleiter bestimmt nur gesagt, um ihn nicht total zu verärgern.
Rangy registrierte sehr wohl, dass Grainy über diese Absage sehr froh war, was er ihr auch in keiner Weise übel nahm.

Rangy rief dann allerdings vorsichtshalber noch seinen Anwalt an, und bat ihn zur Sicherung der Rechte an seiner Geschichte ein Schreiben aufzusetzen, nicht, dass die Filmleute noch auf die Idee kämen, jetzt, da er sich so unentschlossen zeigte, womöglich eine ähnliche Geschichte basierend auf dieser Tatsache zu verfilmen.

*

Knapp eine Woche später, rief Kimberly dann endlich zurück. Sie war zwar recht kurz angebunden, aber Rangy freute sich so sehr ihre Stimme zu hören, dass es ihm egal war, wie sie drauf war. Leider konnte er seine Tochter noch nicht dazu bewegen sich mit ihm zu treffen, aber immerhin erlaubte sie es ihm wieder anzurufen.
Der Anfang war jedenfalls gemacht, und das gab Rangy einen enormen Auftrieb, was nicht nur Grainy freute. Bob musste auch jedes Mal grinsen, wenn er Rangy jetzt gutgelaunt pfeifen hörte, oder einfach nur in seine wieder strahlenden Augen sah. Dass Rangy die ganze Situation mit seinen Kindern sehr mitnahm, war Bob natürlich nicht entgangen, und er versuchte öfter mal mit Rangy darüber zu sprechen, was auch ab und zu funktionierte, aber Rangy war diesbezüglich nicht besonders gesprächig, was Bob auch durchaus verstehen konnte. Es gab ja leider auch nicht viel, was Rangy tun konnte, außer den Kindern Zeit zu geben. Umso mehr freute sich Bob nun mit ihm, dass es wohl auch mit Kimberly wieder eine Annäherung gab.
Bob hatte selbst auch Kinder, einen Sohn und eine Tochter. Sie waren längst erwachsen, und er kannte Rangys Schmerz nur zu gut. Seine damalige Frau, und Mutter seiner beiden Kinder, hatte ihm erfolgreich und postwendend das

Sorgerecht entzogen, als sie mitbekommen hatte, dass er nach ihrer Trennung auf dem Boardwalk lebte. Er durfte seine damals vier und sechs Jahre alten Kinder noch nicht einmal mehr ohne Aufsicht sehen. Nach wenigen Jahren hatten sie dann wohl gänzlich das Interesse an ihm verloren, jedenfalls hatte er sie seitdem nie wieder gesehen.
Bob trug immer noch ein paar, allerdings schon sehr verblasste und verknickte Fotos von seinen Kindern mit sich herum. Er sah sie sich nicht oft an, denn jedes Mal wenn er es tat, hatte er das Gefühl zu sterben.

Bianca tauchte ein paar Tage später ganz unvermittelt erneut auf dem Boardwalk auf. Es war reiner Zufall, dass Rangy sie sah, denn er war eigentlich schon längst mit Grainy unter ihrer Baywatch Hütte verabredet. Doch er hatte sich mit Charlie verquatscht und stand deshalb noch mitten auf dem Windward Platz, als er Bianca entdeckte.
Völlig erstaunt ging Rangy zu ihr rüber, und Bianca musste, obwohl sie ihren Mann ja schon mehrmals in seinem verlotterten Look gesehen hatte, zweimal hinschauen, bis sie ihn erkannte.
„Himmel, wie siehst du denn aus!", sagte sie recht angewidert, und sie ärgerte sich erneut darüber, dass sie sich freute ihn zu sehen, und vor allem, dass sie ihn trotz allem am liebsten umarmt und geküsst hätte. Und noch mehr.
„Was machst du hier?", fragte Rangy, der überhaupt keine Lust hatte auf ihren Kommentar einzugehen. „Ich wollte mit dir über das Sorgerecht sprechen.", erklärte Bianca ihr Kommen, und bereute es schon fast wieder hierher gekommen zu sein. Sie hätte Rangy doch besser anrufen, und

ihn nach Hause bitten sollen, in ihre gewohnte und vor allem saubere Umgebung.

„Du hast Glück, dass ich noch hier oben bin. Bin eigentlich schon weg. Wieso hast du nicht angerufen?" Rangy konnte es immer noch nicht recht fassen, dass Bianca tatsächlich jetzt gerade neben ihm stand. Bianca sah sich kurz um. „Können wir woanders hingehen, wo wir nicht so auf dem Präsentierteller sind wie hier? Die Leute schauen schon..." Bianca rückte ihre Sonnenbrille zurecht und versuchte ruhig zu bleiben. Rangy nickte nur, und sie gingen ein wenig den Strand hinunter.

An einer Stelle, die im Moment jedenfalls noch recht menschenleer war, zog Rangy seinen Pulli aus und legte ihn auf den Sand. Mit einer Handbewegung lud er Bianca ein sich zu setzen, was sie schließlich auch nach kurzem Zögern tat, denn ihr Blick hatte sich zunächst auf Rangys nackter, brauner Haut festgeheftet, und sie brauchte erst einen Moment um sich wieder zu sammeln.

Rangy setzte sich neben ihr in den Sand und holte aus seiner Hosentasche einen Joint heraus. Bianca sah ihm entsetzt dabei zu wie er diesen anzündete und daran zog. Als er ihr wenig später den Joint herüberreichte, starrte sie ihn zunächst sprachlos an, so als ob sie ihm damit sagen wollte, wie er nur um alles in der Welt auf so eine irrsinnige Idee kommen konnte. „Na komm schon, zieh mal, dann entspannst du dich etwas!", munterte Rangy sie jetzt auch noch dazu auf an dem Ding zu ziehen, der sich von ihrer ablehnenden Reaktion offenbar gar nicht beeindrucken ließ.

Nach einer Weile gab Rangy schließlich auf und rauchte den Joint alleine weiter. Dann eben nicht, dachte er dabei, und wünschte sich, Bianca würde einmal locker lassen und die Kontrolle aufgeben. Aber da könnte er wohl bis in alle Ewigkeit warten, fügte Rangy seinem Gedanken noch hinzu

und sah sie an. „Hast du es dir nun anders überlegt? Teilen wir uns das Sorgerecht?" Rangy sprach gleich aus, um was es wohl ging. Er mochte es nicht, wenn sich unangenehme Dinge, die zu klären waren, unnötig lange hinauszögerten.
Bianca erwiderte seinen Blick und verlor sich für Sekunden in seinen tiefblauen Augen, bevor sie antwortete: „Ich habe mit Kimberly gesprochen. Sie sagte mir, dass ihr telefoniert hättet. Sie hat mich gefragt, wie das denn nun alles weitergehen würde, und ich habe ihr von meinen Plänen erzählt, auch vom alleinigen Sorgerecht. Ich habe ihr erklärt, dass das so für alle das Beste wäre, weil du ja noch gar nicht wissen würdest, wo du in Zukunft leben wirst!".
Als Bianca geendet hatte, konnte sie den tiefen Schmerz darüber sofort in Rangys Gesicht lesen.
Und Rangy glaubte erst gar nicht, was er da hörte. Konnte es tatsächlich sein, dass Bianca anfing ihre Schwerter gegen ihn auch noch vor den Kinder genüsslich zu schärfen?
Doch zu weiteren Gedanken kam Rangy nicht, denn der wie aus dem Nichts plötzlich aufgetauchte Paparazzo forderte im Handumdrehen seine ganze Aufmerksamkeit. Der Mann hatte schon im Herannahen zig Fotos geschossen, und nun stand er Rangy und Bianca gegenüber und hielt ihnen das Objektiv ins Gesicht.
Geistesgegenwärtig steckte Rangy den Joint sofort in den Sand und konnte jetzt nur hoffen, dass dieser nicht auf einem der Bilder zu sehen war.
Im Nu war Rangy dann auf den Beinen und scheuchte die aufdringliche Nervensäge laut brüllend davon, was natürlich für rasches Aufsehen am Strand sorgte. Einige Leute starrten bald neugierig herüber und versuchten herauszufinden, was da vor sich ging. Manche filmten die Szenerie einfach mal prophylaktisch, auch wenn sie Rangy und Bianca nicht unmittelbar erkannt hatten.

Bianca war inzwischen auch aufgestanden und sah Rangy hinterher, wie er dem respektlosen Fotografen noch ein paar derbe Wörter nachrief. Rasch hob sie sogleich den Kapuzenpulli auf, allerdings nur mit zwei Fingern, denn ein wenig ekelte sie sich schon vor dem für sie augenscheinlich völlig verdreckten Ding, und legte ihn Rangy über die Schulter. Dann griff sie nach seinem Arm und zog ihn mit sich fort.
Schnellen Schrittes verließen sie den Ort und gingen auf Biancas Wunsch hin, ein gutes Stück weiter den Strand hinauf in Richtung Marina del Rey, wo nicht so viel los war. Rangy gefiel das zwar nicht so besonders, denn Grainys und seine Baywatchhütte befand sich nun ganz in der Nähe, und er wollte irgendwie nicht, dass Grainy ihn zusammen mit Bianca sah. Er wollte keinen unnötigen Stress, und da er ja eigentlich jetzt gerade mit Grainy dort verabredet war, sorgte er dafür, dass Bianca nicht zu weit in ihre Richtung lief. Deshalb blieb er irgendwann stehen.
„So ein verdammter Mist! Diese verfluchten Arschlöcher!", bemerkte Rangy immer noch wütend, bevor er seinen Pulli wieder anzog.
Es musste an Bianca gelegen haben, dass sie entdeckt worden waren, denn das war ihm in der ganzen Zeit, die er nun schon am Boardwalk verbracht hatte noch nie passiert. Anfangs hatte er ja ständig aufgepasst und jede Sekunde nach Paparazzi Ausschau gehalten, aber mittlerweile hatte er sie hier jedenfalls schon fast vergessen gehabt.
Bianca setzte ihre Sonnenbrille ab und sah ihn an. „Schon gut, vor denen ist man nirgends wirklich sicher. Ich denke, er hat uns erkannt, weil wir zusammen hier sind.", bemerkte sie, und sie wunderte sich, dass sie über den Vorfall eben nicht völlig verärgert war. Sie fand es sogar irgendwie witzig und konnte sich ein Grinsen nicht verkneifen. Vielleicht, so dachte sie

bald, war das aber auch nur der sogenannte Galgenhumor, der sich ihrer gerade bemächtigt hatte.

Rangy sah sie verwundert an. „Was ist? Findest du das etwa lustig?" Bianca schluckte. „Ich weiß auch nicht, aber ja, irgendwie ist es das doch auch, oder?"

Ihr war durchaus bewusst, dass sie die Schlagzeilen nachher mit Sicherheit überhaupt nicht lustig finden würde, und ebenso graute es ihr schon davor, was ihre Filmkollegen über die Bilder sagen, und noch viel schlimmer, denken würden. Sie würde sich vor allem dafür rechtfertigen müssen, dass sie sich mit ihrem Noch-Ehemann getroffen hatte. In Scheidungsangelegenheiten war es in ihren Kreisen nicht unbedingt üblich sich noch persönlich zu treffen, und schon gar nicht in aller Öffentlichkeit, das regelten dann immer ausschließlich die Anwälte. Dass ihr Mann mit braungebranntem, nacktem Oberkörper, nur mit einer schmuddeligen Jogginghose bekleidet, dazu unrasiert und mit von Salzwasser und Sonne zerzausten Haaren nun bald überall auf den Titelseiten der Klatschpresse und im Internet zu sehen wäre, war für Bianca allerdings weit aus schlimmer zu ertragen. In Kürze schon würden sich alle darauf stürzen, um herauszufinden was hinter diesem befremdlichen Outfit ihres Mannes steckten könnte, denn es war nicht zu übersehen, dass Rangy Turner den heruntergekommenen und verwahrlosten Obdachlosen hier am Boardwalk mittlerweile mehr als nur ähnlich sah. Die Presse hatte nun ein Leichtes eins und eins zusammenzuzählen. Ein erfolgreicher Schauspieler, der jetzt auf der Straße lebte, war ja geradezu ein gefundenes Fressen für sie. Zudem würde durch Rangys sozialen Abstieg unweigerlich nun auch Biancas Ruf ins Wanken geraten, und sie fing schon jetzt an sich fremd zu schämen.

Kurz dachte sie zynisch, dass es ihrem Mann ja eigentlich recht geschehen würde, wenn er mit diesem dämlichen Joint in

der Hand auf den Bildern zu sehen wäre, aber sie war sich fast sicher, dass Rangy dieses Ding rechtzeitig ausgemacht, und der Paparazzo ihn nicht entdeckt hatte, als er sich von hinten heranpirschte.
Bianca betete nur, dass Rangy, sollte er von irgendwelchen Presseleuten zu diesem Vorfall befragt werden, nicht erwähnen würde, dass sie ihn in diesem Zusammenhang vor die Tür gesetzt, und auch Blake ihn deshalb fristlos entlassen hatte. Zum Glück war von dieser Sache damals überhaupt nichts an die Öffentlichkeit geraten, was aber eher daran gelegen hatte, dass die Produzenten jegliche Negativschlagzeilen vermeiden wollten, und einen Schauspielerwechsel gab es hier und da durchaus schon mal. Dass Bianca und Rangy seit einiger Zeit getrennt lebten, war zwar mittlerweile unter ihren Freunden und auch den Filmleuten bekannt, doch außer den Schlagzeilen damals, als Rangy diese Drogensüchtige aus der U-Haft geholt hatte, war ja ebenso glücklicherweise nichts Weiteres aus ihrem Privatleben nach außen gedrungen.
„Dir ist schon klar, was da in ein paar Stunden im Netz herumgehen wird, oder?", fragte Rangy, und er fand das alles in keiner Weise spaßig. Er verstand auch gar nicht, warum Bianca das gerade jetzt lustig fand. Aber er war sich sicher, dass ihre gute Laune darüber sofort verfliegen würde, sobald das erste Foto und die dazugehörige Schlagzeile veröffentlicht war. Rangy wurde es schon bei seinen ersten Vermutungen darüber, was dies nun alles für einen Dominoeffekt auslösen könnte, schlecht, und an das, was es für ihn und sein bisher ruhiges Leben auf dem Boardwalk bedeuten könnte, dachte er dabei noch gar nicht. Klatsch und Tratsch war unberechenbar. Manchmal wurden die schlimmsten Gerüchte in die Welt gesetzt und im Anschluss passierte rein gar nichts, und

manchmal reichte schon ein harmloses Wort aus, um eine Katastrophe auszulösen.
Da klingelte Biancas Handy, was dazu führte, dass sie noch während dem Telefongespräch sehr schnell aufbrach, und Rangy am Strand allein zurückließ. Sie hielt es außerdem für besser, jetzt nicht noch einmal die Gefahr einzugehen zusammen gesehen zu werden, was sie Rangy aber aufgrund des Telefonats nicht mehr mitteilte.

Rangy sah seiner Noch-Ehefrau mit gemischten Gefühlen hinterher, und er war sich ganz und gar nicht sicher, ob sie überhaupt jemals noch mit ihm sprechen würde, wenn sie in ein paar Stunden schon Rede und Antwort für ihren Ausflug zu ihm nach Venice Beach würde stehen müssen. Rangy brauchte kein Hellseher zu sein, um zu wissen, dass nicht nur die Presse Bianca auf sein Aussehen hin ansprechen würde. Bianca hatte ihm zwar eben kurz vor ihrem fast überstürzten Aufbruch noch gesagt, dass sie bereit wäre gegebenenfalls nochmal über das Sorgerecht zu reden, sollte er sich dazu entscheiden in L.A. zu bleiben und außerdem eine ihrem Status angemessene und kindgerechte Behausung zu beziehen, sowie jegliche Boardwalkbesuche zu unterlassen. Doch Rangy beschlich diesbezüglich nur ein äußerst beklemmendes Gefühl, was ihn nervös werden ließ, denn er war sich ziemlich sicher, dass er das so nicht tun würde, und eine Ranch in L.A. konnte er sich auch nicht vorstellen, obwohl es in der Umgebung durchaus Farmen gab. Aber Rangy wollte Gras, saftiges, grünes Gras für seine Tiere, und das gab es hier nicht. Und wie Bianca überhaupt auf sein Vorhaben mit der Ranch reagieren würde, konnte er sich an einem Finger abzählen.
Außerdem war Rangy sehr verärgert darüber, dass Bianca Kimberly über solch heikle Themen ihrer Trennung in

Kenntnis setzte, die ja im Detail noch überhaupt nicht beschlossene Sache waren.

Den restlichen Tag lang überlegte Rangy dann, ob er Bianca anrufen sollte, um sie um ein erneutes Gespräch in aller Ruhe und fernab von Venice Beach und irgendwelchen Paparazzi zu bitten, aber irgendwie konnte er sich nicht dazu durchringen.
Gegen Abend schaute er dann im Internet nach, was die Klatschpresse gepostet hatte, und ihm wurde übel.
Groß und breit hatten sie nun in die Welt hinausposaunt, dass er, Rangy Turner, auf dem Boardwalk lebte und zudem äußerst aggressiv und gewaltbereit wäre. Auch wenn diese Fotos kein eindeutiger Beweis dafür waren, so war doch sein Erscheinungsbild ziemlich eindeutig. Seine Welt war entdeckt worden. Sein sicherer Rückzugsort war nun einem Marktplatz gewichen. Und um das Ganze zu toppen, stellten sie außerdem die ungeheuerliche Frage in den Raum, ob Bianca ebenfalls heimliche, kriminelle Machenschaften mit dem Obdachlosenmilieu hätte.
Rangy versuchte krampfhaft irgendwie seine Gedanken zu beruhigen, aber sie jagten ihm ein Horrorszenarium nach dem anderen durch den Kopf, wie er von nun an von Paparazzi und Fans auf dem Boardwalk verfolgt werden würde. Wie Bianca auf all das nun reagieren könnte, wollte er sich jetzt lieber nicht vorstellen, ihre gute Laune war allerdings mit Sicherheit verflogen.
Das einzig Gute war, dass er auf den Bildern seinen Kapuzenpulli nicht anhatte. Vielleicht würde dieser ihn nun retten. Er musste nur leider ab sofort wieder höllisch aufpassen nicht entdeckt zu werden, was ihm jetzt schon tierisch auf die Nerven ging.

Und dann wurde ihm langsam aber sicher klar, dass sein Filmprojekt, sollte er es doch irgendwann einmal machen, nun eine ganz andere Dimension annehmen würde.

*

Elena war die erste ihrer drei Kinder, die den Bericht entdeckt hatte. Entsetzt kam sie mit ihrem Laptop in der Hand die Treppe heruntergestürzt und stellte diesen ihrer Mutter, die schon wie versteinert am Küchentisch saß, direkt vor die Nase. Bianca hatte ihren Laptop bereits etwas zur Seite geschoben, und das Telefon klingelte ohne Unterlass. Genervt griff sie schließlich danach und stellte es stumm.
„Ich weiß!", sagte sie nur zu ihrer Tochter, und Elena setzte sich ihr gegenüber. Doch noch bevor Bianca weiter mit ihrer Tochter sprechen konnte, leuchtete ihr Handy erneut auf, aber dieses Mal ging sie dran, denn es war ihr Anwalt.
Unmissverständlich teilte der Anwalt Bianca mit, dass sogar das Jugendamt bereits auf ihre Situation aufmerksam geworden sei, und es äußerst wahrscheinlich wäre, dass das Amt in den kommenden Tagen gezielte Nachforschungen anstellen würde, um die aktuelle Familiensituation zu beurteilen. Der Anwalt ging berechtigterweise davon aus, dass das Jugendamt keinen Unterschied zwischen Rangy Turner und irgendeinem anderen Obdachlosen in der Stadt machen würde. Auch wenn diese Fotos nichts zu hundert Prozent beweisen würden, so war doch davon auszugehen, dass das Jugendamt der Möglichkeit nachginge, dass Bianca offenbar Kontakte zu diesem kriminellen Obdachlosenmilieu pflegte, und deshalb Mitarbeiter vorbeischicken würde, um die Sicherheit der Kinder in ihrem Haushalt zu überprüfen. Und Bianca sollte zudem bedenken, dass Obdachlose nicht nur für

das Jugendamt generell als asoziale Straftäter galten. Sollte es sich also herausstellen, dass ihr Mann tatsächlich auf dem Boardwalk lebte, könnte es für sie recht schwierig werden, da sie dann wahrscheinlich beweisen müsste, dass sie in keine kriminellen Machenschaften verwickelt wäre. Die Sache würde natürlich ganz anders aussehen, wenn sie bereits geschieden wäre, aber so war davon auszugehen, dass sie Kontakt zu ihrem Mann hatte, was durch die Fotos ja auch dokumentiert war. Der Anwalt redete nicht um den heißen Brei herum, als er Bianca noch mitteilte, dass sie im schlimmsten Fall sogar damit zu rechnen habe, ihre Kinder in die Obhut des Jugendamtes übergeben zu müssen, zumindest solange, bis die Umstände genauestens geklärt wären.

Biancas Kopf war von jetzt auf nachher wir leergefegt. Sie verstand überhaupt nicht, warum sich jetzt plötzlich das Jugendamt einmischte. Sie hatte sich gestern einfach bloß mit ihrem Ehemann am Strand getroffen, mehr war doch gar nicht passiert.
Die Presse hatte, um ihre ganzen Unterstellungen glaubhafter zu machen, nur die Fotos ausgewählt, auf denen Rangy die Paparazzi aufgebracht verjagt und beschimpft hatte. Zum Glück war wenigstens von dem Joint weit und breit nichts zu sehen. Nicht auszudenken, was das noch für Kreise gezogen hätte. Bianca sah auf den Bildern etwas verängstigt aus, was zwar tatsächlich der Wirklichkeit entsprochen hatte, aber nicht wegen Rangys angeblich unkontrolliert aggressiven Verhaltens, wie es die Presse ihr in dem anschließend kurzen Artikel unterstellte, sondern aufgrund des unverschämt aufdringlichen Paparazzo. Aber dafür war die Klatschpresse ja bekannt, dass sie die Tatsachen verdrehte und alles so zusammenschusterte wie es ihr verkaufstechnisch am besten in den Kram passte.

Bianca konnte es nicht fassen, dass sie jetzt womöglich auch noch Angst davor haben musste ihre Kinder zu verlieren.

„Was hast du denn jetzt vor?", fragte Elena dann entsetzt nach einer Weile des Schweigens, nachdem Bianca ihr erzählt hatte, was der Anwalt ihr soeben mitgeteilt hatte. Bianca zuckte mit den Schultern. „Keine Ahnung! Ich hoffe jetzt einfach nur, dass das Jugendamt sieht, dass hier alles in Ordnung ist!"
Elena stand auf und nahm ihre Mutter in den Arm. „Ganz bestimmt wird alles gut! Wir sind ja auch noch da, und wir werden denen schon sagen, dass wir hier nicht weggehen werden!", versuchte Elena ihre Mutter zu beruhigen, obwohl sie es selbst gar nicht mehr war. Die Vorstellung, dass ihre Familie noch mehr auseinandergerissen werden könnte, schnürte ihr die Kehle zu.
Bianca sah ihre Tochter an. „Hoffentlich hast du Recht!", murmelte sie, und holte sich und Elena ein Glas Wasser.

Diesen Abend würde Bianca so schnell nicht vergessen, denn kurze Zeit später saßen sie und ihre drei Kinder zusammengerückt auf dem Sofa und versuchten dem Inhalt einer Comedyserie zu folgen, was aber keinem richtig gelang.
Spät in der Nacht dann, nachdem Bianca schon unzählige, gescheiterte Versuche hinter sich hatte Schlaf zu finden, stand sie auf und ging wieder hinunter. Sie schenkte sich ein Glas Rotwein ein und setzte sich damit wieder aufs Sofa.
Und dann kam ihr eine Idee. Sie überlegte zwar noch ein wenig hin und her, ob ihr eventuell noch etwas Besseres einfallen würde, aber sie hatte eigentlich sofort gewusst, dass es keine bessere Möglichkeit gab, ja, sie war sogar nahezu perfekt. Es gab nur einen kleinen Haken an der Sache, Rangy müsste mitspielen, und sie war sich überhaupt nicht sicher, ob er das tun würde, vor allem nachdem sie ihm heute wegen

dem Sorgerecht das Messer nochmals so derbe auf die Brust gesetzt hatte.
Doch dann nahm sie allen Mut zusammen und rief Rangy an. Sie konnte unmöglich noch höflich bis zum nächsten Morgen damit warten, der ja eh nicht mehr weit war. Schließlich ging es um ihre Kinder, da war alles andere nicht mehr so wichtig.

Rangy fuhr aus dem Schlaf hoch, der eh nicht sonderlich tief, und von Paparazzi-Albträumen durchsiebt gewesen war, als sich sein Handy meldete. Kurz musste er es erst suchen, und dabei bemerkte er erleichtert, dass Grainy offenbar davon nicht aufgewacht war. Als Rangy sah, dass Bianca ihn anrief, stand er schnell auf und ging etwas abseits, bevor er ihren Anruf entgegennahm.
Bianca schilderte Rangy dann kurz, was der Anwalt ihr gesagt hatte, und dass sie nun befürchten musste das Jugendamt könnte ihr sogar die Kinder wegnehmen, nach alldem, was die Klatschpresse aus ihren Fotos gemacht hatte.
Rangy hörte ihr total geschockt zu, und seine Abneigung gegen das Filmgeschäft wuchs augenblicklich ins Unermessliche.
„Du musst wieder nach Hause kommen! Hörst du? Rangy, das ist die einzige Möglichkeit das Jugendamt zu überzeugen, dass das alles nur Humbug ist, was die geschrieben haben!", hörte Rangy Bianca dann noch sagen, und er dachte erst, er hätte sich verhört.
„Was? Was meinst du?", fragte Rangy dennoch, aber seine Gedanken überschlugen sich fast, und er musste sich setzen.
Er konnte einfach nicht verstehen, warum es überhaupt Leute gab, die solche erfundenen Geschichten über ihre Stars gerne lasen. Wie es ihren angeblich so heißgeliebten Idolen damit ging, war ihnen dabei offenbar vollkommen egal. Und dass es diesen Arschlöchern von Paparazzi dreimal scheißegal war,

was sie den Prominenten damit antaten, wenn sie ihre Bilder an die Klatschpresse verkauften, verachtete Rangy in diesem Moment noch tausendmal mehr, als vorher schon. Er wusste natürlich auch, dass es einige unter seinen Ex-Kollegen gab, die ebenso auf solch schlechte Publicity standen, ja, die diese sogar regelmäßig mit Absicht selbst heraufbeschworen und einfädelten. Manche bezahlten die Paparazzi sogar dafür. Hauptsache im Gespräch bleiben, war deren Devise, und dass sie dabei das Leben der anderen Prominenten, die so etwas komplett ablehnten, durch ihr erbärmliches Verhalten mit in den Dreck zogen, war ihnen ebenso gleichgültig. Dass in diesem Fall auch die Obdachlosen durch üble Nachrede und miese Vorurteile weiter geschädigt wurden, kümmerte anscheinend auch niemanden. So viele Narzissten auf einem Haufen wie in der Filmbranche hatte Rangy sowieso noch nirgends erlebt.

„Rangy, bitte, komm nach Hause!", drang es dann wiederholt an sein Ohr, was ihn aus den Gedanken holte.

„Bianca, lass uns gleich in Ruhe darüber reden. Ich bin in einer Stunden bei dir, ok?" Rangy hörte, wie Bianca erleichtert ausatmete. „Danke! Ok, dann bis gleich!", sagte sie noch, bevor sie auflegte.

Anschließend lehnte Bianca ihren Kopf an die Lehne und nach ein paar Minuten fiel sie in einen erschöpften Schlaf.

Der Duft von frischem Kaffee ließ Bianca aufwachen, und als sie Rangy erblickte, der ihr eine der beiden Kaffeebecher unter die Nase hielt, hätte sie heulen können. Fast hätte sie ihn automatisch an sich gezogen und geküsst. Aber sie tat es nicht.

Stattdessen setzte sie sich auf und sah, dass Rangy sogar den Frühstückstisch gedeckt hatte. Geschwind schaute sie auf die Uhr, es war kurz vor sieben Uhr früh. Gleich würden ihre Kinder runter kommen.
„Guten Morgen!", murmelte sie schläfrig und nahm dankbar den Becher entgegen. „Guten Morgen!", sagte Rangy, und es war sehr seltsam für ihn plötzlich wieder hier zu sein. Kurzzeitig erschien es ihm so, als wäre er nie fort gewesen, aber dieses Gefühl verflog ebenso schnell wieder wie es gekommen war.

Da kam Kimberly zur Tür herein, und blieb zunächst wie angewurzelt fast erschrocken stehen, als sie ihren Vater neben ihrer Mutter am Sofa stehen sah. Doch dann waren plötzlich alle Wut und jeder Ärger wie weggeblasen, und wie auf Kommando liefen beide zugleich aufeinander zu, und Rangy fing seine Tochter auf und umarmte sie solange, bis sich ihrer beider Tränen wieder beruhigt hatten.
Bei Elena dauerte es etwas länger, jedoch konnte sie sich schließlich dann auch immer mehr darüber freuen, dass Rangy da war, und Joey sowieso.
Danach frühstückten sie gemeinsam, und Rangy genoss es sehr mit seinen Kindern zusammen am Tisch zu sitzen, auch wenn nur wenig Zeit blieb, denn morgens ging es ja hier immer etwas hektisch zu.

Das Klingeln des Chauffeurs schmerzte Rangy ziemlich, denn es bedeutete, dass die Kinder nun gleich alle zur Schule mussten, und er wusste ja nicht, wann er sie wiedersehen würde.
Am meisten freute sich Rangy jedoch darüber, dass das Eis zwischen Kimberly und ihm anscheinend gebrochen war, und sie ihm verziehen hatte, zumindest war sie auf dem besten

Weg dorthin. Rangy dankte ihr auch dafür, und Kimberly gab ihm sogar zum Abschied einen Kuss auf die Wange.
Dann waren Bianca und Rangy allein.
Bianca schlug vor draußen auf der Terrasse Platz zu nehmen, und Rangy hatte nichts dagegen. Ganz im Gegenteil, seit er im Prinzip die ganze Zeit draußen war, erschien ihm ein Haus viel zu eng, und er hatte das Gefühl dort nicht richtig atmen zu können.
„Jetzt erzähl mal in Ruhe!", forderte Rangy dann seine Frau auf, ihm das Ganze, was der Anwalt ihr gestern gesagt hatte noch einmal zu erläutern, nachdem sie sich an den runden mit kleinen Marmorsteinchen besetzten Tisch gesetzt hatten.
Und Bianca erzählte Rangy dann sehr ausführlich was los war.
„Du musst zurückkommen! Bitte, das ist unsere einzige Chance die Kinder zu behalten!", flehte Bianca schließlich zum Abschluss.
Rangy schluckte und hatte keine Ahnung, was er überhaupt vor der ganzen Jugendamtnummer halten sollte. „Vielleicht kommen die ja gar nicht. Hat sich das Amt denn schon gemeldet?", fragte Rangy dann. „Nein, noch nicht... Aber wie ich schon sagte, mein Anwalt meinte, dass das sehr wahrscheinlich sei, und auch, dass sie meist unangemeldet kämen." Bianca war sichtlich nervös, denn sie wippte mit einem Bein, was sie normalerweise bei anderen hasste, und früher hatte sie Rangy stets genervt darauf hingewiesen, wenn er das manchmal gemacht hatte.
„Wie wäre es wenn wir das Jugendamt von uns aus anrufen würden? Dann nehmen wir das Holz aus dem Feuer, und sie werden sehen, dass alles in Ordnung ist.", schlug Rangy vor, und er fand die Idee wirklich gut.
Bianca sah ihrem Mann in die Augen, und sie fragte sich, woher er nur diese Ruhe nahm. Möglicherweise war das Ganze mit dem Paparazzo ja auch nur ein geplanter

Schachzug von ihrem Mann gewesen, um die Kinder ganz zu bekommen. Vielleicht hatte er diesen Typ ja bezahlt, damit sie in Verruf geriet. Solche fiesen Sachen kamen schließlich öfter vor, und manchmal sogar bei Leuten von denen man dies niemals gedacht hätte. Bianca konnte ihre Gedanken gar nicht unter Kontrolle bekommen. „Wie kannst du dabei nur so ruhig bleiben?", fauchte sie ihren Mann deshalb aufgebracht an.
Rangy schüttelte bloß mit dem Kopf. „Ruhig? Ich bin alles andere als ruhig! Aber wir müssen uns ja jetzt etwas einfallen lassen, und zwar schnell! Wir müssen uns jetzt zusammenreißen!", antwortete Rangy so gefasst wie möglich, denn in ihm kochte es gewaltig. Er konnte gar nicht genau trennen, welche Wut zu was gehörte. Das, was ihm momentan allerdings am meisten im Kopf herumging, war Biancas Bitte an ihn zurückzukommen. Ihm war durchaus bewusst, dass sie das wegen den Kindern wollte, um sie zu schützen, und trotzdem wurde er nicht schlau aus ihr. Irgendwie bekam er den vagen Eindruck, dass Bianca die Situation ausnutzte, um ihm eins reinzuwürgen. Sie wusste schließlich ganz genau, dass er mittlerweile ein anderes Leben lebte, und auch, dass er es liebte. Und von Grainy wusste sie auch.
„Zusammenreißen? Du hast gut reden! Dir ist das alles hier ja nicht so wichtig! Du hast unser Leben weggeworfen, wie einen dreckigen Putzlappen! Dir waren unsere Kind damals ja auch schon scheißegal!", schrie Bianca plötzlich und bekam dabei gar nicht mit, wie sehr sie Rangy damit verletzte.
„Wieso willst du eigentlich, dass ich zurückkomme? Hast du denn gar keine Angst, dass ich die Situation ausnutzen könnte, wenn das Jugendamt da ist? Ich könnte denen ja irgendwelche Lügen erzählen, dass du eine schlechte Mutter bist oder so, damit ich die Kinder zugesprochen bekomme.", zischte Rangy

daraufhin sarkastisch und stand auf. Selbst hier draußen hatte er plötzlich das Gefühl zu ersticken.

Bianca starrte ihn an. „Ob du es glaubst oder nicht, daran habe ich schon gedacht. Aber ich denke trotzdem immer noch, dass es für unsere Kinder am Besten wäre, wenn du wieder hier wohnst.", stellte Bianca kühl und wieder gefasst fest.

Jetzt war Rangy aber kurz davor auszurasten, er riss sich jedoch so gut es ging zusammen, da er mit Bianca unbedingt heute noch eine Lösung wegen dem Jugendamt finden wollte. Allerdings konnte er es nicht fassen, dass Bianca solche haarsträubenden Mutmaßungen über seine Motive im Kopf hatte. Rangy tigerte am Geländer auf und ab, um sich zu beruhigen, und dann wusste er auch bald was er ihr gleich sagen würde.

„Ja, das konntest du schon immer gut! Davonlaufen, wenn es schwierig wird!", rief ihm Bianca auf einmal nach, und das brachte das Fass zum Überlaufen. Weg waren alle guten Vorsätze. Jetzt war es genug. Jetzt war sie zu weit gegangen.

Rangy ging auf seine Frau zu und zog sie hoch, dann ließ er sie allerdings gleich wieder los, sonst würde sie ihm womöglich eines Tages noch körperliche Gewalt anhängen.

„Jetzt hör mir mal genau zu! Ich bin heute hierher gekommen, um mit dir zusammen zu überlegen was wir nun tun können. Aber du hast nichts Besseres zu tun, als mich ein einem fort zu beschimpfen. Was soll das? Du weißt genau, dass ich unsere Kinder liebe, und aus keinem anderen Grund bin ich hier. Und ich habe mir tatsächlich schon überlegt zurückzukommen, zumindest solange, bis das Ganze sich wieder beruhigt hat. Aber wie soll das denn funktionieren, wenn du mir solche Sachen unterstellst? Du hast sie ja nicht mehr alle! Ich werde jetzt tatsächlich gehen, aber nicht weil es schwierig ist, sondern, weil ich dich nicht mehr ertrage. Und noch was: Ich werde dir niemals das alleinige Sorgerecht durchgehen lassen. Das sind auch meine Kinder, und das wird auch so bleiben! Schönes Leben noch!", fauchte Rangy seiner Frau wütend ins Gesicht und verließ kurz darauf türknallend das Haus.

Bianca stand fassungslos auf der Terrasse und starrte ihrem Mann hinterher, den sie in diesem Moment mehr liebte als alles andere auf der Welt. Ihre Tränen bemerkte sie erst, als sie fast keine Luft mehr bekam.
Und sie konnte immer noch nicht verstehen, warum er sie überhaupt verlassen hatte. Sie war immer noch fest davon überzeugt, dass der Abschaum am Boardwalk ihrem Rangy den Verstand vernebelt hatte.

Das Flimmern der unzähligen Lichter der Stadt bei Nacht lockte jeden Abend zig Besucher hinauf zum Observatorium. Rangy kannte den Ausblick, und es war eines der Dinge, die er nach wie vor an L.A. faszinierend fand. Irgendwie fühlte er sich beim Anblick des gigantischen Lichtermeeres nicht so einsam, obwohl er paradoxerweise dann erst recht spürte, wie allein er war.

Stundenlang saß er in dieser Nacht in der Nähe der Sternwarte an einen Baum gelehnt und starrte in die Ferne. Die mitgebrachte Whiskyflasche leerte sich fast wie von selbst, und Rangy ärgerte sich, dass er nicht noch eine zweite gekauft hatte.
In seinem Inneren hatte sich eine Leere breitgemacht, die dem Ausmaß des Lichtermeeres vor ihm entsprach. Er konnte kein

Ende erkennen, und ebenso hatte er keine Ahnung, wann und ob überhaupt jemals ein Morgen wiederkäme, der diesem Lichtermeer vor sich und vielleicht sogar auch seiner inneren Leere ein Ende bereiten könnte.
Rangy bemühte sich erst gar nicht darüber nachzudenken, was er als nächstes tun sollte, und schon gar nicht was jetzt das Beste in Bezug auf seine Kinder wäre. Er wusste nur, dass er bereit war alles loszulassen, auch seine Träume von der eigenen Ranch. Offenbar lief gerade etwas vollkommen schief, und sollte es tatsächlich an ihm liegen, würde er alles ändern was notwendig wäre, damit es seinen Kindern gut ginge.

Je weniger dann in der Flasche übrig war, desto mehr bahnte sich eine ungeahnte Traurigkeit ihren Weg nach draußen, bis Rangy sie nicht mehr zurückhalten konnte. Schließlich gab er sich ihr hin und weinte, bis er keine Tränen mehr hatte.

Das grelle Licht einer Taschenlampe blendete seine Augen, und Rangy wusste erst gar nicht wo er war. Die eindringlichen Stimmen der Polizisten machten ihm dann aber ziemlich schnell klar was los war.
Unsanft wurde Rangy in den Stand gerissen und musste sich mit dem Kopf an den Baum lehnen. Blitzschnell hatte ihm einer der beiden Polizisten Handschellen angelegt, dann tastete der andere ihn anschließend nach Waffen und Drogen ab. Nachdem die Polizisten seinen Personalausweis aus der Hosentasche gefischt, und auch kapiert hatten, wer er war, wurde ihr Verhalten ihm gegenüber zwar etwas freundlicher, aber nicht weniger konsequent. Seine Alkoholfahne sprach eine eindeutige Sprache, und sie mussten ihn mitnehmen,

zumal sie auch auf dem neusten Stand der aktuellen Gossips waren.
Rangy hätte keine Chance gehabt sich da herauszureden, aber er konnte sich momentan eh nicht konzentrieren, denn dazu war er noch viel zu betrunken.
Als er schließlich im Polizeiauto saß und durch die Straßen von L.A. gefahren wurde, betete er bloß, dass das nicht auch noch an die Öffentlichkeit gelangte.

Den Rest der Nacht verbrachte Rangy dann in einer Zelle, wo er seinen Rausch ausschlafen sollte. Doch an schlafen war jetzt nicht mehr zu denken. Ruhelos wälzte er sich auf der unbequemen Pritsche hin und her, und je nüchterner er wurde, desto klarer kamen die Erinnerungen an das letzte Gespräch, besser gesagt an den letzten Streit mit Bianca zurück, was seine Stimmung abermals in den Keller zog.

Gegen zehn Uhr vormittags durfte Rangy dann nach einem weiteren Bluttest, sowie einer unverschämt hohen Geldstrafe von $2500,- das Polizeigebäude verlassen. Auf Rangys Nachfrage hin, was er denn eigentlich verbrochen hätte, das diese Geldstrafe überhaupt rechtfertigen würde, bekam er nur eine flüchtige allgemeine Erklärung von wegen Erregung öffentlichen Ärgernisses als Antwort. Immerhin wurde ihm aber noch zu seiner großer Erleichterung versprochen, dass dieser Zwischenfall unveröffentlicht bleiben würde. Deshalb zog es Rangy vor sich lieber nicht zu beschweren, sondern den Mund zu halten, sich höflich zu bedanken und so schnell wie möglich Land zu gewinnen, weshalb er nun schnell ein Taxi anrief.
Jetzt stand ihm noch der Weg in dieses Taxi bevor, denn auf der Straße vor dem Polizeipräsidium konnte er ja immer noch entdeckt werden. Da Rangy weder Kappe noch Sonnenbrille

dabei hatte, die nämlich in seinem Auto oben am Observatorium lagen, musste er sich allein auf seinen Kapuzenpulli verlassen. Rangy zog also die Kapuze tief in sein Gesicht, checkte dann äußerst gründlich die Straße auf und ab, bevor er die paar Stufen hinunterging und schnell, und zum Glück auch vollkommen unentdeckt mit dem bestellten Taxi flüchten konnte.

Als Rangy ein paar Stunden später neben Bob am Boardwalk saß und ihm erzählte was passiert war, konnte er es immer noch nicht fassen, dass Bianca so dermaßen fies zu ihm gewesen war. Und warum er überhaupt eine Geldstrafe hatte zahlen müssen, verstand er ebenso nicht. Er hatte gestern Nacht dort oben weder jemanden gestört noch irgendetwas kaputt gemacht. Er war einfach nur betrunken eingeschlafen.
Bob reichte Rangy einen Joint rüber, den sie beide dann genüsslich rauchten. „Vielleicht liebt sie dich noch?!", bemerkte Bob zwischendrin und sah, dass dieser Gedanke Rangy belustigte. Allerdings schlug das ganz schnell in Sarkasmus um. „Wenn das so ist, dann wünschte ich, sie hätte mich nie geliebt!", stellte Rangy klar und holte das Bier aus dem Rucksack, welches er vorhin noch gekauft hatte.
Sollte Bianca ihm doch den Buckel runterrutschen, es war ihm momentan jedenfalls vollkommen egal, was aus ihr und den Kindern werden würde. So schlimm wie Bianca es befürchtete, würde es schon nicht kommen. Und wenn seine Frau all das wirklich glaubte, was sie ihm nicht nur gestern schon alles an den Kopf geworfen hatte, dann war es vielleicht sogar tatsächlich besser, wenn er sich in Zukunft von seiner Familie

fernhielte. Schließlich war das mit dem Jugendamt nur deshalb auf den Plan gekommen, weil er auf dem Boardwalk lebte.
Bob versuchte erst gar nicht Rangy aufzumuntern, er wusste aus eigener Erfahrung, dass das sinnlos war. Stattdessen half er ihm dabei sich zu betrinken, bis Rangy schließlich auf ihrem Lager auf dem Grünstreifen einschlief.

Dann ging Bob los und suchte nach Grainy. Er fand sie unterm Fishing Pier, und fiel schließlich aus allen Wolken, weil sie nicht mitkommen wollte.
„Er wird sich nie von ihr trennen! Sie ist wie eine Spinne, sie hat ihre Fäden um ihn geschlungen, und das so perfekt, dass er es nicht bemerkt.", war Grainys Erklärung, und Bob musste ihr irgendwie recht geben. Er mochte Bianca auch nicht, und er konnte gar nicht nachvollziehen was Rangy jemals an ihr gefunden hatte.
„Heißt das, du willst mit ihm Schluss machen?", fragte Bob und betete, dass dem nicht so war. „Vielleicht... Ich denke die ganze Zeit darüber nach welche Zukunft wir haben könnten, aber ich sehe keine.", sagte Grainy nachdenklich und traurig. Sie holte zwei Dosen Bier aus ihrer bunt bestickten Tasche und reichte Bob eine, die er gerne annahm, obwohl er heute eigentlich schon mehr als genug getrunken hatte, zwar nicht soviel wie Rangy, aber dennoch reichlich.
„Hast du denn eine Vorstellung davon, wohin du in deinem Leben gehen willst? Ich meine, was willst du denn?", fragte Bob interessiert. Grainy sah Bob an. „Ich will mit Rangi zusammenbleiben. Ich will Kinder mit ihm. Ich will an seiner Seite alt werden. Ich will einfach, dass wir zusammen sind.", sprudelte es dann sofort aus ihr heraus. „Weiß Rangi davon?", wollte Bob wissen. Grainy zögerte. „Nun ja... also eigentlich nicht so genau... Ich wollte es ihm sagen, und eigentlich habe ich es ihm auch schon gesagt, aber irgendwie habe ich das

Gefühl er nimmt mich nicht ernst." „Du hast ihm gesagt, dass du Kinder mit ihm haben möchtest?", wunderte sich Bob, denn das konnte er sich nicht so recht vorstellen. Bob war sich ziemlich sicher, dass Rangy ihm das erzählt hätte. „Um ehrlich zu sein, das habe ich ihm so direkt noch nicht gesagt...", gab Grainy schließlich zu und sah Bob dabei entschuldigend an.
Bob legte einen Arm um Grainy, und sie lehnte ihren Kopf an seine Schulter. Längst war er zu ihrem engsten und besten Freund geworden. „Du musst mit ihm sprechen! Er ist genauso verloren wie du, wenn ihr eure Träume nicht zusammenbringt! Rangi liebt dich, das weiß ich. Und ich denke, er wird ganz bestimmt nicht zu seiner Frau zurückgehen. Sprich mit ihm, bitte! Wenn du ihn jetzt verlässt, dann bricht der Boden unter euch beiden."
Grainy seufzte, und dabei spürte sie wieder, wie sehr sie Rangy liebte, und dass Bob recht hatte. Sie musste ihm alles sagen, auch wenn sie Angst davor hatte, dass er das alles nicht wollte, denn immerhin hatte er schon drei Kinder.
Bob und Grainy redeten noch lange in dieser Nacht, bis sie schließlich irgendwann an Ort und Stelle einschliefen.

Doch als Bob und Grainy am nächsten Morgen zum Lager zurückkamen, war Rangy nicht mehr da. Sogar seine Sachen hatte er mitgenommen. Hektisch suchten beide daraufhin den ganzen Boardwalk ab, aber Rangy war nirgends zu finden. Bob versuchte Grainy dazu zu bewegen Rangy anzurufen, aber sie weigerte sich. Wenn er zum wiederholten Mal meinte, einfach so verschwinden zu können, dann würde sie ihn bestimmt nicht aufhalten wollen.
Erschöpft und enttäuscht setzten sich Bob und Grainy gegen Mittag auf ihr Lager am Grünstreifen und dröhnten sich den Kopf voll. Keiner der beiden wollte den Schmerz spüren, den

Rangys Abwesenheit und wortloses Verschwinden in ihnen hinterließ.

*

Es war niemand zu Hause, als Rangy seine Sachen im Flur abstellte und die Flip Flops auszog.
Er hatte keine Ahnung, ob dieser Schritt wirklich der richtige sein würde, aber als er heute Morgen in aller Früh aufgewacht war, wusste er, dass er niemals glücklich werden könnte, solange das mit seinen Kindern nicht geklärt wäre. Zwar sträubte sich einiges in ihm sich erneut den unberechenbaren Launen Biancas auszusetzen, aber er musste für seine Kinder da sein, scheißegal was zwischen Bianca und ihm ablief.
Es fiel ihm nicht leicht seine Boardwalk-Sachen in die Garage zu stellen und sich nach dem Duschen zu rasieren. Aber er musste das tun, einfach um sich selbst zu helfen, besser hier anzukommen.
Rangy war froh, dass das Haus gerade leer war, denn so hatte er noch etwas Zeit, um sich zu überlegen, wie er das alles Grainy beibringen sollte. Außerdem hatte die Sauferei der letzten beiden Tage deutliche Spuren hinterlassen, und er fühlte sich alles anderes als pudelwohl.
Nach einer Weile hatte er sich dann dazu entschlossen Grainy anzurufen, aber als er ihre Nummer aufgerufen hatte und nur noch auf den grünen Hörer hätte drücken müssen, tat er es doch nicht. Er musste mit ihr persönlich sprechen, alles andere wäre nicht fair, weshalb er beschloss dann doch noch einmal später nach Venice Beach zu fahren, ein letztes Mal.

Bianca fiel aus allen Wolken, als sie abends nach Hause kam.

Rangy hatte gekocht, und als sie die Küche betrat, standen schon zwei Weingläser gefüllt mit Rotwein auf dem Tisch. Die Kinder kamen kurz darauf ebenfalls nach Hause, und überfluteten die doch ziemlich angespannte Stimmung zwischen Rangy und Bianca mit ihrer überschwänglichen Freude darüber ihren Papa schon wieder hier anzutreffen.
Und genau das half Rangy auch den Abend zu genießen, und selbst Bianca schien sich nach und nach etwas zu entspannen.
Bianca hatte ja noch keine Gelegenheit gehabt mit Rangy alleine zu sprechen, und wusste daher auch gar nicht, was ihn überhaupt dazu bewogen hatte schon wieder hier zu sein, und offenbar hatte er ja etwas vor, denn ihr war sofort aufgefallen, dass er sich rasiert hatte und keine Venice Beach Klamotten trug.
Erst gegen zehn verschwanden die Kinder dann so langsam ins Bett. Obwohl das für unter der Woche eigentlich viel zu spät war, wollte keiner den schönen Abend frühzeitig beenden.

Aber dann waren die Kinder weg, und Bianca stand mit Rangy allein im Wohnzimmer.
Bianca setzte sich aufs Sofa und lud Rangy mit einer Handbewegung ein sich ebenfalls zu setzen, was er dann nach einer Weile auch tat. Bianca hatte ihre beiden Weingläser aus der Küche auf den Couchtisch gestellt und griff nun nach ihrem Glas. Sie war wieder etwas angespannt und überlegte schon die ganze Zeit was sie sagen sollte. Doch zum Glück kam ihr Rangy zuvor.
„Ich werde hierbleiben, bis sich alles wieder beruhigt hat, und niemand uns unsere Kinder wegnehmen will. Ich mache das den Kindern zuliebe. Ganz egal was zwischen uns abläuft, aber du bist auf jeden Fall der bessere Ort für sie, als irgendeine x-beliebige Pflegefamilie! Vielleicht kommt das

Jugendamt ja auch gar nicht, aber falls doch, dann bin ich da..."
„Ich bin auch wirklich froh, dass du da bist!", unterbrach Bianca ihren Mann, doch Rangy fuhr unbeirrt fort. „Ich bin noch nicht fertig. Wenn das hier vorbei ist, dann wirst du mir das gemeinsame Sorgerecht zusprechen, denn das ist ebenso das Beste für unsere Kinder!", fügte Rangy noch klar und deutlich hinzu, und er hatte sich vorgenommen auch nichts anderes gelten zu lassen. Ihm war zwar auch kurz der Gedanke gekommen Bianca damit quasi zu erpressen, indem er nur bleiben würde, wenn sie ihm das vorher verspräche, aber dann hatte er beschlossen auf solche Mittel zu verzichten. Bianca sah ihren Mann einen Augenblick von der Seite an, und sie musste ihm innerlich Recht geben. Das alleinige Sorgerecht zu beanspruchen war ein reiner Racheakt gegen ihn gewesen und hatte nichts mit dem Wohl ihrer Kinder zu tun. Und trotzdem haderte sie mit sich, denn es war das Einzige, was sie in der Hand hatte um ihn zu verletzen, so wie er sie verletzte, als er sie verlassen hatte. Auf jeden Fall rechnete sie Rangy es hoch an, dass er jetzt hier neben ihr saß und sich bereiterklärte erst einmal zu bleiben, und Bianca sah darin ihren Hoffnungsschimmer bestätigt, dass sie ihn wieder zurückgewinnen könnte.
Und als ob Rangy ihre Gedanken gelesen hätte, sagte er schließlich noch: „Es tut mir wirklich leid wie das alles mit uns gelaufen ist! Ich wollte dich niemals verletzen!"
Biancas Herz schlug vor Aufregung plötzlich bis zum Hals hinauf, und sie konnte es nicht vor sich verbergen, dass seine Worte eben ihr sehr gut taten. Sie stimmten sie sanfter und versöhnlicher, und ohne weiter darüber nachzudenken, lehnte sie ihren Kopf an seine Schulter, und Rangy ließ es zu.
Rangy war froh, dass sie ihre Schwerter offenbar wenigstens mal für eine Weile zur Seite gelegt hatte und friedlicherer

Stimmung war, was es ihm definitiv leichter machte zu bleiben. Er musste zwar unaufhörlich an Grainy denken, denn mit jeder weiteren Minute, die verstrich ohne ihr Bescheid zu geben, wuchs die Unruhe in ihm. Dann fiel ihm allerdings erschreckend auf, dass er fürs Autofahren schon viel zu viel getrunken hatte, und er ärgerte sich tierisch darüber, dass er nicht rechtzeitig aufgepasst hatte. Aber jetzt konnte er daran nichts mehr ändern, also musste er das Gespräch mit Grainy wohl oder übel auf morgen verschieben.
„Wir teilen uns das Sorgerecht!", kam es plötzlich aus Biancas Mund, und Rangy seufzte erleichtert auf. „Danke!", sagte er daraufhin noch, bevor auch er wieder zu seinem Weinglas griff. Sie prosteten sich etwas zaghaft zu, und tranken dann eine Weile schweigend den herben, erdigen Rotwein.

Später wollte Rangy dann auf dem Sofa nächtigen, was Bianca allerdings gar nicht gut fand, denn sollte das Jugendamt früh morgens unangemeldet erscheinen, würde das gar nicht gut ankommen, wenn sie bemerkten, dass Rangy im Wohnzimmer schlief. Bianca versuchte ihn deshalb dazu zu überreden oben im Gästezimmer zu schlafen, das wäre wenigstens im ersten Stock und nicht gleich auf dem Präsentierteller. Das sah Rangy dann allerdings ein, und so zog er schließlich ins Gästezimmer, welches am anderen Ende des Gangs neben Joeys Zimmer lag.

Rangy konnte erst kein Auge zumachen, obwohl er eigentlich hundemüde war, denn das überstürzte Zurückkommen in seine Familie hatte ihn ziemlich geschlaucht, aber vor allem konnte er nicht aufhören an Grainy zu denken, und er hoffte sehr, dass sie ihn verstehen, und nicht gleich Schluss machen würde, was er allerdings auch nachvollziehen könnte.
Gegen Morgen war Rangy dann aber wohl doch noch eingeschlafen, und er wusste erst gar nicht wo er war, als er

durch einen triefnassen Lappen auf seinem Gesicht geweckt wurde. Joey saß kichernd auf der Bettkante und hatte offenbar seinen Spaß daran. Als Rangy checkte was los war, schnappte er seinen Sohn und sie balgten eine Weile lachend herum.
Rangy genoss es in vollen Zügen schon morgens seinen Sohn wieder um sich zu haben, dass er Grainy kurzzeitig darüber fast vergaß.
Erst als die Kinder auf dem Weg zur Schule waren, fiel ihm wieder ein, dass er dringend mit Grainy sprechen musste.

Er sagte Bianca nicht, wohin er fuhr, und er hatte auch nicht vor, das in Zukunft zu tun, denn er war ihr in keiner Weise irgendwie Rechenschaft darüber schuldig, außerdem wollte er keinen unnötigen Stress provozieren. Trotzdem überraschte es ihn, als er bemerkte, dass er überhaupt darüber nachdachte, ob er es ihr sagen sollte.
Rangy erfand also wieder einmal eine Ausrede, die sein Wegsein glaubwürdig erklärte, versprach Bianca allerdings, spätestens am Nachmittag, wenn die Kinder von der Schule kamen, wieder zurück zu sein.
Dann holte er seinen Venice Klamotten aus der Garage und fuhr los.

Die Kapuze tief ins Gesicht gezogen, kam sich Rangy plötzlich vor wie ein Betrüger. Allerdings wusste er nicht, wen er eigentlich am meisten betrog. Grainy, Bianca oder sich selbst. Schon wieder lebe ich in zwei Welten, stellte Rangy zerknirscht fest und ihm wurde kurz flau im Magen.
Jetzt wo er den Boardwalk entlangging und nach Grainy Ausschau hielt, spürte er es so deutlich, dass er in seinem alten

Haus nicht mehr zu Hause war, dass er sich fragte, ob dieser Schritt erst einmal wieder dort zu wohnen wirklich sein musste, denn das Jugendamt hatte noch überhaupt keine Anstalten gemacht sich zu melden. Im Internet kursierten zwar nach wie vor die Fotos vom Strand mit den dollsten Unterstellungen, aber schwerwiegende Folgen hatte es daraus, jedenfalls bis vorhin, noch nicht gegeben. Es konnte also ebenso gut sein, dass die riesige Aufregung völlig umsonst war. Vielleicht war das Ganze ja auch tatsächlich nur eine Taktik von Bianca, aus welchen unerfindlichen und womöglich sogar rein eigennützigen Gründen heraus auch immer.

Von weitem sah Rangy schließlich Grainy bei Bob auf dem Grünstreifen sitzen, und sein Herz ging auf. Gleichzeitig fühlte er sich total schäbig, dass er nicht schon bevor er gestern Morgen weggegangen war mit ihr geredet hatte.

Bob stand auf und umarmte ihn dann zur Begrüßung und flüsterte: „Wo zum Teufel warst du?" in Rangys Ohr, doch noch bevor Rangy antworten konnte, war Bob schon auf dem Weg in Richtung Toilette. Rangy wusste, dass Bob sie alleine lassen wollte.

Grainy war nicht aufgestanden, was Rangy sehr deutlich zeigte, wie sehr sie bereits verärgert war. Er setzte sich neben sie und schob die Kapuze vom Kopf. Hier auf dem Grünstreifen unter den Homelessleuten, war er ja relativ sicher, und trotzdem sah er sich nochmals prüfend um, denn nach der jüngsten Paparazziaktion am Strand musste er mit allem rechnen.

„Es tut mir leid, dass ich gestern einfach weg war!", eröffnete Rangy dann seine Entschuldigung. Grainy sah ihn einfach nur an, sagte aber zunächst nichts dazu. Einerseits war sie ungemein erleichtert darüber, dass ihm offenbar nichts Schlimmes passiert war, andererseits ahnte sie ja bereits, dass sein Wegbleiben einen anderen Grund hatte, einen, den sie überhaupt nicht mögen würde.

Rangy erzählte Grainy dann was alles passiert war, und auch, dass er sich wegen den unsicheren Umständen dazu entschlossen hätte erst einmal wieder bei seinen Kindern zu wohnen. Und er bat sie darum, ihn zu verstehen, und ihm zu glauben, dass das alles nichts mit ihr zu tun hätte.

Nach einer Weile fand Grainy die Worte wieder und sagte: „Bob hat mir das mit dem Paparazzo schon erzählt. Das ist echt scheiße, und ja, ich kann dich sogar verstehen, auch wenn ich es nicht will. Die Kinder sind für dich immer wichtiger, das ist wohl nun mal so. Ich wünschte meine Eltern wären auch so hinter mir gestanden, wie du es tust! Nur, Rangi, was ist mit uns? Ich kann sowas nicht auf Dauer! Plötzlich bist du weg, ohne ein Wort zu sagen. Du hast mir ja noch nicht einmal von der Paparazziaktion erzählt! Das ist es, was ich nicht verstehe. Du redest nicht mit mir. Ich fühle mich dann wie das fünfte Rad am Wagen!"

Rangy spürte wie sich bei ihren Worten sein Herz zusammenzog, und er rang innerlich verzweifelt darum eine Lösung für all das zu finden, einen Weg, der für alle gut wäre. Aber außer dem, dass er für seine Kinder da sein musste, kam nichts Neues. „Ich weiß doch auch nicht, was das Beste ist. Ich will niemandem wehtun, und doch tue ich es permanent.", antwortete Rangy resigniert und ihn überkam plötzlich eine große Lust sich zu betrinken. Nur das sollte er heute lieber nicht tun, da er auf jeden Fall nachmittags wieder im Haus bei seinen Kindern sein wollte.

Grainy sah ihn liebevoll an, und sie konnte in seinen Augen sehen, dass ihn die ganze Situation sehr belastete, was sie augenblicklich milder stimmte. Und trotzdem änderte sich ihre Gefühlslage darüber nicht, sie konnte so nicht weitermachen. Kurz dachte sie an Bobs Worte, der ihr dringend geraten hatte, Rangy zu sagen, wie sehr sie ihn liebte, und dass sie mit ihm alt werden, und Kinder haben wollte. Doch das würde jetzt ihrem Gefühl nach alles nur noch schlimmer machen. Rangy hatte momentan mit Sicherheit überhaupt keinen Kopf dafür, um sich auch noch mit ihren Wünschen auseinanderzusetzen, weshalb sie beschloss es ihm nicht zu sagen. Es waren ihre Träume, und offenbar hatte sie sich in etwas verrannt. Schließlich hatte Rangy in dieser Richtung auch noch keinerlei Andeutungen gemacht, außer, dass er sie vermisst hätte, als er zum Arbeiten auf der Ranch in Montana gewesen war. Und ja, er hatte ihr schon sehr oft gesagt, dass er sie lieben würde, und das glaubte sie ihm sogar, doch manchmal war das leider nicht genug. Seine Kinder waren und blieben seine Nummer eins, und das war ja auch richtig so. Dafür liebte sie ihn eigentlich nur noch umso mehr, denn welche Frau wünschte sich nicht einen Vater für ihre Kinder, für den sie das Wichtigste waren.

„Rangi, wahrscheinlich müssen wir getrennte Wege gehen. Ich kann das so nicht mehr. Und du fühlst dich auch ständig hin und her gerissen, das ist auch nicht gut! Du hast nun mal Kinder, und sie brauchen dich! Du machst das schon richtig, du musst bei ihnen bleiben!", sagte Grainy dann, und sie spürte gleichzeitig den ungeheuren Schmerz, der sich in ihr aufbaute, aber auch, dass es tatsächlich das Beste wäre ihn loszulassen.

Rangy sah sie entsetzt an und konnte erst gar nichts dazu sagen. Sein System war auf einmal wie leergefegt, und alle Energie entwichen. Das alles war definitiv zu viel für ihn, und er konnte überhaupt nichts mehr spüren.

Da kam Bob zurück, der mit einem einzigen Blick in die Runde schon sah was los war. Er hatte Bier mitgebracht, und Rangy nahm sich sofort eines, ohne dabei nochmals ans

Autofahren zu denken und trank die Dose in einem Zug leer, wobei die Menge einer Dose Bier auch nicht zwangsläufig zu einem Fahrverbot führte.

Plötzlich klingelte Rangys Telefon. Es war Kimberly, die ihren Vater fragte, ob er sie gleich abholen könnte, da die letzten Unterrichtsstunden ausfallen würden.

Zu Grainy sagte Rangy anschließend traurig: „Vielleicht hast du Recht... Ich muss los! Ich muss Kimberly abholen... Ich melde mich später, dann werden wir eine Lösung finden, ok?"

Dann stand Rangy auf, und dieses Mal erhob sich auch Grainy. Sie umarmten sich, und nicht nur Rangy traten die Tränen in die Augen. „Es tut mir leid!", flüsterte Rangy noch in Grainys Ohr, bevor er sie schweren Herzens losließ.

Bob drückte ihn danach so fest an sich, dass Rangy spürte, dass Bob vor Abschiedsschmerz zitterte. Sie sagten sich gegenseitig noch, dass sie auf sich aufpassen, und keinen Mist anstellen sollten, und dass sie sich später sehen würden.

Kurz bevor sich Rangy schließlich umdrehte um zu gehen, nahm er nochmals Grainys Hand und sagte ihr, dass er sie liebte. Dann gab er ihr noch einen Kuss, zog sich anschließend die Kapuze über den Kopf und ging.

Rangy hätte es keine Sekunde länger ausgehalten. Der Schmerz bohrte sich so tief in seinen Körper, dass er kaum atmen konnte. Und den beiden Zurückgebliebenen ging es nicht anders.

Als am übernächsten Morgen dann schließlich doch das Jugendamt unangemeldet vor der Tür stand, war Rangy sehr erleichtert darüber, dass er da war, denn die beiden Leute vom Amt waren alles andere als zimperlich.

Rangy hatte das Gefühl eine Dampfwalze ins Haus gelassen zu haben, denn die Frau, die sich als Mrs Felton, und der Mann, der sich als Mr Graham vorgestellt hatten, wuselten so selbstverständlich im Haus herum, als wären sie seit langem mit ihnen befreundet, wobei sich Freunde wohl niemals so derart respektlos durch alle Zimmer und Kleiderschränke wühlen würden.
Bianca war noch mehr entsetzt über deren Verhalten als Rangy, was aber eher daran lag, weil sie stets sehr darauf achtete alles in Ordnung zu halten. Rangy konnte es allerdings ebenfalls überhaupt nicht nachvollziehen, warum diese beiden Menschen vom Jugendamt Biancas fein säuberlich geordneten und gestapelten Kleidungsstücke auseinanderrissen und durcheinander brachten, und er überlegte schon, ob das alles hier rechtens war, und ob er dagegen irgendwo Beschwerde einlegen könnte. Doch ein Blick zu Bianca sagte ihm unmissverständlich, dass sie ihn beschwor sich zusammenzunehmen und das Ganze stillschweigend, und vor allem kooperierend über sich ergehen zu lassen.
Was auch immer diese beiden Personen in ihrem Haushalt finden sollten oder wollten, sie würden nichts finden, weswegen sie ihnen die Kinder wegnehmen dürften.

Es dauerte über drei Stunden, bis diese Mrs Felton und ihr Mr Graham wieder draußen waren. Rangy riss als erstes alle Fenster und Türen auf, um wieder frische Luft ins Haus zu lassen, die seinem Gefühl nach schon so verbraucht war, dass ihm bereits übel davon wurde.
Danach ging er zu Bianca rüber, die am Küchentisch stand und auf den Stapel Papiere starrte, die das Jugendamt dagelassen hatte, und auf denen in ihren Augen nur sinnloses Zeug stand. Über Ratgeber und Angebote für hilfesuchende Eltern in schwierigen Phasen der Partnerschaft, sich trennende

Paare und auch alleinerziehende Elternteile war alles dabei. Ein ganzer Ordner war angefüllt nur mit Unterlagen allein zum Thema Pflegefamilien sowie Unterstützungsprogrammen vom Jugendamt.
Rangy nahm Bianca in den Arm, und das fühlte sich in diesem Moment auch total stimmig an. Bianca erwiderte die Umarmung und konnte sich auch ein paar Tränen nicht verkneifen. Ihr war zwar nicht ganz klar, ob sie deshalb weinte, weil das Jugendamt eben so einen Aufriss gemacht hatte, oder weil Rangy ihr endlich wieder so nah war. So nah, dass sie seinen Herzschlag spüren konnte, was sie augenblicklich heiß auf ihn werden ließ. Aber es war ihr eigentlich auch egal warum sie weinte, und diese erste Begegnung mit dem Jugendamt war wahrhaftig ein Schock gewesen, so wie die sich verhalten, und auch die Art und Weise ihrer Befragung durchgeführt hatten.

Später, als Rangy und Bianca zusammen draußen auf der Terrasse bei einer Tasse Kaffee saßen und den Vormittag Revue passieren ließen, fragte sich Rangy, ob sich die Leute vom Amt mit ihrer Aufgabe häusliche Familiensituationen zu kontrollieren, immer wohlfühlen würden. Auf der einen Seite hatten sie mit Sicherheit schon Verhältnisse vorgefunden, die haarsträubend waren und wo ein Eingreifen ihrerseits auch wirklich notwendig war, auf der anderen waren sie offensichtlich von vielen schlechten Erfahrungen sehr negativ geprägt worden. Ihr Einfühlungsvermögen hatte vorhin jedenfalls sehr zu wünschen übriggelassen.
„Was meinst du? Kommen sie wirklich wieder?", fragte Bianca schließlich. „Ich denke schon! Außerdem haben sie das ja auch angekündigt. Ich verstehe es ja auch. Es gibt bestimmt Fälle, wo es sehr gut ist, dass es das Jugendamt gibt, und wo es tatsächlich das Beste für die Kinder ist zu ihrer eigenen

Sicherheit aus der Familie genommen zu werden, zumindest mal für eine Weile.", antwortete Rangy nachdenklich, und war erneut froh darüber, dass er heute vor Ort gewesen war, und das Ganze miterlebt hatte. Und so wie er diese Mrs Felton verstanden hatte, war es auch genau das Richtige sich offen und kooperativ der Situation zu stellen.
Zum Glück hatten Rangy und Bianca wenigstens schon mal den überzeugenden Eindruck hinterlassen, keine Paartherapie zu benötigen, und Rangy glaubte fest daran, dass ihr gemeinsamer Auftritt die beiden vom Amt auch davon überzeugt hatte, dass alles andere ebenfalls in Ordnung sei, und dass die Kinder nach wie vor hier bei ihnen sicher und wohlbehütet waren. Rangy hoffte jetzt nur, dass auch seine Erklärung zum Thema Boardwalk gut angekommen war, denn er hatte den beiden vom Amt erzählt, dass er dort für ein Filmprojekt recherchiert hätte, in dem er einen Obdachlosen spielen sollte. Und das war ja nicht einmal vollkommen gelogen. Dass er ansonsten überhaupt nichts mit Obdachlosen zu schaffen hätte, war allerdings gelogen, und Rangy fühlte sich deswegen überhaupt nicht wohl, denn Bob und Grainy zu verleugnen, war alles andere als in Ordnung, aber er hatte es tun müssen. Das Jugendamt kannte kein Pardon.

Trotzdem mussten Bianca und Rangy mit weiteren Spontanbesuchen rechnen, und das auch noch über einen ziemlich langen Zeitraum hinweg. Mr Graham hatte da was von sechs bis zwölf Monaten gesagt.
Rangy wollte erst gar nicht darüber nachdenken wie lange das war, und er lenkte sich damit ab, dass das ja vielleicht auch nur eine leere Drohung war. Mit Sicherheit würden sie noch ein, vielleicht auch zweimal vorbeikommen, aber dann müsste es doch gut sein. Schließlich lief ja alles was die Kinder betraf harmonisch und in geregelten Bahnen ab.

Allein der Gedanke daran, dass sich das Ganze womöglich bis zu einem Jahr hinziehen könnte, verursachte eine leichte Panik in Rangy, die sich anfühlte, als hätte er Steine verschluckt.

Nachdem die Kinder dann am Abend ins Bett gegangen waren, zog sich Rangy ein Bier nach dem anderen rein, und sorgte auch dafür, dass der Whisky aus der Bar rasant abnahm. Er hatte den Eindruck, der Boden unter ihm würde nachgeben, und er war plötzlich so leer, dass es ihm Angst machte. Auf einmal war er sich ganz und gar nicht mehr sicher, ob das tatsächlich das Beste war hier zu wohnen, denn er fühlte sich so mies, wie schon lange nicht mehr. Rangy hatte das Gefühl sein Leben gerade wirklich an die Wand zu fahren. All seine Träume und Herzenswünsche schienen sich in Luft aufgelöst zu haben, und er kam sich vor, als wäre er wieder zurück in die Zelle verschleppt worden, in der er vor ein paar Tagen seinen Rausch ausschlafen sollte. Doch diesmal war er gefangen in seinen eigenen vier Wänden.

Bianca kam irgendwann ins Wohnzimmer und sah, dass Rangy dabei war sich ordentlich zu betrinken, und sie nutzte die Chance. Blitzschnell hatte sie ihm den Whisky aus der Hand genommen und sich auf seinen Schoß gesetzt. Noch bevor Rangy etwas sagen konnte, küsste sie ihn leidenschaftlich und währenddessen öffnete sie geschickt die Knöpfe von seinem Hemd.
Rangy ärgerte sich zunächst, dass es ihn tatsächlich anmachte, was sie tat, aber dann war es ihm plötzlich auch egal. Er fühlte sich schon elend genug, und schlimmer konnte es ja eigentlich auch nicht werden, und wer weiß, dachte er aufgebend, vielleicht wäre es ja tatsächlich für alle das Beste, wenn Bianca und er wieder zusammenkämen, was er sich zwar im Moment so überhaupt gar nicht vorstellen konnte, und dennoch waren

durchaus schon so manch gute Dinge in seinem Leben passiert, die er sich vorher auch nicht hatte träumen lassen. Aber er war schon viel zu betrunken, um darüber noch sinnvoll nachdenken zu können.
Und dann ließ er sich einfach von seiner Frau verführen, die das immer noch hervorragend drauf hatte.

*

Der Anruf der Filmproduktionsfirma nervte Rangy. Schließlich hatte er gesagt, dass er sich melden würde, und außerdem hatte er immer noch überhaupt keine Zeit, und vor allem keinen Nerv dazu gehabt, darüber nachzudenken wie das nun mit der Verfilmung seiner Boardwalkgeschichte laufen sollte, falls überhaupt.
Zähneknirschend legte der Produktionsleiter nach ein paar Minuten wieder auf, nachdem Rangy ihm mitgeteilt hatte, dass er es immer noch nicht wissen würde, was ja auch zu hundert Prozent der Wahrheit entsprach.
Plötzlich kam Rangy die Idee diese Geschichte zu verfilmen auch total unnütz und lächerlich vor. So wie sich das Ganze in den letzten Wochen entwickelt hatte, war da in seinen Augen so gar nichts mehr übrig von einer guten Filmstory. Missmutig dachte er zwar, dass es bestimmt Leute gab, die sich so einen Mist sogar anschauen würden, weil es dabei eben um einen Hollywoodschauspieler ging, und die Story ließe sich deswegen bestimmt auch gut verkaufen, aber Rangy konnte sich nicht vorstellen, dass dieser Film irgendetwas Gutes und Sinnvolles transportieren könnte. Auf alle Fälle aber würde der Medienrummel um seine Person wieder losgehen, und das ganz unabhängig davon wie der Film letztendlich werden

würde, was unweigerlich auch die Paparazzipräsenz ansteigen ließe, worauf Rangy mehr als nur überhaupt keine Lust hatte.
Kurz dachte er zwar noch, dass eine offizielle Drehbestätigung von Seiten der Produktionsfirma nicht nur seine Glaubwürdigkeit beim Jugendamt sicherlich enorm unterstützen, sondern höchstwahrscheinlich auch den Nachforschungen ein rasches Ende bereiten würde, und trotzdem änderte das sein Grundgefühl diesbezüglich nicht im Geringsten.
Deshalb hakte Rangy diesen Film dann innerlich vollends ab, und damit fühlte er sich leichter. Es gab nichts zu erzählen, und es gab nichts, was er fremden Menschen über sein Leben gerne mitteilen würde. Es war sein Leben, und alles was dazugehörte musste er schützen.

Vier Monate vergingen, ohne dass Rangy auch nur ein einziges Mal Grainy und Bob wieder besucht hatte. Oft war er zwar ganz nah dran gewesen es zu tun, meistens nachts, wenn ihn die Sehnsucht nach ihr und seinem Leben am Strand nicht schlafen ließ. Aber er wusste auch, dass es nur noch schwerer werden würde, wenn er sie jetzt wiedersähe.

Rangy schlief sogar mittlerweile wieder in seinem alten Bett und auch ziemlich oft mit Bianca, was ihm zwar immer noch wie ein Verrat an Grainy vorkam, ihn aber zumindest in diesen Momenten ein wenig davon ablenkte an sie zu denken. Ansonsten musste sich Rangy regelrecht dazu zu zwingen nicht ständig mit den Gedanken bei ihr zu sein. Immer wenn Grainy also in seinem Kopf auftauchte, mobilisierte er seine ganze Willenskraft und versuchte seine Gedanken auf etwas

anderes zu lenken. Tagsüber funktionierte das auch mit der Zeit immer besser, aber nachts war es für ihn auch nach Monaten immer noch kaum zu ertragen.
Was Rangy allerdings sehr genießen konnte, war das Zusammensein mit seinen Kindern. Das entschädigte ihn auch für vieles und ebenso für die Leere zwischen ihm und Bianca. Zwangsläufig hatte auch Rangy angefangen sich wieder mehr um sie zu bemühen. Er versuchte irgendwelche Gemeinsamkeiten finden, und die alte Vertrautheit wieder zurückgewinnen, um neue Brücken zu bauen, aber es funktionierte nicht. Da war einfach nicht mehr viel, jedenfalls nicht bei ihm. Die einzigen Dinge, die sie noch miteinander verbanden, waren ihre Kinder und der Sex. Im Bett war die Einsamkeit, die Rangy stets spürte, wenn er mit seiner Frau alleine war, nicht so schmerzhaft. Da war noch ein wenig von ihrer alten Leidenschaft füreinander, an der auch er sich noch gerne labte. Etwas anderes was ihn erfüllte, gab es in seinem Leben gerade nicht.
Bianca ließ natürlich keine Gelegenheit aus, um Rangy wieder dazu zu bringen ins Filmgeschäft zurückzukehren. Angebote gab es genug, was Rangy ziemlich wunderte, denn er war fest davon ausgegangen, dass Blakes fristlose Kündigung damals auch gleichzeitig das Ende seiner Filmkarriere bedeutet hätte. Die Sache mit seiner Boardwalkgeschichte zählte für ihn nicht, weil es da in seinen Augen mehr um die Story an sich, als um sein schauspielerisches Talent ging. Doch Bianca hatte alle Angebote, die im letzten Jahr hereingeflattert waren, aufgehoben, und da waren durchaus noch einige attraktive und aktuelle Sachen dabei.
Rangy sah sich die Bewerbungen zwar alle an, aber keine zog ihn wirklich. Erst jetzt spürte er, wie sehr er sich inzwischen schon von der ganzen Filmwelt entfernt hatte, und wie leer sie ihm mittlerweile vorkam. Auch wenn er das Ganze einfach

nur als Spaß sehen würde und als tolle Gelegenheit Geld zu verdienen, was ja im Hinblick auf seine Farm auch notwendig wäre, konnte er irgendwie nicht genügend Energie aufbringen, um sich wenigstens für einen dieser Filme zu entscheiden.
Und Bianca verstand die Welt nicht mehr. „Was ist denn nur los mit dir? Du musst dich ja nicht für die Ewigkeit festlegen, aber schau doch mal, da kommen super tolle Angebote für sehr vielversprechende und auch anspruchsvolle Filme zu dir, und du musstest rein gar nichts dafür tun! Es gibt unzählige Schauspieler, die würden einen Freudentanz aufführen und wären zutiefst dankbar für solche Angebote! Und du? Dich lässt es anscheinend völlig kalt! Das ist wirklich ungeheuerlich!"
„Ich weiß das! Keine Ahnung, aber ich habe absolut keine Lust dazu. Es ist einfach nicht mein Ding. Nicht mehr.", gab Rangy müde als Antwort. Er wunderte sich ja selbst darüber, und sein Verstand sagte ihm andauernd, dass er doch wenigstens eines dieser Projekte machen könnte, und dass er sich nicht so anstellen, das Ganze eben locker sehen, und wie ein Spiel angehen sollte. Aber in ihm war keine spürbare Energie dafür vorhanden. Vielleicht lag es auch einfach an der Gesamtsituation, die ihm jeden Tag mehr zusetzte, denn er war, bis auf die Kinder, hier in dem Leben mit seiner Frau ganz und gar nicht glücklich.
„Und was ist dann DEIN DING?", fragte Bianca etwas von oben herab, denn sie befürchtete zu Recht, dass es möglicherweise etwas war, was ihr überhaupt nicht gefallen würde, und doch wollte sie es wissen. Außerdem hatte sie sich fest vorgenommen ihren Mann wieder zurück zum Film zu bringen, zurück in ihr altes Leben, in dem ja wohl auch er mal glücklich gewesen war. Bianca war nach wie vor davon überzeugt, dass Rangy das schlichtweg durch seinen, ihr bis heute immer noch völlig unverständlichen Aufenthalt am

Boardwalk einfach nur vergessen hatte. Wahrscheinlich war seine Erinnerung durch das ständige Gras rauchen und den vielen Alkohol irgendwie beeinträchtigt worden.

Rangy sah Bianca an. „Ich möchte gerne meine eigene Ranch haben!" Bianca starrte ihn fassungslos an. Sie war wie vor den Kopf gestoßen, und glaubte erst an einen von seinen vielen Scherzen. Doch als sein Blick nicht von ihr wich, begann sie langsam zu begreifen, dass er das anscheinend ernst meinte.

Bianca setzte sich an den Küchentisch. „Aber das ist doch keine erfolgversprechende Sache! Das meinst du doch nicht im Ernst, oder? Eine Ranch... Wo denn? Wieso?"

Rangy blieb ganz ruhig, und er war froh, dass er Bianca nun endlich gesagt hatte, was er eigentlich wollte. Er hatte es ihr ja schon längst sagen wollen, aber es war immer irgendetwas dazwischen gekommen. „Deswegen war ich auch in Montana gewesen. Ich wollte einfach mal wieder auf einer Farm arbeiten, auch um zu sehen, ob ich das tatsächlich will. Und ich will!", erklärte Rangy seinen Herzenswunsch und setzte sich dabei.

„Aber warum willst du so etwas Brotloses tun, wenn du mit dem Drehen Millionen machen kannst?" Bianca konnte es einfach nicht nachvollziehen. „Weil ich einfach lieber auf einer Farm bin, als im Studio. Ich bin auf einer Farm aufgewachsen. Ich bin kein Stadtmensch. Ich muss draußen sein. Und ich muss in einer ehrlichen Welt leben.", sagte Rangy, und seit langem spürte er wieder etwas mehr lebendige Kraft durch seinen Körper fließen, nachdem er seine Wahrheit ausgesprochen hatte.

Bianca sah ihn immer noch verständnislos an, und es begann in ihr zu brodeln. „Und was ist mit uns? Du kannst ja schlecht hier in L.A. eine Farm aufmachen. Was ist mit den Kindern? Wie willst du denn das alles zusammenbringen? Ich ziehe jedenfalls definitiv nicht auf eine Farm!"

Rangy schluckte, denn er fand es seltsam, dass Bianca von 'uns' redete. „Bianca, wir sind immer noch dabei uns scheiden zu lassen. Ich bin nur hier, damit wir die Kinder behalten können. Erinnerst du dich? Ich hatte nicht vor für immer zu bleiben.", sagte Rangy dann so einfühlsam wie möglich, denn er wollte sie erstens nicht schon wieder verletzen und zweitens auf gar keinen Fall einen neuen Streit heraufbeschwören.
Doch seine Worte hatten Bianca trotzdem getroffen. „Dann bleib doch wo der Pfeffer wächst! Du und deine hirnverbrannte Farm und dein ganzes kaputtes Homelesspack!", fauchte sie ihn deshalb feindselig an, und stand auf. Bianca lief in der Küche auf und ab und versuchte sich wieder unter Kontrolle zu bekommen.
Rangy seufzte, und ihm war gar nicht wohl in seiner Haut. „Bianca, bitte, setz dich wieder! Ich dachte das ist klar, dass ich nicht bleibe. Ich wollte dich niemals verletzen! Und noch was. Mein Plan mit der Farm hat überhaupt nichts mit meinen Freunden in Venice zu tun!" Rangy spürte, dass ihn die wiederholt abfällige Aussage von Bianca über die Homelessleute auf die Palme brachte, und er spürte so deutlich wie vielleicht noch nie zuvor, wie sehr sie sich voneinander unterschieden, und wie groß die Kluft zwischen ihnen eigentlich war.
Aber Bianca setzte sich nicht mehr. Sie baute sich vor Rangy auf und legte erst recht los. „Ich brauche deine Heuchelei nicht! Und unsere Kinder auch nicht! Ich dachte wirklich, dass da zwischen uns wieder was läuft und wir mittlerweile zu einem gemeinsamen Leben zurückgekehrt wären. Aber da habe ich mich wohl getäuscht! Du bist ein undankbarer, arroganter und egoistischer Einfaltspinsel! Ja, so eine Farm ist vielleicht wirklich der beste Ort für dich. Da kannst du dich mit den Tieren unterhalten, die verstehen dich vielleicht, die haben ja auch ein sehr eingeschränktes Niveau. Du lebst ja

anscheinend auch lieber im Dreck, da unterscheidet sich so eine Farm gar nicht so sehr vom Boardwalk, überall stinkende Misthaufen! Ja, das passt schon zusammen! Wie konnte ich nur so blind sein und nochmals auf dich reinfallen? Aber jetzt ist Schluss damit! Pack deine Sachen und geh!", schrie sie am Schluss immer lauter.
Rangy war zunächst etwas geschockt, denn mit so einer heftigen Reaktion hatte er nun wirklich nicht gerechnet. „Jetzt beruhige dich doch bitte! Ich habe dir nichts vorgemacht! Und außerdem ist die Sache mit dem Jugendamt noch nicht vom Tisch. Wie würden die das bewerten, wenn sie herausfänden, dass ich nicht mehr hier bin? Bianca, bitte, lass uns in Ruhe darüber reden. Und hör bitte auf so herumzuschreien, das bringt doch nichts!"
Doch Bianca beruhigte sich keineswegs. „Nichts vorgemacht? Und was war das dann die ganzen letzten Monate? Und du bist sogar wieder in unser gemeinsames Bett gekommen. Wir hatten Sex, so wie früher. Ich hatte das Gefühl, es macht auch dir Spaß, und nicht nur das... Wir hatten doch eine gute Zeit, hier zusammen mit unseren Kindern, oder etwa nicht?"
„Ja, das stimmt, das war auch so. Es ist ja nicht so, dass ich nichts mehr für dich empfinde, aber ich liebe dich nicht mehr so wie früher. Es tut mir leid!" Rangy tat es ebenso weh darüber zu reden, aber er war auch immer mehr erleichtert, dass sie es jetzt taten, auch wenn Bianca wieder einmal eher beleidigend um sich schlug. Offenbar war das eben ihre Art mit emotionalem Schmerz umzugehen.
„Was? Du liebst mich nicht mehr? Und das sagst du mir erst jetzt? Ha, das ist mal wieder typisch. Fürs Bett bin ich gut genug, aber sonst ist da nichts mehr? Du kannst dir deinen Schwanz ab jetzt wieder bei dieser verlausten Drogensüchtigen unten in Venice wundreiben, aber bei mir bestimmt nicht mehr! Mach das du verschwindest!" Bianca war abermals auf

hundertachtzig und lief hinaus in den Flur, wo sie Rangys Flip Flops schnappte und zur Haustür hinauswarf.
„Und was ist mit dem Jugendamt?", rief ihr Rangy hinterher.
„Ich sehe keine Notwendigkeit mehr darin, dass du noch länger bleibst. Das Jugendamt bekomme ich auch alleine in den Griff!", schnauzte Bianca ihm zu, als sie wieder in die Küche zurückkam.
„Du weißt, dass sie nochmal zur Kontrolle kommen. Und ich werde so lange dableiben, bis die Sache vom Tisch ist! Danach gehe ich sowieso freiwillig. Aber bis dahin wirst du dich den Kindern zuliebe zusammenreißen, hörst du?", sagte Rangy dann auch etwas vehementer, denn er hatte die Schnauze mittlerweile gestrichen voll von ihren launischen Zickereien.
„Ich weiß, es ist nicht einfach, für keinen von uns. Aber so ist es jetzt nun mal, und wir müssen das Beste daraus machen! Ich ziehe wieder ins Gästezimmer.", setzte Rangy noch hinzu und stand auf, um wieder einmal seine Sachen umzuräumen.

In diesem Moment kamen Kimberly und Joey nach Hause und Bianca verzichtete zum Glück tatsächlich darauf vor den Kindern Rangy weiterhin eine Szene zu machen. Sie fluchte zwar noch kurz etwas vor sich hin, zwang sich dann aber zur Ruhe und fing an das Abendessen zu kochen.

Nachdem Rangy seine Sachen wieder ins Gästezimmer geräumt hatte, setzte er sich dort aufs Bett und rieb sein Gesicht. Am liebsten wäre er ja tatsächlich gegangen, und er hielt es eigentlich kaum mehr aus bei Bianca zu bleiben, und trotzdem zwang ihn etwas in seinem Innern dazu es noch weiterhin zu tun. Aber er musste sich unbedingt etwas überlegen, damit er die Zeit, die er noch hierbleiben musste, gut überstehen würde.

*

Die angespannte Stimmung zwischen Rangy und Bianca löste sich auch nach weiteren Wochen nicht. Bianca hatte zwar seit ihrem letzten Streit keinen weiteren Anlauf mehr unternommen Rangy rauszuschmeißen, aber sie war auch keinen Zentimeter auf ihn zugegangen, und Rangys Bemühungen um ein weiteres Gespräch ließ sie stets ignorant an sich abprallen.
Nicht nur Rangy litt unter der vereisten Kommunikation, auch die Kinder bekamen natürlich mit, dass es zwischen ihren Eltern gehörig brodelte. Vor allem Kimberly ging die Situation gehörig an die Nieren. Sie wurde immer schlechter in der Schule, was sogar dazu führte, dass sich die Schulleitung an Bianca und Rangy wandte, und sie zu einem Gespräch bat.
Da Bianca von ihrer Meinung nicht abzubringen war, dass Rangy an allem Schuld sei, schickte sie ihn allein zu dem Gespräch, weil er ihrer Ansicht nach nun auch die Suppe auslöffeln sollte, die er ihnen allen durch sein unmögliches Verhalten eingebrockt hatte.
Rangy hatte allerdings gar nichts dagegen allein in die Schule zu gehen, denn so war er sich sicher, dass wenigstens dort alles ruhig und friedlich ablaufen würde.

Und genauso kam es dann auch.
Rangy klärte die Schulleitung und die zuständige Lehrerin wahrheitsgemäß über die bevorstehende Scheidung auf, und dass deshalb momentan nicht immer alles so ganz harmonisch zu Hause ablaufen würde. Seine aufrichtige Schilderung der familiären Situation stieß dabei auf viel Verständnis, und Rangy versprach am Ende, sich um eine geeignete Nachhilfe und Unterstützung für Kimberly zu kümmern.

Bianca fiel aus allen Wolken, als Rangy ihr später erzählte, dass er dem Schulleiter und Kimberlys Lehrerin einfach die Wahrheit über ihre Situation gesagt hatte. Wieder war sie in null Komma nichts stinkwütend und polterte sogleich auf Rangy ein, was ihm einfallen würde das einfach so in die Welt hinauszuposaunen. „Soll ich die Paparazzi direkt in die Schule schicken? Ich dachte wir tun wenigstens nach außen hin so, als wären wir eine heile Familie! Was ist, wenn die Schule nun mit dem Jugendamt Kontakt aufnimmt? Hast du daran schon mal gedacht?", echauffierte sie sich lautstark und fuchtelte dabei wild mit den Händen vor seinem Gesicht herum.

Jetzt hatte Rangy genug von ihrem ganzen Affentanz, und er fuhr sie wütend, aber dennoch in einer gemäßigten Lautstärke an. „Jetzt hör mal gut zu! Erstens, du hättest mitgehen können! Zweitens, hör auf mich ständig anzubrüllen! Drittens, akzeptiere endlich, dass das mit uns vorbei ist! Und viertens, es gibt noch mehr Eltern, die sich scheiden lassen! Du machst alles nur noch viel schlimmer, wenn du weiterhin nur um dich schlägst! Lass es uns doch bitte so friedlich wie möglich über die Bühne bringen."

„Friedlich über die Bühne bringen, das könnte dir so passen! Damit du dann friedlich und guten Gewissens wieder zu deinen Lumpenfreunden zurückgehen kannst, so als sei nichts gewesen? Da kannst du lange drauf warten. Du wirst schon noch sehen, was du davon hast!", brüllte Bianca nun fast hysterisch zurück und ließ Rangy dann einfach so stehen und ging, um mit einem Produzenten zu telefonieren.

Rangy stand noch eine ganze Weile wie versteinert in der Küche. Er konnte überhaupt nicht nachvollziehen, warum sie so derart wütend auf ihn war. Dass sie das alles mitnahm, das konnte er ja sehr gut verstehen, ihm ging es ja schließlich nicht anders. Aber mit diesem unterschwelligen Hass und den permanenten Beleidigungen gegenüber den Obdachlosen kam er einfach nicht klar. Jede weitere Schreierei driftete ihn nur noch weiter von ihr weg. Und er erwischte sich erneut dabei, wie er in Gedanken damit spielte dem Jugendamt zu erzählen, was wirklich ablief. Mittlerweile zweifelte er sehr stark daran, ob das wirklich die beste Strategie war, dem Jugendamt diese Farce vorzuspielen. Vielleicht wären sie mit der Wahrheit von Anfang an besser gefahren, denn einen eindeutigen Hinweis darauf, dass das Amt ihnen die Kinder wegnehmen wollte, gab es nach wie vor nicht. Obwohl das Jugendamt noch zweimal unangemeldet vorbeigekommen war, hatten sie dahingehend keinerlei Andeutungen mehr gemacht. Und Rangy kam wieder zu der wagen Vermutung zurück, dass Bianca die Paparazzisache doch nur ausgenutzt hatte, um ihn in ihr Leben zurückzuholen. Vielleicht war sie ja auch nur deshalb so derart abweisend, weil ihr Plan nicht aufging.

Als Bianca nach ihrem Telefonat nicht wieder zurück in die Küche kam, verließ Rangy einfach das Haus. Er musste raus.
Stundenlang fuhr er dann wieder einmal durch die Gegend und kam sich schon vor wie in seinem eigenen Déjà-vu, und logischerweise überlegte er nach Venice zu fahren. Seine Sehnsucht sagte auch eindeutig ja dazu, aber sein Verstand bremste ihn, denn er wollte sich jetzt nicht bei Grainy ausheulen, obwohl ihm genau danach zumute war. Sollte sie ihn überhaupt jemals wiederhaben wollen, dann musste er erst geschieden, und seine familiäre Situation geklärt haben. Ein erneutes Hin und Her durfte er ihr auf keinen Fall antun.
Trotzdem konnte sich Rangy an diesem Tag nicht mehr dazu durchringen nach Hause zu fahren. So entschied er sich die Nacht einfach im Auto zu verbringen. Er fuhr in Richtung Malibu, stellte sich dort auf einen Parkplatz am Meer, schrieb Bianca eine kurze Mitteilung und hoffte dann, dass er dort vor allem von der Polizei ungestört sein würde.

Er hatte zwar das dringende Bedürfnis sich zu betrinken, aber dann hätte er nicht mehr nachdenken können, und das musste er nun endlich einmal gründlichst tun. Er musste unbedingt bis zum nächsten Morgen eine Lösung haben, sonst würde er höchstwahrscheinlich in den nächsten Tagen einfach abhauen, was auf alle Fälle die allerblödeste Sache wäre.

*

Stundenlang war Rangy dann in dieser Nacht am Strand auf und ab gelaufen, und als er sich in der Morgendämmerung wieder in sein Auto setzte, fühlte er sich etwas besser. Er hatte sich zumindest für eine Sache entscheiden können, die er auch sogleich in Angriff nahm zu verwirklichen.
An der nächsten Tankstelle holte er einen Kaffee und fuhr dann nach Downtown zu seinem Anwalt. Er wollte sich einfach mal eine fachkundige Meinung einholen, wie denn seine Chancen auf ein gemeinsames Sorgerecht überhaupt standen, wenn er jetzt ausziehen würde, und wie denn eigentlich die ganze Sache mit dem Jugendamt aussah.
Sein Anwalt fragte ihn gegen Schluss, warum er denn nicht schon früher mit ihm gesprochen hätte, worauf Rangy eigentlich keine Antwort hatte, außer der, dass er anscheinend zu gutgläubig gewesen war. Er hatte Bianca einfach dahingehend vertraut, dass sie die Kinder nicht dazu benutzen würde, um eine Scheidung zu verhindern.
Rangy brauchte erst eine Weile, um das alles, was der Anwalt ihm erzählt hatte zu ordnen und vor allem zu verdauen. Seiner Ansicht nach, war die Sache mit dem Jugendamt nämlich total überzogen, und er versprach sich sofort darum zu kümmern, dass diese Kontrollbesuche auf der Stelle aufhörten, denn offenbar hatte das Amt ja keinerlei Missstände bei Turners

vorgefunden, sonst wäre schon längst etwas passiert. Der Anwalt riet Rangy allerdings trotzdem dringend dazu sich einen festen Wohnsitz zuzulegen, da das bei der Beurteilung des Sorgerechts auf jeden Fall wichtig sei. Ohne einen festen Wohnsitz könnte er sich das gemeinsame Sorgerecht gleich abschminken, ansonsten sah er dahingehend überhaupt kein Problem. Rangys Sorgen seien also völlig unberechtigt, meinte der Anwalt, und er riet ihm noch aus eigener Erfahrung heraus dazu, so schnell wie möglich auf ganzer Linie klar Schiff zu machen, denn eine solch derart belastete Partnersituation würde den Kindern mehr schaden, als ein konsequenter Schnitt, der in jedem Fall wieder klarere Verhältnisse schaffen würde.

Jetzt wünschte sich Rangy sehnlichst, er könnte Bob das alles erzählen, aber er vermisste ihn nicht nur deshalb. Kurz überlegte er sich, ob und wen er aus seinem Bekanntenkreis anrufen könnte, denn er hatte plötzlich das Gefühl es alleine nicht mehr zu schaffen. Doch an wen er auch dachte, niemand fühlte sich für ihn stimmig an, und da erst bemerkte er, dass er sich von all seinen früheren Kollegen und auch Freuden schon länger entfernt hatte. Als ihm dann auffiel, dass er außer Bob momentan keinen echten Freund hatte, außer zwei alten Kumpels in Australien, fühlte er sich nochmals um einiges einsamer als schon die ganzen letzten Monate zuvor. Doch jetzt zu Bob zu fahren, erschien ihm auch irgendwie nicht fair. Rangy entschied sich deshalb erst einmal in den Griffith Park am nördlichen Ende vom Canyon Drive zu fahren, sein Auto dort abzustellen und ein wenig spazieren zu gehen. Unterwegs holte er sich noch einen Kaffee, denn er war inzwischen hundemüde nach der vergangenen, schlaflosen Nacht in Malibu.

Nach einem Spaziergang zu den Bronson caves setzte sich Rangy auf einen querliegenden, dicken Baumstamm und schaute ein paar flinken Kolibris dabei zu, wie sie vor ihm über die Wiese hin und her brummten.

Sein Kopf war wie ausgedörrt, und er fragte sich, wieso er nicht gleich seinem Gefühl vertraut hatte. Aber die Panik um seine Kinder hatte diese Ahnung total überdeckt, weshalb er das alles auch sehr lange nicht mehr hinterfragt hatte. Außerdem musste er ebenso zugeben, dass er sich anfangs schon auch wieder recht wohl im Kreise der Familie gefühlt hatte, und der Sex mit Bianca hatte definitiv dazu beigetragen, dass er nicht mehr auf sein Bauchgefühl gehört hatte. Er hatte es sogar eine Zeit lang regelrecht ignoriert und erfolgreich von seiner Wahrnehmung abgespalten.

Wie lange Rangy dort auf dem Baumstamm gesessen hatte, wusste er erst, als er wieder im Auto war. Doch die Stunden hatten sich gelohnt, denn jetzt war ihm klar was er machen musste. Der Anwalt hatte Recht, und eigentlich wusste er das auch selbst ganz genau. Er musste zu sich stehen und seine Wahrheit leben. Alles andere hatte auf Dauer keinen Sinn. Er machte damit nur sich und seiner Umwelt etwas vor. Auch wenn er davon sprach, dass das Leben im Haus nicht mehr das war, was er wollte, so tat er es dennoch, und das war nicht in Ordnung. Was auch immer nun für Konsequenzen für ihn oder die Kinder anstanden, er würde es regeln können, denn wenn er sein Leben lebte, so, wie er sich wohlfühlte, dann hätte er auch die Kraft dazu die Verantwortung zu tragen, die dieser Schritt mit sich brachte.

Und um genau dieses zu tun, fuhr er nach Hause, um endlich sein eigenes Zuhause zu erschaffen.

Rangy erzählte einfach alles, von Anfang bis heute, und er bemühte sich dabei nichts auszulassen. Bianca wollte ihn zwar einige Male unterbrechen, aber Rangy ließ es nicht zu. Er war den Kindern zugewandt und erzählte es vor allem ihnen, ob Bianca dabei zuhörte oder nicht, war ihm relativ egal. Bevor er seinen Kindern wiederholt sagte, dass er sie liebe, erwähnte er noch, dass er sich eine kleine Wohnung mieten wolle, und nun sehr darauf hoffe auch hier in der Nähe etwas Passendes zu finden, was auch bezahlbar war, ohne auszulassen, dass er heute bei seinem Anwalt gewesen sei, und auch, dass er auf das gemeinsame Sorgerecht beharren würde. Den Vorschlag bezüglich Unterhalt für die Kinder und was das gemeinsame Haus betraf, würde er Bianca nachher mitteilen, denn das ging die Kinder nichts an und würde sie nur unnötig belasten.
Das allgemeine Schweigen nach seiner ausführlichen Erklärung, war zwar alles andere als angenehm für Rangy, und dennoch ging es ihm so gut wie schon lange nicht mehr.

Wider Erwarten war es diesmal Kimberly, die zuerst das Wort ergriff. „Hauptsache ihr streitet euch nicht mehr!", sagte sie leise, stand dann auf und ging zu ihrem Daddy rüber, der sie sogleich in den Arm nahm. „Das hoffe ich auch!", antwortete Rangy seiner Tochter wahrheitsgemäß, und die anderen beiden Kinder nickten nur zustimmend.
Bianca beobachtete das Geschehen mit etwas Skepsis, und sie hatte dabei das Gefühl sämtliche Kraft würde aus ihren Adern ungebremst ins Erdreich entweichen. Dieses Mal wusste sie, dass sie ihn nicht mehr würde aufhalten können. Rangy war bereits weg, und das wohl schon seit Langem, wie sie sich nun zähneknirschend bitter eingestehen musste.
Dann stand Bianca wie von selbst auf und ging zunächst hinaus in den Flur und schließlich hinauf ins Bad, wo sie ihren

Tränen endlich hemmungslos freien Lauf ließ. Sie konnte sich nicht mehr kontrollieren, der Schmerz war zu stark.

Nach einigen Minuten kam Rangy zu ihr ins Bad und wollte nach ihr sehen. Als er seine Frau dann tränenüberströmt auf dem Wannenrand sitzen sah, wurde ihm auch schwer ums Herz. Ohne weiter darüber nachzudenken was in den letzten Monaten alles abgelaufen war, setzte er sich voller Mitgefühl neben sie und nahm sie in den Arm. Da brach ihr Schmerz nochmals hervor, und sie weinte an seiner Schulter, bis sie nicht mehr konnte, und Rangy hielt sie einfach fest, und auch ihm liefen ein paar Tränen.
Nachdem Bianca sich wieder etwas beruhigt, und die Nase geputzt hatte, strich Rangy ihr liebevoll ein paar Haarsträhnen aus dem Gesicht. „Ich wollte dir niemals wehtun, das musst du mir glauben! Es tut mir leid!", sagte er leise, und sie nickte. „Ich weiß!", flüsterte sie, denn ihre Stimme war noch nicht wieder ganz zurückgekehrt. „Ich kann also gar nichts mehr tun, um dich umzustimmen?", fragte sie dann kurz darauf mit einer schon wieder etwas festeren Stimme.
Rangy sah ihr in die Augen. „Nein, das kannst du nicht... Bianca, hör zu, ich... ich möchte, dass wir irgendwann Freunde sein können, und dass wir uns, was unsere Kinder betrifft gut verstehen. Ich hoffe sehr, dass das eines Tages möglich ist! Wir hatten ja auch eine verdammt gute Zeit miteinander, und die wird immer im meinem Herzen bleiben!", antwortete Rangy daraufhin, und dieses Mal hörte Bianca ihm ganz ruhig zu. Offenbar hatte sie ihre Schwerter nun gänzlich weggesperrt, zumindest in diesem Augenblick, was Rangy ihr hoch anrechnete, und was ihm außerdem sehr gut tat, nach all der Schreierei und Zankerei.

„Dann ist es wohl so!", sagte Bianca, während sie noch etwas Toilettenpapier abrollte, um sich nochmals die Nase zu schnäuzen.

Rangy ergriff die beruhigte Gelegenheit beim Schopf, und unterbreitete ihr noch Folgendes: „Wir müssen noch etwas klären, und zwar wie wir das mit dem Haus und dem Unterhalt für die Kinder machen werden. Ich habe da eine Idee. Hör sie dir einfach mal an, lass sie dir durch den Kopf gehen, und dann kannst du mir ja sagen, was du davon hältst. Ich habe versucht eine faire Lösung zu finden, und mein Anwalt hat das mal durchgerechnet und es für sehr gerecht befunden. Also, du behältst unser Haus, und ich muss dafür keinen Unterhalt zahlen. Ich werde Kimberly und Joey später den Führerschein, und allen Dreien gegebenenfalls das College bezahlen. Und sollten sie zu ihrer Ausbildung außer Haus wohnen, dann teilen wir uns die Kosten für ihren Unterhalt, bis sie eigenes Geld verdienen."

Bianca blieb zu Rangys Erstaunen immer noch ruhig. Sie nickte leicht und sagte: „Ok, ich werde es mir überlegen. Klingt aber nicht schlecht!" Rangy lächelte sie erleichtert an, und auch Bianca musste lächeln. Konnte es tatsächlich wahr sein, dass sie hier auf einem guten Weg waren? Rangy konnte es noch gar nicht wirklich glauben, aber im Moment schien es tatsächlich so zu sein.

„Komm, lass uns zu den Kindern runtergehen.", schlug Rangy dann vor und stand auf. Bianca nickte kurz, sah in den Spiegel und wischte sich noch die Spuren ihrer Tränen aus dem Gesicht, dann nahm Rangy ihre Hand, und sie gingen zusammen hinunter zu ihren Kindern, die mittlerweile auf dem Sofa sitzend eine allabendliche Serie im Fernsehen anschauten.

Bevor sie jedoch ins Wohnzimmer traten, ließ Rangy allerdings Biancas Hand wieder los, denn das hätte jetzt nur für unnötige Verwirrung gesorgt.

*

Drei Wochen später hatte Rangy dann endlich eine Wohnung gefunden, die ihm sogar einigermaßen gefiel, und die vor allem nur zwanzig Minuten Fußweg von seinen Kindern entfernt lag.
Die Kinder hatten darauf bestanden ihm beim Renovieren und einrichten der Wohnung zu helfen, wobei es da gar nicht viel zum Einrichten gab, denn die Wohnung war möbliert, und zum Glück gefiel es allen ganz gut. Rangy war es sogar ziemlich egal, wie es in der Wohnung aussah, denn er wollte ab sofort wieder zum Boardwalk, und daher würde er eh nur dann hier sein, wenn die Kinder mal bei ihm wären, was wahrscheinlich nicht sehr oft der Fall sein würde, denn Bianca hatte sich inzwischen anscheinend wirklich beruhigt und ihm zugesichert, dass er jederzeit die Kinder auch in ihrem Haus besuchen könnte. Also war die neue Wohnung im Prinzip für Rangy nur wichtig und dienlich, um das gemeinsame Sorgerecht zu bekommen.

Die erste Nacht verbrachte Rangy dann aber doch in seiner neuen Wohnung, und er genoss die unerwartete Ruhe dort. Dadurch spürte er erst, wie anstrengend die letzten Monate eigentlich gewesen waren. Und wider Erwarten fand er Gefallen daran eigene vier Wände zu haben, auch wenn sie nur gemietet waren. Eigentlich war er ja fest davon ausgegangen sofort nach Venice zu fahren, nachdem er seine paar Habseligkeiten hier abgeladen hatte, doch irgendwie packte er es dann doch nicht gleich. Und aus der einen Nacht wurden zwei und schließlich einige Wochen.

Der ganze Stress, der sich in Rangy im Prinzip schon seit Jahren angesammelt hatte, bahnte sich jetzt so langsam aber sicher einen Weg an die Oberfläche zurück, und er war tagelang einfach nur hundemüde. Zu seinem eigenen Erstaunen konnte er es zulassen, und er nutzte die Zeit, um sich zu erholen und wieder mehr zu sich zu kommen. Manchmal stand er erst gar nicht auf und verbrachte den ganzen Tag im Bett.

Nach und nach kam schließlich auch bei den Kindern und Bianca wieder mehr Ruhe in den Alltag zurück, und alle entspannten sich zusehends in der neuen Situation.

Nach einer Weile dachte Rangy auch wieder darüber nach, wie er das denn nun mit seiner eigenen Farm machen sollte. Aber eigentlich versuchte er dabei erst einmal herauszufinden, ob er das überhaupt noch wollte. Denn irgendwie konnte er es nicht mehr so klar spüren.

Dann, eines Nachts, träumte Rangy wieder einmal von seinem Großvater, und als er morgens aufwachte, buchte er sofort einen Flug nach Australien. Nach Hause.

Vier Wochen blieb Rangy bei seinen Eltern, die sich natürlich über seinen Besuch riesig freuten, es aber auch sehr bedauerten, dass er ohne die Kinder gekommen war, doch die mussten ja in die Schule, weshalb er sie leider nicht hatte mitnehmen können.

Die Zeit bei seiner Familie auf der Ranch seiner Kindheit tat Rangy unwahrscheinlich gut, und er sog das Farmleben in sich auf, als wäre er noch nie zuvor auf einer gewesen. Von morgens bis abends arbeitete er wo Arbeit anfiel, traf sich nach Sonnenuntergang mit Freunden von früher, und nach und nach fiel auch die letzte Anspannung in Bezug auf die Scheidung und das Sorgerecht von ihm ab, und er wurde zusehends wieder lockerer und fröhlicher.

Bianca hatte sich zwar immer noch nicht zu seinem Vorschlag in Bezug auf die finanziellen Angelegenheiten geäußert, aber Rangy wollte sie auch nicht drängen. Der momentane Frieden zwischen ihnen war ihm lieber, als jetzt unnötigen Stress zu machen.

Seinen Großvater ging Rangy oft auf dem Friedhof besuchen, und er vermisste ihn jedes Mal mehr. Aber diese Besuche halfen ihm trotzdem sehr, denn er hatte stets das wunderbare Gefühl, seinem Großvater dort ganz nah zu sein. Manchmal kam es Rangy auch so vor, als würde er sogar zu ihm sprechen, und gegen Ende seines Besuchs war er sich ziemlich sicher, dass er das mit der eigenen Farm nicht nur immer noch wollte, sondern auch schaffen könnte.

Einige Tage verbrachte Rangy dann noch mit ein paar Freunden draußen am Murray River, einem wunderschönen Fluss, an dem sie campen und angeln gingen. Bier floss da natürlich auch reichlich, und die Geschichten von früher amüsierten alle bis tief in die Nächte hinein.
Fast hätte Rangy darüber Bianca, L.A. und seine Schauspielerkarriere vergessen, wenn seine Freunde ihn nicht ab und zu danach fragen würden. Sie wollten natürlich auch etwas von seinem aktuellen Leben wissen, aber Rangy erzählte darüber nicht besonders viel und lenkte dann stets schnell wieder auf andere Themen um. Vom Boardwalk erzählte er

gar nichts, und er wusste noch nicht einmal genau warum eigentlich. Und zum Glück hatten die Leute mit denen er hier unten zu tun hatte von all dem Klatsch und Tratsch über ihn nichts mitbekommen. Hier war und blieb er Rangy, und für manche auch Rangi, der Sohn eines Farmerehepaares. Er war und blieb einer von ihnen. Ein Farmboy vom Land.

Doch wurde Rangy durch die Fragerei nach und nach bewusst, dass er tatsächlich ein erfolgreicher Schauspieler geworden war, was ihm jahrelang auch sehr viel Freude bereitet hatte. Er vermutete bald, dass es ihm deshalb irgendwann immer schlechter gegangen war, weil er lange Zeit versucht hatte gegen verschiedene Anteile in sich anzukämpfen, anstatt sie zusammenzubringen.
Das Schauspielern war zwar nicht sein Kindheitstraum gewesen, und er hatte rein gar nichts dafür getan in dieses Geschäft zu kommen, und viele beneideten ihn deshalb darum, weil er damals, während er am Strand in L.A. surfen ging, einfach so entdeckt worden war, und dennoch hatte er beim Drehen oftmals das Gefühl gehabt etwas Sinnvolles zu tun. Auch wenn manche Filme und Serien, die er gemacht hatte rein zur Unterhaltung gedacht waren, konnte er seinen Rollen doch jeweils immer eine individuelle Tiefe verleihen, was ihn selbst zufriedengestellt, und auch persönlich weitergebracht hatte. Rangy war schon immer davon fasziniert gewesen, wie gespielte Figuren in einem Film zum Leben erwachen, und die selbst bei völlig frei erfundenen Geschichten beim Zuschauer echte Gefühle erzeugten, und anscheinend konnte auch er genau dies zur Begeisterung von Filmleuten und Publikum auch ohne Worte meisterhaft rüberbringen. Viele sagten, dass man das nicht lernen könnte, und dass er ein Naturtalent sei. Rangy konnte das zwar nicht so ganz nachvollziehen, einfach, weil er nicht spürte, was die

Leute damit genau meinten, aber was er stets beim Spielen gemerkt hatte, war, dass er sehr schnell in die Rollen fand und meistens auch Emotionen fühlte, die weit unter der Oberfläche lagen, und die im Drehbuch gar nicht erwähnt waren. Oftmals sagte er dem Regisseur nichts davon, sondern ließ das Gefühl einfach intuitiv zu und vertraute darauf, dass das dann noch in den Zusammenhang passte, was tatsächlich bisher immer auch wunderbar funktioniert hatte. Und er hatte dem jeweiligen Film dadurch stets eine ungeahnt essentielle Tiefe verleihen können.
Manches Mal hatte er auch schon eine Rolle genutzt, um durch sie etwas zu erleben, was er sonst nicht erfahren hätte.

Und genau das war es dann auch, was Rangy die Entscheidung letztendlich leicht machte. Er würde den Film über seine Boardwalkgeschichte doch machen. Denn nun wusste er auch, was er mit dem Film sagen wollte, und in welche Richtung der rote Faden gehen könnte, von dem er zwar in seinem eigenen Leben noch nicht genau wusste wohin dieser bei ihm führen würde, aber in einem Film konnte er es ja selbst bestimmen was passierte, und wer weiß, dachte er, vielleicht weise ich mir dadurch ja auch selbst den Weg.
Plötzlich bekam er sogar große Lust auf das Projekt, und das nicht nur deshalb, weil es ihm bei Erfolg auch zu seiner eigenen Farm verhelfen würde.

*

Kaum war Rangy zurück in L.A. rief er den Produktionsleiter an und sagte ihm, dass er nun doch bereit für den Film wäre. Der war logischerweise sofort Feuer und Flamme, und sie vereinbarten für den kommenden Nachmittag einen Besprechungstermin.

Am selben Abend war Rangy dann von Bianca ins Haus zum Essen eingeladen worden, und Rangy hoffte sehr, dass Bianca ihm heute endlich mitteilen würde, wie sie sich entschieden hatte.
Das Essen verlief sehr harmonisch, und auch Bianca wirkte recht entspannt. Rangy erzählte den Kindern natürlich ganz viel von Australien, und die Geschenke der Großeltern kamen logischerweise auch gut an, und hellten die Stimmung noch zusätzlich auf.
Nachdem Rangy Kimberly und Joey ins Bett gebracht hatte, wartete Bianca schon mit einer Flasche Rotwein im Wohnzimmer auf ihn. Und Bianca hatte sich umgezogen. Sie sah umwerfend sexy aus in ihrem kurzen, enganliegenden roten Kleid, was Rangy allerdings sofort nervte. Er wollte ihr aber nicht gleich etwas unterstellen, was sie zwar ganz offensichtlich vorhatte, aber noch nicht ausführte, deshalb setzte sich Rangy so unbekümmert wie möglich neben Bianca aufs Sofa und prostete ihr zu.
Bianca rückte schließlich etwas zu ihm auf, ohne ihn allerdings dabei zu berühren, und Rangy hielt den Atem an. Er wollte sich um keinen Fall von ihr um den Finger wickeln lassen, was sie ja bekanntlich vorzüglich drauf hatte. Doch dann war es ihm auf einmal egal, sollte sie es doch versuchen, er würde dieses Mal definitiv nicht mitmachen. Er musste jetzt ausnahmslos zu sich stehen und durfte keine Kompromisse mehr eingehen.
„Wie geht's dir?", fragte Bianca plötzlich und verwunderte Rangy damit, denn mit so einer Frage hatte er nun überhaupt nicht gerechnet. „Ähm, gut, danke!", antwortete er deshalb etwas verzögert, und er hätte sie beinahe gefragt, wieso sie das

überhaupt wissen wollte. „Und wie geht es dir?", fragte er stattdessen, und fand es dann eigentlich sehr schön, dass ihr Gespräch so anfing. „Mir geht es auch gut! Ich habe übrigens einen Freund...", sagte Bianca und erstaunte Rangy damit noch mehr. „Wer ist es denn?", fragte Rangy fast automatisch, denn er verstand nun gar nicht mehr, weshalb sie sich dann jetzt so verführerisch angezogen hatte.

Bianca stellte ihr Glas auf den Tisch. „Er ist Produzent und heißt Steve. Du hast ihn bestimmt schon einmal gesehen.", sagte sie, und versuchte dabei in Rangys Gesicht abzulesen, wie er es aufnahm. Doch sie sah darin nicht das, was sie erhofft hatte.

Und dann wusste Rangy plötzlich was sie mit ihrem Kleid bezwecken wollte. Sie wollte ihn eifersüchtig machen. Rangy musste unwillkürlich grinsen, und er fragte sich, ob dieser Steve nun tatsächlich ihr neuer Freund war, oder ob auch das nur zu ihrem Spiel gehörte. Kurz fühlte er nach, ob ihm das eine oder andere lieber wäre, aber er stellte sofort fest, dass es ihm vollkommen egal war. Er wollte nur endlich wissen, wie sie sich in Bezug auf das Sorgerecht und ihre Scheidung entschieden hatte, denn er wollte, dass das alles jetzt so schnell wie möglich endlich über die Bühne ging. Ihm hing das ganze Getue zum Hals heraus, und er wurde zusehends ungeduldiger.

„Das freut mich für dich!", sagte Rangy dann wahrheitsgemäß, und er konnte sehen, dass seine Aussage ihr nicht so sehr in den Kram passte. Wie auf Knopfdruck rückte sie wieder etwas von ihm ab, zwar nur einige Millimeter, und dennoch sah Rangy darin seine Theorie von eben nur bestätigt. „Ich hoffe du bist glücklich mit ihm!", fügte Rangy noch hinzu, denn das wünschte er ihr tatsächlich von ganzem Herzen.

„Ja, er ist sehr nett! Ich denke es passt sehr gut!", war Biancas Antwort, und sie nahm daraufhin einen vielleicht etwas zu großen Schluck Wein aus ihrem Glas.

Rangy tat so, als ob er nichts von all dem bemerkt hätte, und nahm schließlich Anlauf, um sein Anliegen zu klären. „Wie sieht es denn eigentlich mit unserer Scheidung aus? Bist du zu einem Entschluss gekommen? Jetzt wo du einen neuen Partner hast, willst du das Ganze vielleicht auch endlich hinter dich bringen?!?" Rangy hörte Bianca atmen. Obwohl er dies auch sehen konnte, weil er sie ansah, hörte er ihren Atem viel lauter, als er wahrscheinlich in Wirklichkeit war.

„Ja, habe ich. Und du hast Recht, wir sollten das erledigen. Ich bin übrigens mit deinem Vorschlag einverstanden. Wenn du willst können wir das morgen unseren Anwälten mitteilen, so dass sie es schriftlich ausarbeiten können. Ich denke dann wird es recht schnell gehen, da wir uns ja nun in allen Punkten einig sind." Bianca sagte das alles so selbstverständlich und sachlich, als würde sie mit ihm über einen Filmvertrag reden, und Rangy wunderte sich viel mehr über ihre fast kühle Art, die sie nun an den Tag legte, als dass er sich über ihre Entscheidung freute.

Kurz darauf verabschiedete sich Rangy dann und fuhr in die Nacht hinaus. Er hatte wohlweislich nur einen kleinen Schluck Rotwein getrunken, weil er auf alle Fälle einen klaren Kopf behalten wollte.

Aber dann kam endlich die Freude, und Rangy drehte die Musik auf. Fast wäre er schnurstracks zum Boardwalk gefahren, um mit Bob und Grainy zu feiern, aber er tat es dann doch nicht. Eins nach dem anderen, entschied er und fuhr einfach noch eine Weile durch die Stadt, bevor er zum Schlafen in seine Wohnung zurückkehrte.

*

Das Gespräch mit dem Produktionsleiter und den interessierten Produzenten am nächsten Tag verlief eigentlich sehr vielversprechend, auch wenn es noch ein paar Punkte gab, mit denen Rangy nicht einverstanden war. Dennoch waren sich alle schon mal darüber einig, dass ein professioneller Drehbuchautor beauftragt werden sollte, um das Script zu schreiben. Ob überhaupt, und wenn ja, in wie weit er dann die Wahrheit erzählen würde, musste er zum Glück jetzt noch nicht entscheiden, denn die U-Haft Sache war als Gesprächsgrundlage für den Anfang völlig ausreichend.
Rangy verlangte allerdings noch einen schriftlichen Vertrag, in dem festgehalten wurde, dass er in allen Dingen das letzte Wort haben würde. Da Rangy erneut das gesamte Projekt davon abhängig machte, sahen sich die Filmleute gezwungen auf seine Forderung einzugehen, denn sie wollten diesen Film unbedingt machen.

Nach ein paar Stunden verließ Rangy das Filmgelände und setzte sich etwas nachdenklich ins Auto. Eigentlich war ja fast alles so gelaufen, wie er es sich gewünscht hatte, und trotzdem wollte sich die Freude darüber nicht so recht einstellen. Und nach einer Weile des Nachgrübelns, warum das so war, kam Rangy schließlich darauf.
Es lag gar nicht an dem Filmprojekt, sondern an Bob und vor allem an Grainy. Er hatte sich seit seinem Verschwinden damals nicht ein einziges Mal mehr bei ihnen blicken lassen, und in diesem Moment wurde es Rangy sonnenklar, dass er den Film eigentlich nur machen könnte, wenn er vorher mit Bob und Grainy gesprochen hatte. Und dann würde es auch

noch darauf ankommen wie sie auf sein Vorhaben reagierten, vorausgesetzt sie würden überhaupt noch mit ihm reden wollen. Bei Bob machte sich Rangy da zwar eher weniger Sorgen, aber bei Grainy ging er schon davon aus, dass sie jetzt nun wirklich nichts mehr mit ihm zu tun haben wollte, was er ihr allerdings auch nicht im Geringsten verübeln würde.

Rangy sah auf die Uhr und stellte fest, dass er noch genügend Zeit hatte, bevor er Joey vom Training abholen musste. Kurzentschlossen startete er deshalb den Motor und fuhr nach Venice. Rangy wusste mittlerweile aus eigener Erfahrung nur zu gut, dass Aufschieben eh nichts nützte. Und er hatte es schon viel zu lange vor sich hergeschoben.

Zum Glück hatte Rangy seine Venice Klamotten vor ein paar Tagen wieder in den Kofferraum gelegt. Wie als hätte ich es geahnt, dachte Rangy, als er sich im Auto umzog und sich augenblicklich wieder pudelwohl in diesen Kleidern fühlte.
Rangy musste allerdings noch kurz abwarten, bis ein paar Passanten an ihm vorbeigegangen waren, bevor er ungesehen aussteigen konnte. Dann machte er sich auf den kurzen Fußweg zum Boardwalk, allerdings mit sehr gemischten Gefühlen, und sein Magen zog sich nervös zusammen. Unterwegs kaufte er noch ein paar Bier und hoffte darauf zunächst auf Bob zu treffen.

Und tatsächlich, Bob saß wie so oft an seinem gewohnten Platz am Boardwalk und ließ sich fotografieren.
Rangy näherte sich vorsichtig, denn er hatte plötzlich wirklich Angst Bob könnte ihn abweisen und noch nicht einmal mit ihm reden wollen. Doch just in dem Moment als Bob Rangy erkannte, sprang er postwendend auf, ging mit offenen Armen

auf ihn zu und drückte ihn so fest an sein Herz, dass Rangy kurz befürchtete zerquetscht zu werden.
„Herrgott nochmal, Rangi!! Was eine Freude, dich zu sehen!! Wo warst du bloß so lange? Ich habe mir wirklich Sorgen gemacht!", waren Bobs erste Worte, und Rangy fielen Zentner Steine vom Herzen. Dadurch spürte er erst wie angespannt er diesbezüglich eigentlich die ganze letzte Zeit über gewesen war. Ohne erst auf eine Erklärung Rangys zu warten, packte Bob seine Sachen zusammen und nahm Rangy mit zu seinem Platz auf dem Grünstreifen.
Dort setzten sie sich in die alten Campingstühle, und Rangy gab Bob ein Bier. Nachdem sie sich zugeprostet, und getrunken hatten, erzählte Rangy dann ausführlich was in den letzten Monaten alles passiert war, und warum er trotz seines Versprechens nicht mehr vorbeigekommen war.
Bob nickte nur mitfühlend, und er konnte sogar verstehen, dass Rangy sich so verhalten hatte. Rangy wollte seine Kinder schützen, und es wäre wahrhaftig ganz und gar nicht vorteilhaft gewesen, wenn er in dieser Zeit nochmals am Boardwalk erkannt worden wäre.
Nachdem Rangy Bob sein Herz ausgeschüttet, und ein paar Bier intus hatte, fiel ihm erneut auf, dass es sich abermals so anfühlte, als wäre er nie weg gewesen. Alles war ihm so vertraut, als lebte er schon sein Leben lang hier auf der Straße. Rangy wunderte sich wieder einmal darüber, dass das so war, denn den Hauptgrund dafür kannte er ja immer noch nicht. Allerdings hatte er momentan auch überhaupt keine Lust dazu weiter darüber nachzugrübeln, denn die Wiedersehensfreude war zu groß, und das Bier zu lecker, als dass er sich jetzt damit beschäftigen wollte. Außerdem gab es ja da noch etwas, was er unbedingt tun musste.
„Wie geht es Grainy?", fragte Rangy dann schließlich.

Bob sah Rangy an und seufzte. „Ich glaube, die Sache kannst du vergessen! Sie ist immer noch bitter enttäuscht und verletzt, was ich auch verstehen kann, aber dich kann ich auch verstehen. Es ist ja auch nicht gerade leicht für dich! Aber obwohl sie ja selbst damals überlegt hatte Schluss zu machen, konnte ich sie nicht wirklich trösten. Klar, so oder so, es wäre nicht leichter für sie gewesen, wenn es noch mehr hin und her zwischen euch gegeben hätte.", war Bobs ehrliche Antwort, und Rangy schätzte es erneut sehr, dass Bob so geradeheraus war. „Das habe ich mir schon gedacht! Ich kann sie auch verstehen! Das war echt verdammt mies von mir. Ich habe in diesem Moment nur noch an meine Kinder gedacht, und später, ich hätte es nicht nochmal ausgehalten wieder heimlich hin und her zu pendeln. Ich war sehr oft kurz davor gewesen herzukommen, weil meine Sehnsucht so groß war, aber es hätte nach meinem Gefühl die Wunden nur immer wieder aufgerissen.", sagte Rangy traurig, und der Schmerz über die offenbar total vermasselte Situation mit Grainy überkam ihn so heftig, dass es ihm übel wurde. Schnell versuchte er mit einem Schluck Bier die Übelkeit zu vertrieben, was allerdings nicht sofort funktionierte.

Bob ahnte wohl was plötzlich mit Rangy los war, denn er zückte aus einer seiner vielen Tüten eine Flasche Whisky hervor, die er Rangy dann schon geöffnet herüberreichte. Rangy sah ihn dankbar an und nahm gleich ein paar Schlucke. Danach beruhigte sich sein Magen tatsächlich, und Rangy konnte wieder durchatmen.

Kurze Zeit später wurde Rangy klar, dass er seinen Sohn heute auf keinen Fall abholen könnte, weshalb er Elena anrief und sie darum bat das zu übernehmen. Elena sagte sofort zu und stellte auch keine Fragen nach dem Grund, und Rangy war sehr erleichtert darüber sie nicht anlügen zu müssen.

Und dann war Rangy zumindest für heute alles egal.
Mit Bob zusammen betrank er sich willenlos und schlief schließlich irgendwann gegen Abend in eine von Bobs Decken gehüllt ein.
Um Grainy würde er sich morgen kümmern.

*

Das laute Geschrei einiger Möven, die am Strand auf Futtersuche waren, weckte Rangy schließlich, und zu seinem eigenen Erstaunen hielt sich sein Kater in Grenzen. Bob schlief noch, und Rangy beschloss Kaffee und ein paar Muffins zum Frühstück zu holen.
Er schlenderte zum COW'S END und stellte sich in die heute zum Glück recht kurze Warteschlange vor dem Tresen.
Und plötzlich stand sie da, und sah ihn kurz entgeistert an. Doch bevor Rangy, der selbst verblüfft war Grainy hier zu sehen, etwas sagen konnte, wandte sie ihren Blick von ihm ab und ging ohne ein Wort zu sagen mit ihrem Kaffee in der Hand hinaus.
Rangy ging ihr sofort nach und rief dabei ihren Namen, doch Grainy schien ihn nicht zu hören. Sie lief schnurstracks zum Boardwalk zurück und drehte sich noch nicht einmal um. Rangy musste ein kurzes Stück rennen, um sie einzuholen, und versuchte es dann nochmal, indem er sich ihr direkt in den Weg stellte. „Bitte Grainy... Ich weiß, ich habe Mist gebaut! Aber bitte hör mir kurz zu, ich will es dir erklären. Bitte!", sagte Rangy, und er hätte sich für sein damaliges Verhalten ohrfeigen können, als er ihr jetzt in die Augen sah. Er liebte sie in diesem Moment so sehr, dass es ihm die Tränen in die Augen trieb.

„Das fällt dir aber früh ein! Ich habe wochenlang auf irgendeine beschissene Nachricht von dir gewartet! Du hattest mir gesagt, dass du später zurückkommen wirst und wir dann eine Lösung finden würden. Erinnerst du dich? Ich will es nicht wissen. Lass mich einfach in Ruhe!", antwortete Grainy und funkelte ihn fuchsteufelswild an. Sie versuchte an ihm vorbeizukommen, aber Rangy stellte sich ihr immer wieder geschickt in den Weg. „Du hast vollkommen Recht! Und du hast alles Recht der Welt auf mich sauer zu sein, das wäre ich auch an deiner Stelle. Aber ich liebe dich, und ich habe nicht vor, dich noch einmal zu verlassen!", kam es wahrheitsgemäß aus Rangys Mund, und er sah, dass seine Worte sie jedenfalls für Sekunden berührten, was ihm etwas Hoffnung und Mut gab. Grainy sagte zwar daraufhin nichts und versuchte immer noch an ihm vorbei zu gelangen, aber irgendwie ließen ihre Abwehrversuche etwas nach.

Rangy ergriff die Gelegenheit und erzählte ihr zumindest alles in einer Kurzversion, denn für ausführliche Erklärungen waren die momentanen Umstände nicht gerade unterstützend, und so ganz ohne Kaffee fühlte er jetzt außerdem den Kater doch ziemlich in seinem System.

„Ich weiß, ich hätte dir wenigstens Bescheid geben müssen, aber ich habe das irgendwie nicht übers Herz gebracht. Ich wollte ja überhaupt nicht hier weg, und schon gar nicht wollte ich weg von dir, und der ganze Scheiß mit dem Sorgerecht war der reinste Albtraum. Aber jetzt ist alles geklärt und die Scheidung ist eingereicht. Bald bin ich geschieden und frei. Bitte Grainy, hilf mir! Ich weiß doch auch nicht, wie ich das alles unter einen Hut bringen soll. Ich weiß nur, dass ich dich liebe und eigentlich keinen einzigen Tag ohne dich sein will. Aber ich kann meine Kinder ja nicht einfach deswegen im Stich lassen. Hey, sieh mich an, komm schon, sag was, bitte!", sagte Rangy dann noch abschließend.

Grainy war inzwischen stehengeblieben und sah ihm schließlich sogar in die Augen. Am liebsten hätte sie ihn sofort geküsst, an Ort und Stelle ausgezogen und mit ihm geschlafen. Jede Zelle ihres Körpers sehnte sich so sehr nach ihm, dass es wehtat. Doch ihr verletzter Stolz schmerzte sie noch mehr, und eigentlich hatte sie sich fest vorgenommen Rangy nie wieder zuzuhören, sollte er je nochmal auftauchen. Aber sie ahnte schon jetzt, dass sie ihre festen Vorsätze bald zum Teufel jagen würde, wenn er noch länger so dastand und sie so dermaßen liebevoll, aufrichtig und offenbar voller Leidenschaft für sie ansah, dass ihr trotz ihrer immer noch immensen Wut auf ihn, weich in den Knien wurde.
„Wie soll ich dir glauben, dass du es dieses Mal ernst meinst?", fragte sie schließlich, nachdem sie ihr Gehirn wieder etwas unter Kontrolle bekommen hatte. Ein wenig ärgerte sie sich schon über sich, dass sie ihm anscheinend so verfallen war, dass sie bereits jetzt schon wieder anfing sich vorzustellen mit ihm zusammen zu sein.
„Ich habe es immer ernst mit dir gemeint! Ich habe dir nie etwas vorgemacht! Ich liebe dich! Und es tut mir schrecklich leid, dass ich mehrmals einfach abgehauen bin. Das ist normalerweise nicht meine Art, aber das Ganze hat mich total überfordert, ich wusste nicht was ich tun sollte. Alles schien falsch und richtig zugleich zu sein. Ich hätte mit dir reden müssen. Ich hoffe von ganzem Herzen, dass du mir verzeihen kannst!", sagte Rangy und merkte, dass er innerlich vor Anspannung zitterte. Schon allein die Vorstellung Grainy womöglich für immer verloren zu haben, war der blanke Horror für ihn. Und jetzt wurde ihm auch klar, warum er dieses Gespräch so lange vor sich hergeschoben hatte, denn genau vor dieser Möglichkeit hatte er eine schier kaum auszuhaltende, fast panische Angst.

„Gib mir ein wenig Zeit. Ich muss noch einmal darüber nachdenken. Es hat zu sehr wehgetan, als dass ich jetzt einfach so weitermachen könnte, als wäre nichts gewesen.", antwortete Grainy schließlich, was Rangy zumindest etwas beruhigte und noch ein wenig mehr Hoffnung schöpfen ließ.

Dann verabschiedeten sie sich, allerdings für Rangy viel zu schnell, aber Grainy versprach sich in den nächsten Tagen bei ihm zu melden. Das Telefon hatte sie also allem Anschein nach noch, was Rangy zusätzlich entspannte.

Mit klopfendem Herzen ging Rangy anschließend zurück zum COW'S END und holte sich den jetzt mittlerweile schon sehr dringend notwendig gewordenen Kaffee und die Muffins.

Zurück bei Bob erzählte Rangy sogleich, dass er Grainy getroffen, und sogar mit ihr gesprochen hätte, was Bob ebenfalls zutiefst erfreute.
Da klingelte plötzlich Rangys Handy. Es war der Drehbuchautor, der sich als Frau entpuppte, was Rangy sofort gefiel. Er konnte es zwar nicht erklären, aber irgendwie hatte er das bestimmte Gefühl, dass eine Frau diese Geschichte besser schreiben könnte, als ein Mann. Er verabredete sich mit ihr noch für denselben Tag, und seine Laune stieg etwas. Er hatte zwar bis jetzt weder Bob noch Grainy von dem wiederbelebten Filmprojekt erzählt, weil das schlicht und ergreifend alles zu viel auf einmal gewesen wäre, und außerdem wollte er auch erst einmal abchecken in wie weit die Freundschaftsebene überhaupt noch vorhanden war, bevor er erneut mit diesem Thema um die Ecke käme.
Doch ab sofort würde Rangy auf jeden Fall wieder regelmäßig zum Boardwalk kommen, dessen war er sich absolut sicher, weshalb er Bob versprach schon morgen wieder da zu sein.

Dann würde Rangy ihm auch endlich von dem Film erzählen, und diesmal würde er sein Versprechen auch halten.

Nach dem Frühstück verabschiedete sich Rangy schließlich von Bob. Danach fuhr er erst in seine Wohnung, um zu duschen, und anschließend in die Melrose Avenue, um sich dort mit der Drehbuchautorin zu treffen.

*

Als Rangy dann schließlich ziemlich erschöpft an diesem Abend in seinem Bett lag, ließ er die letzten beiden Tage noch einmal Revue passieren.
Angefangen vom versöhnlichen Vollrausch mit Bob, über das zufällige Gespräch mit Grainy, was in seinen Augen kein Zufall mehr war, und schlussendlich das sehr interessante und äußerst produktive Treffen mit der Drehbuchautorin, die voller Begeisterung dabei war. Sie hatte von Anfang an mit großem, aufrichtigem, aber auch respektvollem Interesse sowohl nach den Hintergründen der U-Haft Sache als auch nach den Gerüchten um sein Leben auf dem Boardwalk gefragt, so dass Rangy nach einer Weile intuitiv beschlossen hatte ihr zu vertrauen. Schlussendlich hatte er ihr dann mitgeteilt, dass es da tatsächlich noch mehr gäbe, was er im Bezug auf den Boardwalk erlebt hätte, dass er sich aber noch ganz und nicht sicher wäre, ob er das publik machen wollte. Die Drehbuchautorin konnte seine Bedenken durchaus verstehen, dennoch machte sie ihn deutlich darauf aufmerksam, dass wahre Geschichten meistens die besseren wären.
Rangy war hundemüde, und trotzdem konnte er nicht einschlafen. Wieder und wieder zermarterte er sich den Kopf

darüber, wie er diesen Spagat zwischen Kindern, Boardwalk, Film und Grainy auf Dauer hinbekommen sollte, falls sie sich überhaupt nochmals auf ihn einlassen würde. Aber selbst wenn nicht, so würde er trotzdem am liebsten wieder vollständig am Boardwalk wohnen, zumindest solange, bis er sich seine eigene Farm kaufen konnte.

Die Farm. Das war ja auch noch so eine Sache. Rangy hatte überhaupt keine Ahnung wie er auch das noch mit allem anderen unter einen Hut bringen sollte.

Sein Kopf fing an zu dröhnen, und er dachte schon daran sich ein paar Biere reinzuziehen, aber dann fiel ihm der Vollsuff von letzter Nacht wieder ein, und er beschloss deshalb, seinen Körper etwas zu schonen und heute lieber keinen Alkohol zu trinken, der ihm ja erfahrungsgemäß eh keine praktikablen Lösungen liefern würde.

Schließlich fiel Rangy in einen unruhigen Schlaf, aus dem er kurze Zeit später allerdings schon wieder erwachte, weil er von Grainy geträumt, und bereits im Traum gemerkt hatte, dass sie nicht wirklich neben ihm lag. Ohne weiter darüber nachzudenken, stand er sofort auf und fuhr nach Venice runter. Es war ihm jetzt vollkommen egal, dass Grainy sich noch nicht bei ihm gemeldet hatte. Er hielt es einfach nicht mehr aus.

Als Rangy dann im Dunkeln am Boardwalk stand, betete er nur, dass er Grainy schnell finden würde. Intuitiv ging er einfach zuerst zu ihrer Baywatch Hütte, und tatsächlich lag sie dort in ihren Schlafsack gewickelt auf der schönen Decke, die er mal besorgt hatte.

Leise schlüpfte Rangy in seinen mitgebrachten Schlafsack und legte sich vorsichtig neben Grainy auf die Decke. Augenblicklich fühlte er sich besser, auch wenn er überhaupt nicht einschätzen konnte, wie sie darauf reagieren würde.

Schließlich nahm er sich ein Herz, drehte sich auf die Seite und legte einen Arm um sie.

Dass Grainy ihn hatte kommen hören, wusste Rangy ja nicht, und deshalb wusste er auch nicht, dass sie sich mit Absicht nicht dagegen wehrte, als er sich neben sie legte. Still genoss sie seine Nähe, die sie nie wieder missen wollte. Und morgen würde sie ihm das alles auch endlich einmal sagen.

Grainy hatte jeden Tag darüber nachgedacht, warum Rangy nicht mehr zurückgekommen war, und auch, warum er manche Dinge nicht mit ihr geteilt hatte. Neben ihrer berechtigten Wut darüber, musste sie sich allerdings auch an die eigene Nase fassen. Auch sie hatte sich nicht gemeldet. Die ganze Zeit über, in der Rangy in Montana gewesen war, hatte sie es nicht fertiggebracht sich zu melden. Und sie musste zugeben, dass sie das aus dem gleichen Grund getan hatte. Sie hätte ihn zu sehr vermisst. Damals, und spätestens nachdem sie dann Bescheid darüber wusste wer Rangy in Wirklichkeit war, hatte sie dem Ganzen noch so wenig Vertrauen entgegengebracht, dass sie es gar nicht für möglich gehalten hatte, dass Rangy es auch nur ansatzweise ernst mit ihr meinen könnte. Einem Filmschauspieler zu trauen, war für sie ein Ding der Unmöglichkeit gewesen. Auch nachdem Rangy sie aus der Untersuchungshaft geholt, und für sie die Kaution gestellt hatte, konnte sie immer noch nicht genügend Vertrauen aufbringen, um ihm ihre wahren Gefühle mitzuteilen. Woher sollte er also wissen, dass sie es ernst mit ihm meinte? Vielleicht hätte er seine Sorgen mehr mit ihr geteilt, wenn er sich ihrer sicherer gewesen wäre. Sie hatte etwas von ihm verlangt, was sie selbst nicht aufgebracht hatte.

Als Grainy fest davon ausging, dass Rangy eingeschlafen wäre, kuschelte sie sich ganz nah an ihn heran und legte wie zufällig auch ihren Arm um ihn.

Doch Rangy hatte noch kein Auge zumachen können, weshalb er das vollends mitbekam. Und dann gab es für ihn kein Halten mehr. Er küsste sie sofort so leidenschaftlich, dass auch sie nichts anderes mehr tun konnte, als sich ihm hinzugeben.

*

In den folgenden Wochen pendelte Rangy zwischen Drehbuch schreiben, Kinder abholen und mit ihnen etwas unternehmen, Produktionsbesprechungen und Boardwalk ständig hin und her. Seine Wohnung sah er nur, wenn er mal Wäsche waschen musste, obwohl er das auch in einer Wäscherei hätte tun können, aber manchmal tat ihm das totale Alleinsein auch mal gut bei dem ganzen Trubel, der momentan in seinem Leben herrschte.
Mit dem Drehbuch ging es ganz gut voran, und nach und nach fand Rangy sogar auch Spaß daran seine Geschichte aufs Papier zu bringen, auch wenn es ihn oftmals ziemlich mitnahm.
Bei einem der nächsten Treffen mit der Drehbuchautorin ahnte Rangy plötzlich, was sie bei ihrem ersten Gespräch mit 'besser' gemeint haben könnte, denn irgendwie fehlte etwas in ihrem ersten stichwortartigen Script. Deshalb rang sich Rangy schließlich dazu durch und erzählte ihr dann doch die ganze Boardwalkgeschichte. Irgendwie spürte er, dass es hilfreich wäre, wenn sie beim Schreiben des Drehbuchs die Wahrheit im Hinblick auf seine Verbindung zu den Homelessleuten kannte, auch wenn sie schlussendlich die Handlung kreativ verändern würde.
Seine Geschichte einer fremden Person zu erzählen und somit auch in ihre Hände zu legen und zu vertrauen, dass sie damit

kein Schindluder trieb, fiel ihm ziemlich schwer, und auch gegen Ende hatte er immer noch nicht vollstes Vertrauen geschöpft, so dass er den Streit um das Sorgerecht bewusst vollkommen aus der ganzen Sache heraushielt. Für ihn war es ganz und gar ausreichend, dass es im Prinzip nur um den Boardwalk und die Schauspielerei ging, und nicht um irgendwelche Details aus seinem familiären Privatleben, welche auch nur im Geringsten das Wohlergehen und die Sicherheit seiner Kinder gefährden könnten.

Als Rangy dann schließlich in einer weiteren Besprechung mit den Produzenten damit rausrückte, dass das Gerücht um sein Leben auf dem Boardwalk doch wahr wäre und ein paar ausgesuchte Details dazu schilderte, waren diese logischerweise hellauf begeistert. Rangy beschränkte seinen Bericht allerdings nur auf die paar Dinge, die er und die Drehbuchautorin zusammen beschlossen hatten im Script zu verwenden.

Rangys Vorstellung, die er den Produzenten auch ganz klar mitteilte, und die er dem Vertrag zwischen ihnen dann noch hinzufügen ließ, war, dass seine Erlebnisse nur die Vorlage für eine etwas andere Story bieten sollten. Dass die Hauptperson ebenfalls Schauspieler war, sowie die Anekdote mit dem Dollarschein war für Rangy in Ordnung, aber mehr Parallelität zu seinem Leben, außer der noch, dass er sich selbst spielen würde, sollte es auf keinen Fall geben.

Dahingehend gingen die Meinungen zwar auseinander, aber letztendlich beugten sich die Produzenten dem Willen Rangys, denn schließlich kam es nicht auf exakte Details aus Rangys Leben an, sondern um den speziellen Umstand, dass ein Hollywoodschauspieler lieber auf dem Boardwalk lebte, als in seiner Villa, und natürlich um die Folgen, die das mit sich brachte, aber da konnte man ja schließlich der Phantasie freien Lauf lassen.

Nachdem das Drehbuch soweit fertig war, und die Produzenten es sich durchgelesen hatte, luden sie Rangy zu einer weiteren Besprechung ein. Schnell kamen sie zur Sache und brachten erneut auf, dass sie es doch sehr vorziehen würden, den Film autobiographischer zu halten. Sie argumentierten dahingehend, dass die Gerüchte um ihn ja eh momentan noch äußerst präsent in den Köpfen der Leute kursieren würden, und er nun mit diesem Film die Möglichkeit hätte, das alles richtig zu stellen und die Wahrheit zu erzählen.
Als erste Reaktion wollte Rangy sofort protestieren, aber das mit der Wahrheit gefiel ihm, und aus dieser Warte heraus hatte er das Ganze noch gar nicht betrachtet. Allerdings konnte er das nicht sofort entscheiden und erbat sich etwas Bedenkzeit, welche ihm die Produzenten verständnisvoll auch sofort einräumten.

Nach diesem Gespräch fuhr Rangy erst einmal in seine Wohnung. Er musste zunächst alleine darüber nachdenken. Doch irgendwie kam er auch nach Stunden auf keinen grünen Zweig. Er konnte es einfach nicht erfühlen, welches die bessere Variante wäre. Und so verschob er das Entscheiden wieder einmal.
Plötzlich fiel ihm siedendheiß ein, dass er Bob und Grainy immer noch nichts von seinem anstehenden Filmprojekt erzählt hatte. Fest entschlossen das heute Abend noch zu tun, fuhr er nach Venice und traf sich dort mit Grainy, die ihn schon sehnsüchtig erwartete.
Doch noch bevor Rangy etwas sagen konnte, band Grainy ihm ein Tuch um die Augen und führte ihn an den Strand zu ihrer Baywatch Hütte. Dort nahm sie ihm das Tuch ab, und

Rangy traute seinen Augen kaum. Sie hatte einen kleinen Tisch organisiert, den sie kunstvoll gedeckt und geschmückt hatte. Bob saß grinsend auf einem der beiden Stühle und hatte das Ganze wohl bewacht, während sie ihn abgeholt hatte.
Bob begrüßte Rangy noch mit einer herzlichen Umarmung, wünschte Grainy viel Glück und ihnen beiden einen schönen Abend und ging dann zurück zu seinem Lagerplatz auf dem Grünstreifen.
Auf dem Tisch befanden sich allerlei Köstlichkeiten, wie frische Papaya und Mangos, Sushiröllchen, kleine Shrimpsspieße, Gemüsestreifen neben einem lecker aussehenden Dip, Tortilla und Oliven. Außerdem hatte Grainy Bier und Whisky besorgt.
Rangy war baff. „Wow, das sieht ja umwerfend aus!", sagte er dann und nahm sie erst einmal in den Arm. „Gibt es etwas zu feiern?", fragte er dann noch, und sah ihr dabei in die Augen. Grainy grinste. „Naja, nicht direkt, aber ich wollte dir einfach mal etwas zurückgeben. Du hast schon so viel für mich getan, und ich habe mich irgendwie noch nie richtig dafür bedankt!"
„Du musst dich nicht bedanken!! Aber das hier ist der Hammer! Das könnten wir öfter machen!", schwärmte Rangy, der sich an dem wunderschön dekorierten Tisch gar nicht sattsehen konnte.
Zum Glück war es heute Abend fast windstill, so dass sie sogar ein paar Windlichter anzünden konnten, als es dunkel wurde. Zwar war das Risiko dann um einiges größer von der Polizeistreife, die hier ja öfter mal auf und ab fuhr, bemerkt zu werden, aber das nahmen sie gerne in Kauf, denn es sah zu schön aus mit all den brennenden Kerzen auf dem Tisch. Vorsichtshalber verzichteten sie allerdings darauf einen Joint zu rauchen, denn das käme bei einer Polizeikontrolle für beide nicht gut.

Nachdem sie gegessen hatten und satt waren, wollte Rangy eigentlich Grainy nun endlich von seinem Film erzählen, aber Grainy war wieder schneller.
Und dann öffnete sie Rangy ihr Herz und hielt nichts zurück. Sie sagte ihm endlich, wie tief ihre Liebe zu ihm sei, und dass sie ein Leben ohne ihn überhaupt nicht haben wolle. Sie entschuldigte sich auch dafür, dass sie sich in der Zeit, als er in Montana war nicht gemeldet hätte, und auch dafür, dass sie seiner Filmwelt so feindselig gegenüberstehen würde. Grainy erzählte und erzählte, und es befreite sie ungemein sich Luft zu machen. Es war das erste Mal in ihrem Leben, dass sie sich überhaupt jemandem so anvertraute und nichts zurückhielt.
Rangy war davon sehr berührt, und es tat ihm unwahrscheinlich gut, dass Grainy sich ihm so verletzlich und vertrauensvoll zeigte, und vor allem natürlich, weil sie ihm eine so herzerwärmende Liebeserklärung machte, die er überhaupt nicht erwartet hatte.
Als Grainy ihm dann schließlich auch von ihrem Kinderwunsch erzählte, zuckte Rangy innerlich zwar kurz zusammen, aber dann fand er die Vorstellung plötzlich gar nicht mehr so abwegig. Für ihn war das Kinderthema in seinem Leben eigentlich schon erledigt gewesen, denn mit zwei leiblichen und einem adoptierten hatte er seinem Gefühl nach genug Kinder, und trotzdem gefiel ihm die Idee mit Grainy zusammen noch weitere Kinder zu haben.
So erzählten sie bis tief in die Nacht hinein, und auch noch als sie bereits unter Decken gekuschelt sich zum Schlafen hingelegt hatten. Nur von seinem Filmprojekt hatte Rangy immer noch nichts verlauten lassen, denn er hatte etwas Bedenken, dass er dadurch die soeben entstandene wundervolle Nähe und Harmonie zwischen ihnen wieder ins Wanken bringen könnte. Er wollte jetzt einfach nur noch dieses wohlige Gefühl ihrer Liebe genießen.

Am nächsten Abend jedoch erzählte Rangy es ihr dann endlich, und er fiel aus allen Wolken, als Grainy sich unterstützend und sogar fast begeistert zeigte. Zunächst nahm Rangy ihr dieses Wohlwollen gar nicht so recht ab, denn es kam so unverhofft. Aber nachdem Grainy ihm versichert hatte, dass sie mittlerweile zwischen ihm und der Hollywoodwelt unterscheiden gelernt hätte, und dass sie vor allem inzwischen ganz genau wüsste, dass er vollkommen anders mit dem Filmbusiness umgehen würde, als die meisten in diesem Metier, konnte Rangy spüren, dass sie es tatsächlich auch so meinte.

Doch soweit, dass sie sich selbst spielen würde, ging ihre Bereitschaft dann allerdings nicht, und Rangy verzichtete nach kurzem Überlegen darauf nach dem Grund dafür zu fragen. Aus Grainys Erzählungen heraus konnte er sich inzwischen einiges zusammenreimen, und er ging mittlerweile davon aus, dass sie in irgendeiner Art und Weise mal schlechte Erfahrungen mit der Filmwelt gemacht haben musste. Rangy spürte deutlich, dass sie jetzt nicht darüber reden wollte, und außerdem erwartete er auch in keiner Weise von ihr, dass sie sich an seinem Filmprojekt beteiligte.

Rangy war schon allein darüber überglücklich, dass Grainy sich zu hundert Prozent zu ihm bekannt hatte und inzwischen sogar seine Filmwelt akzeptierte. Er fühlte sich reich beschenkt, und das hoffnungsvolle Gefühl kam zurück, dass doch noch alles gut werden könnte.

Zudem wusste Rangy, dass Grainy ihm die genauen Gründe für ihre Hollywoodabneigung erzählen würde, wenn sie soweit war.

Aber dann musste sich Rangy entscheiden.
Es war der Abend vor dem Termin bei der Produktionsfirma, um das Drehbuch nochmals zu besprechen, und Rangy wollte zumindest eine Richtschnur in seinem Kopf haben, an der er sich orientieren konnte, damit ihm die Projektleiter nicht doch noch schlussendlich die Fäden aus der Hand nehmen würden, denn das beherrschten sie, Vertrag hin oder her, in einer für Rangy schon fast beängstigenden Art und Weise. Er wollte sich um keinen Preis von irgendetwas oder irgendjemandem einlullen lassen und Kompromisse eingehen. Es war seine Story, und das sollte sie auch bleiben, egal ob er sich dafür entscheiden würde die ganze Wahrheit zu zeigen oder nur einen Teil davon.
Bob hatte er vor ein paar Tagen dann auch endlich von seinem Filmprojekt in Kenntnis gesetzt, und der war sofort hellauf begeistert gewesen und würde sogar auch selbst mitspielen. Allerdings hatte Bob ihn sofort eindringlich an seinen Farmtraum erinnert, denn er befürchtete ein wenig, dass sich Rangy dadurch wieder zu sehr ans Filmgeschäft gewöhnen würde, und deswegen möglicherweise aufhören könnte sich um die Verwirklichung seines eigentlichen Herzenswunsches zu kümmern.

Rangy lief den Strand auf und ab, was er ja immer gerne tat, wenn er über etwas Wichtiges nachdenken musste. Es beruhigte und belebte ihn gleichzeitig, was ihm oft die Kraft gab auch unangenehmere Gefühle hochkommen zu lassen.
So wie jetzt.
Rangy musste sich nämlich nach einer Weile eingestehen, dass er regelrecht Angst vor dem morgigen Termin hatte. Und nach längerem Hinspüren, fand er heraus, dass er tatsächlich Angst davor hatte wieder von der Filmwelt eingenommen zu werden und seinen Herzenswunsch von der eigenen Farm

darüber hinaus wieder aufzugeben, so wie es eben schon einmal passiert war. Bob und seinen tief prüfenden Blick hatte er dabei stets vor Augen, und er musste zugeben, dass seine Sorge diesbezüglich wahrhaft berechtigt war.

Hin und her kreisten Rangys Gedanken, und er hatte bald das Gefühl tatsächlich in der Achterbahn vorne am Santa Monica Pier zu sitzen, anstatt sie nur von weitem zu sehen.

Dann wurde Rangy bewusst, dass er sich eigentlich nun endlich über etwas ganz Grundsätzliches klar werden müsste, nämlich, warum er überhaupt so gerne am Boardwalk war, und was ihn so derart dorthin zog, dass er sich sogar von seiner Familie getrennt hatte, und ihm wurde augenblicklich klar, dass genau das auch die Essenz des Filmes ausmachen würde.

Für Rangy war es bis jetzt immer noch ein Rätsel, warum er sich generell unter den Homelessleuten so wohlfühlte, denn das tat er nach wie vor, und nicht nur wegen Bob und Grainy. Und dass es nur daran liegen könnte, dass viele unter ihnen einfach freundliche Lebensgenossen waren, das glaubte Rangy auch nicht, denn er hatte überall auf der Welt schon sehr viele nette Menschen getroffen. Selbst im Filmgeschäft gab es die, und seine Freunde in Australien waren es allen voran.

Vielleicht, so dachte er nach einer Weile, war es die Mischung aus vielen Aspekten. Zum einen, die sich für ihn so wohltuend auswirkende Sache, dass er hier nicht im Rampenlicht stand, sondern einfach, so wie alle anderen Homelessleute auch, irgendwie anonym in den Tag hineinlebte, und zum anderen die Tatsache, dass es unter ihnen kaum Konkurrenz gab. Dass auch hier Arschlöcher lebten, war für Rangy nicht von Bedeutung, denn die gab es überall. Vielleicht war es aber auch einfach deshalb so, weil er am Boardwalk rund um die Uhr draußen war. Aber das war er auf einer Ranch ja genauso, und dort könnte er ebenso im Freien schlafen, wenn er wollte.

Rangy strengte das Nachforschen ganz schön an, und er setzte sich. Kurz darauf legte er sich auf den Rücken und genoss den Sand unter sich, der ihm das Gefühl gab getragen zu werden. Nach einer Weile drehte er sich um, stützte seinen Kopf auf die Arme und sah zum Boardwalk hinüber.
Warum zum Teufel fühle ich mich hier so wohl, überlegte er erneut und konnte dieses Gefühl einfach nicht erfassen. Es passte für ihn nicht hierhin. Er kannte es zwar, konnte es aber nicht einfangen, um es zu benennen. Jedes Mal wenn er dachte, er wäre kurz davor, entschwand es wieder. Wie eine Fata Morgana schwebte es vor ihm her, mal ziemlich nah und fast schon zu erkennen, und dann wieder blieb nur noch die wage Vermutung übrig, dass dort überhaupt etwas war.
Rangy legte sich wieder auf den Rücken und kramte einen Joint hervor. Er hatte die Schnauze voll vom vielen Nachdenken, er kam einfach nicht darauf. Und irgendwie wusste er plötzlich auch gar nicht mehr, wozu er das überhaupt immerzu wissen wollte. Er fühlte sich eben hier wohl, aber ebenso auf einer Farm, und beim Film hatte er ja eigentlich auch meistens Spaß gehabt. Er müsste halt nur alles irgendwie unter einen Hut bekommen. Wie er das machen sollte, davon hatte er zwar momentan noch überhaupt keinen blassen Schimmer, aber irgendwie würde er es bestimmt hinbekommen. Rangy zündete sich den Joint an und gab sich dem entspannenden Fluss der Wirkung hin, bis es ihm egal war, was die Filmleute morgen wollten. Seine Geschichte würde er sich jedenfalls nicht nehmen lassen.

Später bemerkte Rangy allerdings, dass er sich irgendwann in den letzten Stunden unbewusst dazu entschlossen hatte doch die ganze Wahrheit auf die Leinwand zu bringen. Und just in diesem Moment spürte er einen enormen Energiestrom durch sich fließen, der ihn unmittelbar mit einem Glücksgefühl beschenkte, was ihm wieder einmal bewusst machte, dass nichts berührender, kraftvoller und letztendlich heilsamer war, als die Wahrheit.

*

Der Tag begann strahlend, was Rangy nicht wunderte, denn das war in Kalifornien ja schließlich nichts Ungewöhnliches, und trotzdem wusste er jetzt schon, dass er sich an diesen Morgen noch lange erinnern würde.
Aus seiner Sicht war er ungewöhnlich nervös, was ihn ziemlich nervte. Plötzlich war das Gefühl wieder da, dass dieser Film doch völlig unnötig war. Rangy zweifelte wieder einmal daran, dass die Botschaft, die er mit viel Herzblut versucht hatte herauszuarbeiten, überhaupt bei den Leuten ankommen würde, ja womöglich konnte es sogar passieren, dass die Vorurteile seinen Homelessleuten gegenüber noch schlimmer werden könnten, denn schließlich drehten sie direkt auf dem Boardwalk, und der präsentierte sich immer völlig ungeschminkt.
Grainys Kuss holte Rangy aus seinen Grübeleien, und er musste grinsen, denn sie strahlte ihn so ungemein offen und unterstützend an, dass sein Herz augenblicklich leichter wurde. „Du schaffst das!", sagte sie, als ob sie seine Sorgen gelesen hätte. Rangy umarmte sie. „Danke!", antwortete er, denn das war das Einzige, was er in diesem Moment empfand, außer, dass er sie liebte, aber das hatte er ihr heute Morgen schon zweimal gesagt.
Grainy glaubte an ihn, obwohl sie dem Filmgeschäft ja immer noch sehr kritisch gegenüberstand. Sie war über ihren Schatten gesprungen und unterstützte ihn nun. Ihre Liebe zu ihm hatte sie dazu gebracht, der Filmwelt zumindest durch ihn eine neue

Chance zu geben. Was Rangy dann allerdings vor ein paar Tagen zu Tränen gerührt hatte, war, dass sie sich obendrein noch dazu entschlossen hatte mitzumachen und sogar sich selbst zu spielen.

Als Rangy dann an diesem Morgen schließlich am Set ankam, war das Kamerateam bereits am Aufbauen.
Bob und alle anderen, die mitwirken sollten, waren auch schon da, und Rangy musste unwillkürlich grinsen, als er diese Szenerie vor sich sah, und seine dunklen Gedanken von vorhin, waren augenblicklich wie weggeblasen.
Grainy ging es seltsamerweise genauso, denn plötzlich war da gar keine Diskrepanz mehr zwischen Hollywood und ihrem Boardwalk. Sie hatte hier zwar schon viele Filmproduktionen drehen sehen, aber da kam ihr das alles noch so vor, wie aus einer anderen Welt, die mit der ihren überhaupt nicht kompatibel war. Doch just in dem Moment, als sie an Rangys Seite zum Filmteam trat und er alle gegenseitig vorstellte, verschmolzen die beiden Welten so schnell miteinander, dass ihr kurz die Tränen in die Augen stiegen. Und da fiel Grainy auf, dass sie ja eigentlich viel mehr ein Teil dieser Filmwelt war, als Rangy. Sie war in Hollywood aufgewachsen. Sie wurde in diese Glamourwelt hineingeboren. Er hingegen kam von einer Ranch vom Land.

Der erste Drehtag lief ziemlich gut, und alle hatten ihren Spaß. Rangy fühlte sich bald so, als wäre er nie vom Film weg gewesen. Zunächst war es allerdings schon etwas seltsam Szenen nachzuspielen, die in seinem Leben tatsächlich genau so passiert waren, aber schon bald konnte er in sein damaliges Ich ebenso leicht hineinschlüpfen, wie in jede andere Rolle auch, die ihm lag.

Die Szene mit der schlechtgelaunten Frau und dem Dollarschein machte Rangy heute am meisten Spaß, und Bob amüsierte sich ebenfalls nochmals prächtig im Nachhinein über ihr lustiges Kennenlernen von damals.

Bob machte sich eh sehr gut vor der Kamera, und er wurde einige Male gefragt, ob das tatsächlich sein erster Film sei. Er antwortete daraufhin stets mit einem breiten Grinsen im Gesicht, dass er ja ein berühmtes Boardwalk-Model sei und deshalb bereits über jahrelange Erfahrungen mit der Fotokamera verfüge.

Und so gingen die Wochen ins Land, und sie verstrichen wie im Flug. Vier Wochen waren mittlerweile seit dem ersten Drehtag vergangen, und alles klappte ziemlich gut. Sowohl die Produzenten, als auch der Regisseur und das ganze Team waren sehr zufrieden. Die gecasteten Schauspieler überzeugten mit ihrem Können, und die mitspielenden Homelessleute hatten inzwischen auch den letzten Zweifler begeistert.

An einem der nächsten Drehtage waren plötzlich Bianca und die Kinder zu Besuch gekommen. Nachdem Rangy sie erblickt hatte, ging er in einer der Drehpausen zu ihnen und umarmte erst einmal seine Kinder, und schließlich gab er Bianca einen Kuss auf die Wange. Sie grinste Rangy an, und nur Leute, die sie gut kannten, konnten sehen, dass aus ihren Augen etwas Traurigkeit herausschimmerte. Aus Verlegenheit schaute sie sich schnell nach ihrem Freund Steve um, der sich gerade mit einem anderen Filmkollegen ganz unmittelbar in der Nähe unterhielt.

Als Bianca Steve dann ansah, wurde ihr erneut bewusst, wie sehr sich Rangy von ihr unterschied. Steve passte viel besser zu ihr, und deutlicher als in diesem Moment, als Rangy mit seinem verlotterten Kapuzenpulli, der abscheulichen Jogginghose, barfuß und unrasiert vor ihr, und fast neben Steve stand, konnte es ihr gar nicht vor Augen geführt werden, auch wenn seine Klamotten momentan nur als Kostüm fungierten. Steve war immer chic und geschmackvoll gekleidet, er rasierte sich täglich, manchmal sogar zweimal, seine Haare waren gepflegt, kurz geschnitten und fesch nach hinten gegelt. Er war charmant, gütig und hatte großen Ehrgeiz, vor allem war er als Produzent schon sehr erfolgreich und hatte mit seinem Team bereits einen Oscar gewonnen. Er sah gut aus und machte zudem auch immer eine gute Figur. Er wusste stets, wie man sich zu verhalten hatte. Sie hatte wirklich Glück mit ihm.

Als Rangy schon wieder neben Bob saß und weitergedreht wurde, sah Bianca ihrem Mann allerdings immer noch hinterher. Dann fiel ihr wieder ein, dass sie den einvernehmlichen Scheidungsantrag bereits vor mehreren Wochen abgegeben hatten. Es blieb also nur noch eine kurze Zeit, in der Rangy Turner ihr Ehemann war. Doch ihr Ex war er jetzt schon. So stand es jedenfalls bereits überall im Internet und in allen Zeitschriften und zog deshalb schon länger seine unvermeidlichen Kreise.

Es schmerzte Bianca daran zu denken, und als sie eben noch Zeugin wurde, wie ihr Noch-Ehemann dieser Grainy einen leidenschaftlichen Kuss gab, musste sie sich abwenden. Ihr Herz zog sich schmerzhaft zusammen, und sie wollte dann einfach nur noch schnell hier weg. Deshalb ging sie rasch zu Steve hinüber und sagte ihm, dass sie gehen wolle, was sie dann auch bald darauf taten.

Den Kindern musste sie allerdings noch zugestehen, dass sie sich ausgiebigst von ihrem Vater verabschieden konnten. Rangy versprach dabei noch am kommenden Wochenende mit ihnen einen Ausflug nach Palm Springs in einen der Canyons zu machen.

Später nach Drehschluss, setzte sich Rangy neben Bob auf einen Stuhl. Sie klatschten sich ab, und Bob sagte grinsend: „Wer hätte das gedacht? Schau wohin dich das alles gebracht hat! Dem Herzen zu folgen, ist nicht unbedingt das Schlechteste..." Rangy musste auch grinsen. „Da hast du verdammt recht, mein Freund!" „Und was wirst du danach tun? Zurück nach Montana?" Bob sah seinen Rangi prüfend an. „Nein.", sagte Rangy. „Die haben schon längst jemand anderen... Ich weiß es noch nicht!", fügte er noch hinzu. „Aber jetzt weißt du ja immerhin, wie du es herausfindest, richtig? Frag dein Herz, Bruder!"
Beide lachten und standen auf.
Sie mussten jetzt unbedingt Bier holen.

*

Nachdem die Dreharbeiten ganz abgeschlossen waren, fühlte sich Rangy seltsam leer, so, als hätte er erneut seine Welt verloren, trotz dass er ja immer noch die meiste Zeit am Boardwalk verbrachte.

Eines Nachmittags dann schlenderte Rangy schon leicht angetrunken den Strand entlang und setzte sich schließlich auf eine kleine Mauer neben dem Boardwalk und zündete sich eine Zigarette an. Er holte noch die letzte Dose Bier aus der Tüte und nahm einen Schluck. Ob er nun wollte oder nicht, er musste sich jetzt endlich darüber klar werden, wie er eigentlich in Zukunft leben wollte und vor allem wo.

Und dann, wie aus heiterem Himmel, wusste er es plötzlich. Er fühlte sich deshalb unter den Homelessleuten so wohl, weil er selbst homeless war. Er hatte kein Zuhause. Selbst sein Elternhaus war keines mehr. Er besaß zwar die Hälfte eines schicken Hauses in den Hollywood Hills, aber auch das war schon lange nicht mehr sein Zuhause, wenn überhaupt jemals, und die Wohnung zählte für ihn nicht.
Und dann fiel es ihm wie Schuppen von den Augen, warum er damals überhaupt weggefahren war, in jener Nacht, als er das erste Mal am Strand von Venice Beach übernachtet hatte. Er war geflüchtet vor dem einengenden Karrieredruck, den seine Frau und die letzten Filmprojekte verbreitet, und auch von ihm verlangt hatten. Schon damals hatte er sich dort nicht mehr wohlgefühlt. Er hatte sein Zuhause längst verloren gehabt. Denn ein Zuhause war für Rangy immer ein Ort gewesen, an dem er sich rundum gerne aufhielt, der ihn einlud, seine Seele baumeln zu lassen, der ihm die nötige Erholung und Ruhe gab, der ihn aber auch inspirierte und belebte. So hatte er jedenfalls früher sein Zuhause auf der elterlichen Ranch in Australien erlebt.
Und als Rangy darüber nachdachte, wann er sich denn das letzte Mal an einem Ort so richtig daheim gefühlt hatte, wurde es sehr still in ihm. Traurig fiel ihm ein, dass das damals in seiner Kindheit auf der Ranch gewesen war. Nachdem er die Ranch dann verlassen hatte, war er ein Mensch ohne Zuhause geworden. Er konnte sich zwar immer, wenn es ihm irgendwo gefiel, schnell einleben und mit der neuen Umgebung arrangieren, aber dieses ganz bestimmte Gefühl von angekommen sein hatte er seltsamerweise erst wieder gespürt, als er die erste Nacht in Venice Beach verbracht hatte.

Es war dieses 'kein Zuhause haben', was hier alle miteinander verband, und was den Boardwalk deshalb zu ihrem Zuhause machte.
Diese Erkenntnis führte Rangy zwar nicht unmittelbar zu einer Zukunftsvision, aber sie erklärte ihm jetzt wenigstens endlich warum er so gerne hier war, und warum ihm das alles mit dem Boardwalk überhaupt passiert war.
Und es machte ihn traurig.

Nachts lag er dann mit Grainy unter ihrer Baywatch Hütte und schlief mit ihr. Er liebte es hier Sex zu haben, auch wenn sie immer extrem aufpassen mussten, dass sie dabei nicht erwischt wurden.
Anschließend lag Grainy wie so oft in seinem Arm. „Warum hast du mich in Montana nie angerufen?", kam es plötzlich über Rangys Lippen, obwohl er ihr diese Frage schon einmal gestellt hatte. Er wusste selbst nicht, warum er jetzt nochmals danach fragte, aber die Frage war schon heraus, bevor ihm einfiel, dass sie ihm das eigentlich ja bereits beantwortet hatte. Doch Grainy atmete tief durch, und sagte: „Ich wollte nicht, dass du denkst ich würde dich ausnutzen!"
Rangy wunderte sich irgendwie nicht, dass sie jetzt etwas anderes geantwortet hatte, aber gleichzeitig wusste er, dass beides stimmte. „Bullshit! Warum dachtest du das?", antwortete Rangy, und es tat ihm irgendwie weh, dass auch das ein Grund gewesen war. „Ich habe immer alles alleine geregelt...", fügte Grainy noch zögerlich hinzu. Sie wollte ihm ja alles erzählen, aber es fiel ihr immer noch schwer, sich jemandem komplett zu öffnen, obwohl sie Rangy mittlerweile absolut vertraute.
Rangy zog sie fester zu sich. „Was zur Hölle ist denn eigentlich passiert?", fragte er einfühlsam und spürte, dass Grainy sich bei dieser Frage leicht verkrampfte. Sanft

streichelte Rangy ihr übers Gesicht und wartete einfach. Er wusste aus eigener Erfahrung, dass es nichts brachte jemanden zu einer Antwort zu drängen.
Und es dauerte tatsächlich noch eine ganze Weile, bis Grainy endlich den Mund aufmachen konnte. „Meine Eltern waren auch im Hollywoodgeschäft... Ihre Ehe hat dem Druck nicht standgehalten... Meine Mutter ist immer noch in psychologischer Behandlung... Sie ist in einem Irrenhaus... Mein Vater ist nach einem Drogenmissbrauch gestorben... Ich war zwölf als ich in ein Waisenhaus kam..." Grainys Herz klopfte bis zum Hals hinauf, nachdem sie geendet hatte, doch sie fühlte sich erleichtert, es endlich jemandem gesagt zu haben. Jemandem von hier. Jemandem, den sie liebte.
Rangy schluckte. Er hatte ja schon geahnt, dass sie schlechte Erfahrungen mit der Filmwelt gemacht haben musste, aber das übertraf bei weitem alles was er sich jemals vorgestellt hatte. Er war bis tief ins Mark hinein schockiert. „Verdammt!! Das ist hart!! Jetzt verstehe ich dich!", sagte Rangy leise und küsste sie ins Haar.
Er spürte, dass Grainy nicht noch mehr darüber reden wollte, weswegen er das Thema umlenkte. Es gab nämlich noch etwas, was er gerne genauer wissen wollte. „Wie lief eigentlich damals die Verhandlung?", fragte Rangy deshalb schließlich.
Grainy seufzte. Sie hatte schon fast daran geglaubt, und vor allem gehofft, dass er sie nie danach fragen würde. „Ich habe sechs Monate gesessen... Aber jetzt ist es vorbei!"
Grainy wusste nicht, dass Rangy sowohl den Anwalt als auch ihre Geldstrafe bezahlt hatte, die sie trotzdem aufgebrummt bekommen hatte. Ihr wurde damals nämlich erzählt, dass all das dann mit ihrer Gefängnisstrafe abgegolten wäre. Und Rangy wusste nichts davon, dass sie trotzdem gesessen hatte. Er war abermals schockiert. „Was?? Fuck, du hättest mich anrufen sollen! Ich hätte für deine Freiheit bezahlt!", rief

Rangy, und erzählte ihr dann von dem Anwalt, den er engagiert hatte.
Grainy wollte aber nicht weiter darüber reden und sich schon gar nicht aufregen, der Tag war viel zu schön dafür. Sie gab Rangy einen Kuss. „Ich bin so gutherzige Menschen wie dich nicht gewöhnt...", sagte sie sanft. Rangy war aber immer noch entsetzt, und er wurde auf einmal das Gefühl nicht wieder los, dass sich der Anwalt klammheimlich darüber gefreut hatte, dass Grainy trotz der beglichenen Geldstrafe einsitzen musste. „Dann wird es aber höchste Zeit!", antwortete Rangy, zog sie wieder an sich und küsste sie zärtlich.
Grainy fühlte sich so wohl wie lange nicht mehr und kuschelte sich tief in seinen Arm. „Ich dachte, du würdest nie wieder zurückkommen...", murmelte sie schließlich. „Und ich dachte, du wolltest mich nicht mehr..." Grainy sah ihm in die Augen. „Du bist das Einzige, was ich wirklich will!" Rangy strich ihr eine Haarsträhne aus dem Gesicht. „Vergiss nicht, ich bin ein Hollywood Kerl..." Grainy grinste. „Nein, das bist du definitiv nicht!! Du bist wunderbar! Du bevorzugst andere Dinge mehr als Geld und Ruhm! Das weiß ich jetzt!" Rangy sah sie an, und dann sagte er schelmisch und immer wieder durch einen Kuss unterbrochen: „Ja... Pferdemist zum Beispiel... oder einen Kuhstall ausmisten... oder Schweine füttern... oder ein Kalb im strömenden Regen einfangen..." Grainy lächelte. „Oh ja, das klingt ziemlich gut... Irgendwie romantisch..." „Sehr romantisch!", lachte Rangy. „Aber da draußen, da gibt es keine Falschheit, alles ist pur! Die Natur kann dich nicht betrügen... Leider gibt es aber viele Rancher und auch andere Leute, die die Natur betrügen... immer noch...", sagte Rangy jetzt ernsthafter. „Es ist traurig, denn jeder bezahlt für die fatalen Fehler, die diese Leute machen! Verändere das gesunde System der Natur, und du bist verloren!", fügte Rangy noch hinzu.

Grainy gab ihm einen Kuss. „Ja, ich weiß! Es ist wirklich eine Schande, was Menschen der Welt antun!! Und was wirst du als nächstes tun? Wieder nach Montana zurück?" Grainy wartete etwas angespannt. „Ich weiß es nicht, aber Montana ist vorbei... Ich muss mein eigenes Ding machen... Ich kann nicht mit Leuten zusammen arbeiten, die gierig nach Profit sind, weder hier in Hollywood noch auf irgendeiner Ranch. Ich hasse das!" Grainy sagte daraufhin zum Erstaunen von Rangy: „Vielleicht lass uns nach Nordkalifornien oder Südoregon gehen... wo der Winter nicht zu kalt ist... und wo es auch Sand gibt..." „Du würdest mit mir zusammen verschwinden? Ich dachte du bist so eng mit diesem hübschen Ort hier verbunden?"
Grainy lächelte. „Das ist natürlich wahr! Aber jetzt ist mein Herz tiefer mit dir verbunden, ich werde den gleichen Fehler nicht noch einmal tun... Vorausgesetzt du willst, dass ich mitkomme..." „Und wenn ich lieber hierbleiben, und komplett ins Filmgeschäft zurückgehen würde?", fragte Rangy etwas unsicher, denn er wusste ja immer noch nicht wie er seine verschiedenen Herzenswünsche und die Vaterpflichten unter einen Hut bringen sollte. Grainy grinste. „Solange du mich nicht verlässt..." „Werde ich nicht! Nordkalifornien klingt übrigens ziemlich gut...", antwortete Rangy und küsste sie daraufhin. „Nachdem du mir beigebracht hast, wie eine Farm funktioniert, könntest du ja beides machen... sowohl eine Farm betreiben als auch schauspielern..."
Grainys Ideen fielen wie Samenkörner in Rangys System, wo sie sofort aufgingen. „Und du könntest auch deine Sandkunst weitermachen... Wir werden Sand in einer extra Scheune lagern... Du könntest deine Figuren in einer Ausstellung zeigen..." Grainy sah ihn liebevoll und begeistert an. „Das klingt wirklich wundervoll! Ich könnte sie auch fotografieren und zum Beispiel einen Kalender herausbringen..."

„Also machen wir es!", sagte Rangy daraufhin nur noch, denn es war plötzlich klar, dass sie das genau so machen würden.

Dann drehte er Grainy auf den Rücken und beugte sich über sie. Dass es nicht lange dauerte, bis sie sich heiß und innig liebten, müsste man eigentlich erst gar nicht erwähnen.

*

Der Tag des Abschieds nahte, und Rangy sah ihm mit gemischten Gefühlen entgegen. Einerseits freute er sich ungemein darauf, mit Grainy zusammen in ihr neues Leben zu starten und obendrein seinen Traum von der eigenen Ranch endlich zu erfüllen. Er hatte mittlerweile sogar eine Bank gefunden, die ihm einen ausreichenden Kredit bewilligt hatte. Andererseits fühlte er das schlechte Gewissen seinen Kindern gegenüber wieder wachsen, obwohl ihm alle drei zugesichert hatten, dass sie ihn in den Ferien besuchen kommen würden. Trotzdem wusste er, dass vor allem die zwei jüngeren ihn jetzt schon sehr vermissten, und er vermisste sie nicht weniger.
Rangy hatte die letzten Wochen noch einmal intensivst damit verbracht herauszufinden, was denn nun das Beste für alle wäre, aber unterm Strich fand er nichts anderes, als das, was sie bereits geplant hatten zu tun. Trotzdem blieb eine gewisse Unsicherheit in ihm zurück. Wahrscheinlich würde es aber so wie immer laufen. Man musste den Schritt überhaupt erst einmal tun, dann würden sich die meisten Dinge von selbst klären, und das war das Einzige worauf er diesbezüglich vertrauen konnte.
Wenigstens hatte sich das Verhältnis zwischen ihm und Bianca mittlerweile wieder etwas normalisiert. Bianca hatte zwar immer noch kein Verständnis für seinen Lebenswandel, und

schon gar nicht konnte sie diesen gutheißen, aber sie bemühte sich kooperativ zu sein. Rangy spürte, dass sie ihn deshalb auch immer noch verurteilte, aber es störte ihn nicht weiter. Er nahm es ihr nicht übel, und mit ihrem Unverständnis konnte er gut leben. Das Wichtigste war schließlich, dass Bianca sich zum Glück auf das gemeinsame Sorgerecht eingelassen hatte Und dass die Kinder erst einmal weiterhin bei ihr wohnen blieben, war für Rangy zwar schmerzlich, aber selbstverständlich, denn sie aus ihrem gewohnten Umfeld zu reißen, wäre zu diesem Zeitpunkt unverantwortlich, und das wollten auch die Kinder nicht. Rangy musste jetzt erst einmal seine neue Existenz aufbauen, und da hätte er auch einfach zu wenig Zeit für sie.

Aber da war noch etwas. Bob.
Rangy und auch Grainy hatten es, seitdem sie beschlossen hatten L.A. zu verlassen, schon öfter versucht Bob dazu zu bringen mitzukommen, aber er hatte jedes Mal abgelehnt.

Dann schließlich war der Tag des Abschieds gekommen, doch Rangy wollte nicht gehen, ohne es nicht noch einmal bei Bob versucht zu haben.
Wie vereinbart trafen sie Bob dann kurz vor der Abreise an seinem Fotografierplatz. „Komm schon, Bob, komm mit uns!", rückte Rangy sofort mit seinem Anliegen heraus. Bob sah ihn an, lachte auf, schüttelte aber mit dem Kopf. „Oh, Rangi, das klingt wirklich ziemlich gut! Aber du weißt, man kann einen alten Baum nicht verpflanzen... Mein Zuhause ist hier! Aber danke, du alter Dickschädel! Viel Glück euch beiden, und passt auf euch auf! Habt ihr mich gehört? Passt auf euch auf!"
Rangy wurde jetzt richtig traurig und musste sich ein paar Tränen verkneifen, denn er spürte, dass da einfach nichts zu

machen war. Bob wollte einfach nicht, und das musste er wohl oder übel akzeptieren. „Du auch, alter Freund! Und vielen vielen Dank für alles! Du hast mein Leben gerettet!", sagte Rangy, und spürte dabei, wie sich seine Brust zusammenzog.
Bob lächelte ihn an, war aber ebenfalls sichtlich traurig. „Komm her, du streunender Hund! Ich werde dich vermissen!" Bob stand auf und drückte Rangy an sein Herz. Rangy tat ihm gleich, und dann hatte er wirklich Tränen in den Augen. „Ich werde dich auch vermissen! Und du, pass auch auf dich auf!! Wir werden uns wiedersehen!" „Darauf kannst du wetten!", sagte Bob, der nun ebenfalls nasse Augen hatte. Zu Grainy gewandt sagte er dann: „Komm her, Sweetheart! Viel Glück, und pass auf dich und diesen verrückten Burschen hier auf!" Auch sie drückte Bob herzlichst an seine Brust und wollte sie am liebsten gar nicht wieder loslassen, denn ein wenig Angst vor der Leere, die die beiden hinterlassen würden, hatte er schon. „Das werde ich! Pass du auch auf dich auf!!", sagte Grainy, die ebenso Tränen in den Augen hatte.
Unbemerkt von den beiden, holte Rangy währenddessen ein dickes Bündel Geldscheine aus seiner Hosentasche und legte es schnell in Bobs Geldeimerchen.

Kurze Zeit später sammelten Rangy und Grainy ihre Sachen ein und verließen den Boardwalk. Bob sah ihnen nach, bis sie komplett verschwunden waren, und noch länger. Dann irgendwann setzte er sich wieder und fuhr damit fort seinen Job zu machen, wie jeden Tag. Den Whisky, um sich später zu betrinken, hatte er schon gestern besorgt.

Als Rangy schließlich am späten Nachmittag auf den Pacific Highway Richtung Norden einbog, vermisste er den Boardwalk bereits, aber er wusste auch, dass das, was sie jetzt gemeinsam vorhatten genau das Richtig war. Sie mussten es wenigstens versuchen, nein, sie mussten es einfach tun.

„Was ist eigentlich mit deinen Kindern und deiner Frau?", fragte Grainy nach einer Weile, und holte Rangy damit aus seiner merkwürdigen Sehnsucht. „Meine Kinder werden in den Ferien zu Besuch kommen... Und ich werde ganz bald geschieden sein... Sie hat übrigens einen anderen... Du hast ihn am Filmset gesehen... Es ist der sauber rasierte Schnösel mit den zurückgekämmten, gegelten, schwarzen Haaren... Er ist ein erfolgreicher Blockbuster Produzent...", antwortete Rangy wie auf Knopfdruck.
Grainy nahm Rangys rechte Hand und drückte sie sanft. „Klingt, als seist du ein wenig eifersüchtig...", bemerkte sie vorsichtig. „Eifersüchtig? Wegen diesem verdammten Lackaffen? Wirklich nicht!!! Man muss gut aufpassen, dass man auf seiner Schleimspur nicht ausrutscht! Hey, hör zu, Grainy, alles wird gut! Ich bin glücklich mit dir, und ich liebe dich!", sagte Rangy aufrichtig, und Grainy musste lächeln. „Ich liebe dich auch!", erwiderte sie, und atmete tief durch. Sie freute sich ungemein auf ihr Leben mit Rangy, obwohl sie sehr nervös war, ob das alles auch so gut werden würde, wie sie es sich momentan vorstellten.
„Wie ist eigentlich dein richtiger Name?", fragte Rangy dann plötzlich, und Grainy schluckte überrascht. Doch dann holte sie tief Luft. „Suzanne..." Rangy grinste sie an. „Ich liebe dich, Suzanne!" Und Suzanne lehnte sich zu ihm rüber und gab ihm einen Kuss auf die Wange.

Dann schaltete Rangy das Radio an, und sie fuhren weiter in den Sonnenuntergang, um ihr eigenes Zuhause zu leben.

Die YANKO Reihe von Anzy Heidrun Holderbach:

YANKO - Die Geschichte eines Roma
Anzy Heidrun Holderbach 416 Seiten ISBN: 9783837079333

Das Buch erzählt die berührende Geschichte eines Roma, der in den USA lebt und nach dem Tod seiner Frau verzweifelt versucht mit seinem Leben wieder zurechtzukommen. Dabei gerät er in eine folgenschwere Liebesbeziehung, durch die er nicht nur zur Zielscheibe der Leute wird, sondern sich auch seiner Vergangenheit stellen muss.

YANKO II - Baro Mangipe
Anzy Heidrun Holderbach 432 Seiten ISBN: 9783839161692

Baro Mangipe, was soviel bedeutet wie „große Leidenschaft", stammt aus dem Romanes und ist die Fortsetzung des Romans „YANKO – Die Geschichte eines Roma". Auch nach Yankos schwerer Zeit, in welcher er sich mit der Gesellschaft und seinem Liebesleben auseinandersetzen musste, überschlagen sich weiterhin die Ereignisse. Die Aufdeckung eines vor ihm lang gehüteten Geheimnisses führt ihn schließlich an den Tiefpunkt seines Lebens.

YANKO III - Dromenca
Anzy Heidrun Holderbach 432 Seiten ISBN: 9783844815740

Dromenca ist ein Wort aus dem Romanes und bedeutet „auf dem Weg". Durch ein einschneidendes Ereignis wird Yanko gezwungen, fluchtartig das Land zu verlassen. Immer noch von seiner Vergangenheit heftig gequält und weiterhin unfähig eine dauerhafte Beziehung zu führen, schlägt er sich durchs Leben und kämpft bis an den Rand seiner Kräfte für seinen Seelenfrieden, der schließlich erneut auf eine
existentielle Probe gestellt wird.

YANKO IV - Sunrise
Anzy Heidrun Holderbach 432 Seiten ISBN: 9783735794260

Nachdem sich Yanko wieder einmal nur mit Alkohol, Drogen und schließlich auch durch ziemlich ausufernden Sex versucht hatte irgendwie über Wasser zu halten, um überhaupt eine Art Leben zu leben, erleidet er einen Zusammenbruch. Notgedrungen beginnt er wieder eine Therapie, die er allerdings wegen unvorhergesehener Dinge bereits nach kurzer Zeit abbricht. Mehr oder weniger freiwillig gerät er schließlich in die kriminellen Machenschaften eines Motorrad Clubs, während er weiterhin massiv unter den Folgen seiner bisherigen Traumata leidet - und ihn erneut schreckliche Ereignisse an den Rand dessen bringen was er ertragen kann.